应天庆 著

姑苏雨

GUSU YU

百花洲文艺出版社

图书在版编目（CIP）数据

姑苏雨 / 应天庆著. -- 南昌：百花洲文艺出版社，
2022.6
ISBN 978-7-5500-4459-3

Ⅰ.①姑… Ⅱ.①应… Ⅲ.①长篇小说-中国-当代
Ⅳ.①I247.5

中国版本图书馆 CIP 数据核字（2021）第 219983 号

姑苏雨　　应天庆　著
Gusu yu

责任编辑	杨　旭	
特约编辑	张立云	
装帧设计	云上雅集	
出 版 者	百花洲文艺出版社	
社　　址	南昌市红谷滩新区世贸路 898 号博能中心一期 A 座 20 楼	
电　　话	0791-86895108（发行热线）0791-86894717（编辑热线）	
邮　　编	330038	
经　　销	全国新华书店	
印　　刷	长沙市精宏印务有限公司	
开　　本	889 毫米×1194 毫米　　1/16	
印　　张	15	
版　　次	2022 年 6 月第 1 版第 1 次印刷	
字　　数	250 千字	
书　　号	ISBN 978-7-5500-4459-3	
定　　价	78.00 元	

赣版权登字　05-2021-399

网　　址　http://www.bhzwy.com
图书若有印装错误，影响阅读，可向承印厂联系调换

姑苏雨

GUSU YU

CONTENTS 目 录

第一章　身后飞来的子弹

一

一泓碧水，一座铺满青苔的石桥，每日晨起萦绕山石回廊苍凉的三弦声声将这座回龙街小院的身世尽显神秘而诡异。二十世纪三十年代一个暮秋。斜阳探入小院西窗，一位民国富商微睁双眸。梧桐疏影将他的苍白面容染上阴惨的暗色。他翻了翻身，惨白的手指指向镶着金边的穿衣大橱。倏忽之间，他的手垂下了。一个长相清俊的年轻女子满面惊骇，一步跨前，跪在床前。

富商名叫黄鹤，原籍皖省巢湖。自保定陆军士官学校毕业后，十年打拼，成为皖系军阀一举足重轻的实力派。一次皖系军阀混战中，他不幸落败了。脑袋瓜灵活的他，弃武经商。他从小对丝绸业谙熟，先盛泽，后常熟，最终在苏城落地生根了。

尽管胸中文墨不多，他却沉醉于琴棋书画，与一帮苏地文人琴师往来频密。在市中心一风雅小河畔，一座溢着徽派气韵，东院西园的宅邸跃然于世。不久一位容貌清雅的绣娘入住了。他的原配则无奈地在巢湖之滨过着青灯黄卷，富足而又愁闷的日子。他曾尝试将她接到苏城。"有我无二。"粗通文墨的原配夫人的愤怒回复震撼了这位皖商。

在巢湖农舍长大的幼子居然长得和后妈绣娘脸形相似得惊人。"天意，此乃天意。"这位风雅儒商得意地藏着一个惊天秘密。其实，这位幼子即是他与绣娘暗度陈仓的结晶。一个月黑风高夜，当黄师长抱着一个长相秀逸的婴儿闯进巢湖农舍时，他"砰"地跪倒在一个目光慈蔼，身形瘦削的农妇面前，泣不成声："孩子的爹为我而亡，他的唯一血脉委托我养育，拜托了。"言罢，他掏出了一张血书，一个金镯。农妇的眼眸跃出了泪花。"孩子就叫一武，长大后，为国雪恨，为家报仇。"农妇略通文墨，她含泪点了点头。数载后，这位武场落败的将军在姑苏安了一个小家。一位清丽的绣娘，孩子的生母，在唢呐的吹奏声中与这位双手能打枪的前师长拜了天地。那位救他一命的前参谋长至死都不知道他的姨太太，那位貌似高雅，行止端庄的绣娘曾创造出军营深处这一荒唐故事。"我是姑苏的准女婿。"一次喝高了，黄师长斜瞄着他的挚友，晃了晃手中的酒杯，醉意朦胧地说。参谋长大吃一惊，只见他涨红面孔高声喝道，胡说。黄师长眼里掠过一丝惊恐，酒醒了。他冷笑起来，大手一挥"戏言，戏言"。次日，一场血战中，参谋长身亡了，离奇的是，子弹是从身后射向他的。黄师长假意泪流成河，伏在好兄弟的身躯上颤抖着：参谋长仇恨的双眸圆睁着。巢湖边上小小少年在农妇的精心呵护下快乐成长。只不过，这位师长的宁静生活被一位仗义的好兄弟的一次造访打破了。一个漆黑的姑苏夏夜，一个人影窜入黄师长水秀花明的宅邸。黄师长打开宅门，一见来人杀气腾腾的面容，惊呆了。回龙桥畔。黑影宛若一道利剑，又好似一团烈火，将黄师长宁和的生活撕得粉碎。来人正是黄师长密令枪杀参谋长的凶手。当这位枪法一流，年方二十名叫谢鹰的狙击手从背后向那位黄师长昔日的好兄弟扣响板机时，他的脑海里一片空白，只有五百大洋的叮当声响在他的脑际腾起狞笑。五载后，他亦在生意场上摸爬

滚打一番，只落得两手空空，更使他度日如年的是债台高筑。一个邂逅，让他知晓昔日参谋长的姨太太竟然变成了黄师长豪宅的女主人。撕破黑幕，狠狠敲他一笔，一个罪恶的念头诞生了。他抬头大笑三声，从柜子里抽出一个信封，将一颗子弹放入其中，心里泛起了喜滋滋的浪花。咚咚咚……如雨的叩门声惊飞了芭蕉树上熟睡的黄雀，黑漆大门紧闭着，只有一星灯火悄然亮起。头戴巴拿马礼帽的谢鹰飞起一脚，把门踹开道裂缝。门灯下，探出一个怒目灼灼的中年人的面庞。"放肆。"一声高喝从高墙内威严传出。又是一脚，这力拔千钧的一脚猛踢将厚实的大门哗啦啦踢倒了。月光下，壮小伙迅速拔出腰间的盒子枪。只见立于门内身躯高大的黄师长眼里闪现一道狡黠的光焰。他猛地一拱手，仰头朗笑起来：巢湖水冲垮了龙王庙，好兄弟大驾光临，有失远迎，罪过罪过。他猛跨一步，牵起来客之手，小谢，有啥难处，尽管言明，我黄某当尽力相助。黄师长与他有知遇之恩，又是巢湖边上共饮高粱酒的好兄弟。想到自己的失态，谢鹰额上沁出了汗珠。入厅堂，穿月廊，竹影深处，汩汩河水绕着一幢清雅小楼，黄师长的卧室到了。"鹤哥，"一声清脆的呼唤后，随着踏踏踏一阵疾徐脚步声，绣花门帘被一双纤手快速掀开，一张杏眼怒睁的少妇脸庞映入谢鹰惊悚的双目。"我倒要看看，今朝闯进伲屋里的是一只秃鹰，还是一只落汤鸡？"少妇紧了紧高领绿色旗袍，双手叉腰，厉声地说。谢鹰并不答话，只见他从军装上衣口袋里掏出一个信封。这是大太太的诉状，他冷笑一声，随即啪地将一颗血染的子弹猛地掷到方桌上。静寂的卧室腾起了回响，少妇一惊。"花前月下倒也罢了，"谢鹰挺直腰杆，猛地跨前一步，对着步步后退的黄师长高声责问："当初，你说奉军部之命，参谋长有通敌之嫌，令我了断了他。"他猛地跨前一步，双手抓住了黄师长的衬衫衣领。"这话当真，我已寻访数名高层，这是彻头彻尾的谎言。"他仰首大笑起来。"幸亏当年我多了个心眼，把这五百大洋交了出去，否则，我也成了罪人。""交给了谁？""你的原配，董灵芝嫂夫人。"一阵天旋地转，黄师长惨白的额上沁出了汗珠，一颗接着一颗。"柳小姐，近来晚上可常做噩梦？"谢鹰精瘦的脸上掠过一丝冷笑。"我倒做一噩梦，好端端的一个美少妇被五花大绑压上了刑场。"他顿了一下，用眼角的余光扫了扫这个惊恐的少妇，悠悠说道："用的就是这颗带血的子弹。"蓦地，他踱到卧室玉佛下，用手轻拂了一下慈霭的佛像额头。"立地成佛，机会大大的有。"又是一阵惊涛裂岸的狂笑。师长懂了，他彻底地懂了。"五根，够吗？"他举起惨白的五指，又加了一句，"纯金足赤。不过，要麻烦阁下到巢湖去取。""谁陪？""我，责无旁贷。"

次日熹微晨光中，一辆中型吉普车沿太湖，越宁镇丘陵，奔赴皖省巢湖方向。又是一阵拼斗，多谋的黄师长的调虎离山之计成功了，他掏出了一把德国制造的精工手枪击伤了谢鹰。但这只恶鹰乔装得也很巧妙，双目紧闭，屏住了呼吸，躺在草丛里。当多谋的黄师长一骑绝尘返回苏州时，他不知道，数年后更大的恶浪向他扑来。

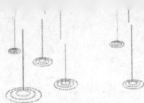

二

西山明月湾。千年古樟浓荫铺地，古朴的旧式民居依山傍水。一个黑星夜，一叶扁舟载来了一户三口。"梅姐拜托了，我三日后先去姑苏城里看一老伯，五日后，还要到军部报到。"身着泛黄军服的年青军人眼里透出不舍的神色。他就是草丛藏身，躲过一劫的谢鹰。

他在人世间唯一可托之人就是表姐顾梅。她于三年前从皖地远嫁茫茫太湖明月湾。夫君是一以推拿谋生的年青郎中。郎中与顾梅琴瑟和谐，小日子过得云淡风轻。一个黄叶扫地的亮星夜。顾梅紧紧拉住夫君柳尘满是厚茧的大手，悲声说，"我俩巢湖风吹大，太湖边安家，莫非前世里就有湖缘？"柳尘心里一酸；要不是皖地兵荒马乱，怎么会千里封尘，隐姓埋名到这个偏远小湖村行医度日呢？他向妻子投去爱怜的一瞥，自己在皖地小有家产，一场兵变，枪林弹雨摧毁了地处闹市的诊所。他连夜携妻投奔远在太湖苍莽山林中的师兄，谁料到，师兄雨夜出诊，一个急浪扑来，竟葬身于万顷碧波的太湖三山岛水域中。哭别师兄后，柳尘不得不掩起了精湛的外科医道，以推拿为生了。这位白面大夫推拿手艺极好，纯善的眼光透着太湖水波的明净。大樟树下，一家几口过上了云拂晨烟，夕闹霞影的好日子。每当傲雪寒梅绽放在诊所小院墙畔时，顾梅都会怔怔地立于窗前，将思念寄向巢湖芦苇深处。异乡虽好，但寂寞，无边的寂寞横亘在漫漫人生的迢遥路上。

此刻，从天而降的表弟夫妇仿佛一道佛光投射进这个屋清地洁的诊所。蓦地，汩汩鲜血从表弟的膝上渗了出来。她一个箭步，跨到脸色苍白的表弟身旁，将他微微后倾的身子扶住。"阿鹰，阿鹰，啥事啊，血，这么多血？"柳尘脑海里飞旋出许多沉甸甸的问号，他顾不了纷乱的思绪，救人要紧。他用眼神止住顾梅的絮叨，将止血钳稳稳止住了膝上的出血点。好在他的外科医术是一流的，谢鹰的眼神说明了一切。他静静地躺在按摩台上，脑海里腾起了异样的思绪。他的口袋里藏着一颗染血子弹。那位罪恶的射手与眼前这位善良儒雅的村医竟然有着不一般的血缘关系。他的眼前掠过童年时的一幕。他与柳尘是街坊邻居，父亲告诉他，柳尘是一抱养儿。柳尘的父亲究竟是谁，无人说得清，只道是一军人。

当谢鹰步入诊所庭院时，一声亲切的呼唤让他惊呆了。一张与黄师长年轻时五官像极了的长方脸映入了他的眼帘：饱满的天庭，挺直的鼻梁，微微翘起的下巴。两眼细长也像，只不过黄师长黑眉下眼眸里满是狡黠，而这位年轻医生的眼波宛如一汪清水。天下巧事，无奇不有。他安慰自己，别再多想了。不过，他没想到，这位村医正是黄师长的弃儿。他更没想到，这位好发小，巢湖芦苇丛中闪出的青年医生最终见证了那位风流成性生身之父临终前的忏悔。

从明月湾荡出的一叶小舟泊在七里山塘一个破落码头上。腿伤初

愈的谢鹰纵身一跃，闪进一间黑咕隆咚的破屋。

三

　　姑苏阊门外，七里山塘宛如一根哀怨的琴弦弹唱在风月掩映的柳荫深处。谢鹰的忘年交，一个交出了盒子枪，身躯依然挺拔，江湖气十足的原副师长江振如今做起了茶叶生意。几番折腾，手上颇有积蓄。他一口气买下了十数间破屋，破屋外连着山塘河最大的青石码头。碧生生的东山雨花胜景的香茶，在黑苍苍的老屋里翻炒，美妙的香气飘到巢湖畔的皖地名城。在巢湖老槐荫庄，他置良田百亩。姑苏虽好，终有叶落归根之时。他经常听着汩汩的河水声，把思念之焰燃向波翻浪涌的千里之外的大湖芦苇深处。但，一位不速之客的雨夜造访击碎了他本可如愿的商界清雅生活。他有一段不堪回首，无可言说且具罪恶感的往昔。而来客就是一个唯一健在的证人，一个人世间他最不愿见到的来客。一次酒醉，他拔出了枪，射杀了与他同为副师长的颇有嫌隙的同行。谢鹰，正是这位机灵的师部警卫贴耳告诉他一个妙计。一叶扁舟摇至湖心，扔下，大雨，激浪。一根心头刺从此消失。月光下，这位铁塔似的中年军人冷笑着脱下军帽。黄师长听报副手阵前投敌不知去向时，仰天大笑三声，然后用手猛击一掌，"负我者绝无好下场。"

　　听闻昔日沙场老上级栖身姑苏山塘，直觉告诉谢鹰去徽埠会馆可打探翔实消息。清波不兴的银带般的山塘河沉入梦乡，路灯的昏黄灯影投射在破旧不堪的屋脊上。湿润润的河面上，茉莉花香悄然飘来。咚咚，他轻叩了两声。门，吱呀一声开了，探出一张警惕的面庞。

破败小院探出面庞的正是江振，昔日皖军最具战斗力师团的副师长。刹那间，江振眉头拧成一个惊天的问号。他一把握紧小伙子冰凉的双手。鹰隼般的眼神紧盯着来客不卑不亢的面庞。只见小谢嗖地从军裤口袋里掏出一颗生锈的子弹。谢鹰眼光逼视着江副师长。哦，只见江振眼里噙起了泪花，"小兄弟，我的谢小弟，江哥永不忘你的相助之恩。"谢鹰猛地撸起了短裤，血印，深深的血痕在昏黄的灯光下映出恐怖的光。"血债血偿，常副师长在姑苏广有党羽，山塘街侧就有他的死党。当年巢湖边上的枪声让他们鸟兽散，今日，姑苏茶叶行里，他们结伙压市，还要与你江副师长算昔日之账。"江振大脑里一片空白，刹那间，他的脸上泛起红晕。他只不过从茶农处贩来明前香茶，然后运往苏皖两省，赚些银子。他转了话题："小鹰子，何方高就？"他的江淮官话里满是关切，谢鹰一听就明白，他要掏银子了。"偌大个姑苏城容得下八方来客，却容不下小谢的立锥之地。"小谢应道。江振高大的身躯微微震了一下，刹那间，一个主意掠过他的脑际。"巢湖方面缺一茶方总代理，小谢能屈就吗？"他问，用左眼的余光扫视了一下这个从天而降的灾星。"不过，常副师长阴魂犹在，湖中的每片月光里都藏着他的刀魂。"他用家乡话悠悠加了一句。"月银五百大洋够吗？"江振叉起五指，肥厚的手指仿佛镇魔的五座山峰。惨白的月光下，谢

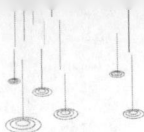

鹰尚属幼稚的眼神与江振不怒自威的流淌眼波接触时，小伙子一个激冷，浑身哆嗦了一下。"我们要约法三章，记住，你不再是谢鹰，你叫黄鹰，另外，山塘街你可以来，必须要在夜间。""最重要的是，江振已经葬身太湖，你来往的是一位落魄的昆曲名家，他叫江传昆。"刹那间，姑苏蓝天被闪电撕开了一道月牙般的缺口，轰然雷声中，谢鹰心中五味杂陈，他怔怔地立在山塘河畔，任凭突然而至的密集雨点淋湿染血的衣裤。

四

太湖三万六千顷碧波中，两座山峻林密小岛成了兵祸匪横岁月游兵散勇逞霸的福地。

千年古樟扬起泪目。呼，呼呼，数声脆响惊醒了梦中顾梅一家。两个女娃尖利的哭声撕破了太湖小渔村的宁静。咚咚咚，随着雨点般的急促敲门声，两个身躯高大，神情慌张的汉子破门而入了。"好大夫，这位兄弟枪战中腿受伤了，包扎一下，救救命，好吗？"灯下，柳尘只觉得声音耳熟，再向那位面色苍白，身体半依在说话汉子怀中的高挑小伙投去一瞥时，他不禁"啊"的一声惊呼起来，"苏雨，您……"柳尘真想不到，做梦也想不到来客竟是他小学同座好友。只见苏雨挣出壮汉的怀抱扑向柳尘。血，汩汩流淌的鲜血从他的湿漉漉的裤管里涌了出来。柳尘娴熟地打开手术盒，一分钟后，平躺在按摩台上的苏雨苍白的面庞上泛起了血色。他的端正面庞上漾起了感激的泪光。又是一阵骤雨般的敲门声，柳尘呼地吹熄了油灯。苏雨拉开了枪栓。奇怪，门口响起了脆生生的姑娘的问话声音。风声，雨声，大樟树的滴水声。姑娘急切的叫声悄然消逝了。柳尘冲到外屋，打开了门。阿秀姑娘立在雨中，惊惶的眼神透出烈焰般的光泽。柳尘一愣，阿秀手里还持着一把刀，一把寒光闪闪锃亮簇新的菜刀。柳尘心里一热，向前猛跨一步，将雨幕中的姑娘一把拽进了里屋。一道闪电霍地掠过窗外。只见双目微闭的俊朗黄衣伤员霍地坐起。他揉了揉惶惶然惊恐秀目，然后跳下按摩台，双手合十，悲声喊道："妹妹，你怎么也流落至此，苦命的苏家人呵，躲得了巢湖的风，淌不过太湖的浪。"又是一声枪响，呼呼，一声老人的悲怆声音从湖心小舟传来。柳尘快步冲出门外。"我去，这帮湖匪杀红了眼，竟对我家老人下手了。"柳尘操起一把砍刀，就在这时，顾梅扯住了丈夫。"我去。"这位一身是胆从小就练武功的侠女高声喝道。接着，穿黄军服的小伙挎起身边的长枪，跟着妹妹冲到雨水溢湖的夜幕深处。顾梅赶到湖畔时，舟中的老父正与一壮汉撕打着。老人手中有一银链，那是亡妻的唯一纪念物品。壮汉飞起一脚，踢向老汉的脑门。就在这时，顾梅高喝一声："住手，你这畜生不如的东西。""好个顾梅，你是上天派来的菩萨？"一阵狂笑伴着雨声飘荡在雨晦云暗的湖面上。紧接着，这双罪恶的双手扳动了枪栓。一颗罪恶的子弹向飞身扑向船头的顾梅射去。顾梅用手急速捂住胸口，鲜血涌出花布夹袄。闻声闯出屋门的苏家兄妹双眸喷出烈

焰。小秀呼叫着，紧紧搂住自己怀中的梅姐。

　　巢城城关熙熙攘攘抢购年货的乡亲们讶异地发现，原皖湖金店旁矗起一座徽韵四合院。一面杏黄旗，上书姑苏青茶庄。这家新茶庄楼下为店，楼上为厅。几个样貌周正的茶博士殷勤地吆喝着。楼下小院探出一株苍黄的蜡梅，纷披的落尽黄叶的光秃枝干映着殷红落日。灯影，斜挂的路灯，狗吠，声声入耳。这一切给姑苏青茶庄不合时宜的开业罩上不祥的色彩。化名黄鹰的黄老板坐在宽敞的经理室里，呆呆地望着窗外绕雀梅枝。在择址建茶庄时，他一眼就相中了这个有着小梅林掩院的宅楼。一棵蜡梅数人才能围抱苍老树身，周遭一丛红梅，又一簇白梅间烁于已开出花苞的老树下。白墙黛瓦，月拱芭蕉，现名黄鹰的茶庄老板，红润的脸上漾着生意人的精明神色。不料，连续二封查无此人的邮件信息让他心惊胆跳起来。他又修书一封，收信人为苏秀，为释恋妻之痛，他在给苏秀的信中，夹了一张自己穿着狐皮长袄，双目泛着志得意满神色的近照。一想到那位虽有恩于他，但逼他易姓混世的魔王仍在姑苏，他的心不由得激跳起来。三封退信宛如三颗信号弹升起，顾梅出事了，自己的妻女也出事了。他绝对没有想到，太湖浪花飞溅的黑星夜，顾梅倒在自己妻子苏秀的怀中，而这位刚烈女子的最后一句话是："赶快走，江副师长手下的这帮恶人是要灭门的。"当顾梅在月下，眼睛缓缓闭上时，又加了一句，"我走后，两名闺女的亲生娘就是你，孩子爹由他……"瘦小的苏秀抱紧了梅姐，她一句话都说不出来，她觉得天旋地转，她的晶亮泪滴宛如颗颗心弦弹射出的悲怆音符，呜咽在这风狂雨骤的姑苏黑星夜。她猛地抬起头，仿佛看到一个穿黄军服，一脸阴险的皖籍军人眨着狠毒的双眸，恶狠狠地盯着她看。

次日，一叶小舟载着六人，溅着六双泪目交织的水波，缓缓飘向姑苏阊门。苏雨的一个好兄弟收留了他们。这时巢城的姑苏茶庄的谢鹰正在刚落成的茶楼贴上了《花开富贵梅报平安》的对联。第二日，这副对联就被对面茶庄的小伙计撕了个粉碎。当几位安庆店员摩拳擦掌要与对面的地头蛇拼一死活时，他高喝一声，和为贵。他知道一旦当地小报将两茶庄火拼的消息推向巢城黑网密布的社会时，首先倒下的是自己。次日，当他与一能言善辩头脑灵活的安庆师傅欧阳文提着两盒高档人参礼盒上门时，他惊讶地发现，对方茶庄的女主人居然是一少妇，时髦、高冷，矜持地收下礼盒时，悠悠送来一句使他胆战心惊的话，"黄老板，真大度，看来江副师长真有眼力。"谢鹰愣住了，欧阳一步跨前："久仰，久仰，我在省城就知道九里香茶庄是巢城首席茶庄。丽老板是巢城第一美人。"一朵红晕飞到谢鹰端正丰腴的面庞上。他向这位身着月白旗袍的美少妇投去一瞥，由衷觉得欧阳店员真会说话，美人眼里也泛起了异样的神采。次日，欧阳踏上了去太湖的无功而返的旅程。他弯腰，悄悄地在谢鹰耳畔附了一句"看来，大事欠佳，不仅人去楼空，附近村民还说，当晚太湖诊所前还响起了枪声。"一阵天旋地转，谢鹰差点晕倒在苍黄的落日下。

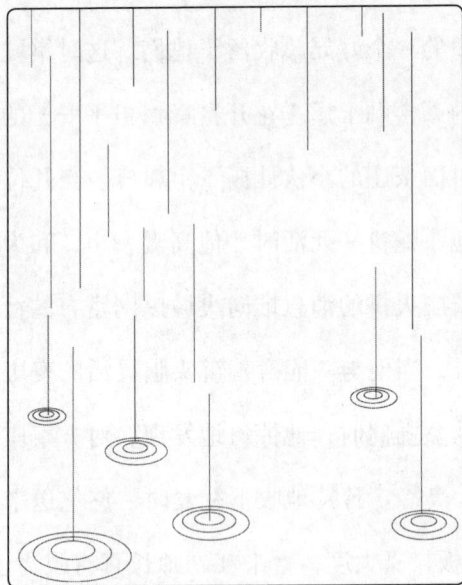

第二章　逼上阴山岛

五

千年古阊门，繁华落尽地。又是红梅染枝时，一座思梅诊所悄然在丝绸大王聚盛昌百货店侧开业了。三位穿白大褂的青年大夫，各诊一科。二楼，红木枕地，传来了三弦与琵琶的叮咚声响，两位妙龄少女在一位长相不俗，身着灰色长袍的中年人调教下颦首扬眉，一字一板地吟唱着。

这一家中西医结合，推拿养生兼具的小诊所很快在店铺林立，旅客杂处的阊门码头稳稳立足了。巢水根做梦也没有想到当年军医训练班的顶尖高手苏雨竟然落魄到投奔他了。一个偶然的机缘，让水根与苏雨结成了生死契阔的金兰好友。一个皓月当空的中秋明月夜，师部卫生员水根与苏雨突发豪兴，走进了一家顶级豪华酒店。水根酒量豪莽，三杯下肚，打开了话匣子。他一个激冷，猛然嚷起来"此酒有假"，然后，哇哇大吐了起来。一个小酒保领来一个壮汉，黑脸大汉五大三粗，只见他快步向前，一把扯住水根衬衣领子。水根惊叫一声，酒醒了。"老子敲点给你这小兔崽子尝尝。"壮汉狂叫一声。言罢，一记耳光响彻店堂。刹那间，苏雨一个箭步向前，在大汉后背猛击一掌，大汉哇地大叫一声转过肥硕身躯。猛地，一枝锃亮的手枪如一道蓝光在壮汉眼前一闪，苏雨又从怀中掏出一张警备司令部特别通行证。大汉连忙打躬作揖，强笑道"失敬，失敬。""还不跪下！"苏雨一声冷笑。壮汉举起右手，啪啪两声惊飞了厅堂外的一只喜鹊，他还要举起左手

向胖脸挥去。"够了。"苏雨挥了挥手，冷笑两声，与水根扬长而去。

这一次酒店解救将两人的情缘推到高点。皖军溃败后，水根回到姑苏老屋。他的独身伯伯与黄鹤师长的兄长是昔日同窗兼邻舍好友，兼懂一些医术。侄儿前来投奔，他喜滋滋地清理杂乱的小院，栽种了黄杨，围造了荷池，移来数棵大型梅树，还堆起了假山。水根纳闷，伯父年过四十，独守空房，日日与树影月华为伴，是那个弦弹错了调，他数次话到嘴畔，一瞥见伯父瘦削面庞上的灰白鬓丝，他就不由地打住了。一个姑苏黄梅雨湿了天，湿了地的溽热沉闷夏日，随着一道掠屋而飞的闪电，似乎答案显出了端倪。一串用枯萎的黄色野菊花镶边的金表链从伯父口袋里斜落下来。大伯高度近视，他举着刚刚飘落表链的白衬衣，迈进红木铺地的雅静卧室。方桌上放着一把三弦。大伯抄起三弦，随手拨弄了几下，接着调了调琴弦。蓦地，泪滴，清凉凉的泪滴和着琴弦的低吟洒落下来……他永远忘不了那一尺寒光闪闪的白绫，一道血痕印上了白绫的一端……阊门城墙昏黄的灯火下，一个名叫阿菊的秀丽小女子探身梅枝掩映的窗外，向他缓缓招手。他跳窗而入，猛然间黄狗狂吠起来，他一个闪身，跃出窗外……只听见尖利的哭声传入他的耳畔，"江家恶棍，我与你拼了"，瞬间，一个男子凄厉的惨叫传出窗外。小女子把一条血染的白绫扔出，踏踏踏，一阵脚步声把狂吠的黄狗震住了。小女子跳上一叶扁舟。哗哗水声把小女子的哭声淹没在杨柳拂岸的河心深处。那年，大伯刚过而立之年，那位小女子是他相知了若干年的小师妹，一位坊间极有名声的评弹艺人，他的侄女望梅与阿菊是享誉一方的评弹双档。月华漫进小舍,一张合影照片卧在鲜血淋漓的江绸之中。他将表链永远放在衬衣口袋里,更将一腔碎裂的深情存寄于心房深处,他没想到昔日好友竟然是这样一个没有人性的卑劣小人。有时,大伯竟然有一种幻觉,天昏黄时,胸口会有一股热气蒸腾上升,走到窗口时,一阵杂沓的脚步声会突然从江家门口河滨里传来。走不出那段情缘的评弹票友把自己的感情之窗永远锁上了。水根把这串镶菊表链悄悄放回可悲可叹的大伯的衬衣口袋。听闻顾梅的悲情离世,水根怔住了。他将苏雨唤到窗口。"留神那个姓江的,他的一家是专做缺德事的主儿。"苏雨睁大眼眸,会意地点了点头。

六

滔滔太湖水将一叶小舟抛向明月湾。谢鹰认定顾梅一家葬身渔霸湖匪魔掌,于一个春日清明时分,来到太湖碧浪深处祭亲。他掌心里托着芬芳的梅瓣。那是他去年冬日采摘的。彼年雪压梅枝,黄色的花瓣如纷披的梅雨洒落在清冷的庭院里。一阵带着深深寒意的湖风掠过他已生出白发的两鬓。他注视着一辆火轮正犁出两道疾浪向他扑来。他警觉地取出簇新的盒子枪。不料,小火轮一个急转弯,急驶向三山岛方向。湖面上传出青年女性凄厉的哭声。一阵激浪飞旋着涟漪,向小船扑来。这哭声凄厉异常,伴着一阵阵阴森森的湖风。谢鹰心头一阵

紧缩。他的眼前闪过毕生难忘的一幕。那是他小时候，因为学练武功，飞身上了屋顶，不料，破屋顶哗啦啦一阵塌陷，他像一只小马驹活生生从屋顶上摔下来。他浑身紫肿，刚入中年的母亲一声凄烈狂哭，扑倒在他的身上。刚才湖心飘来的哭声多像妈妈的悲号。谢鹰双眸湿润了，那是在阴森森的巢湖，而此刻是在三万六千顷碧波涌动的太湖。一丝苦笑浮漾在他依然俊朗的国字脸上。夕照中，湖水都是那么金灿灿。他刚把思绪收拢。一条大船悄悄向他逼近。船头上，两个精壮大汉狂笑着。清明时分，蒙蒙细雨往往给他们载来好运。太湖周边散落着不少大户人家的祖坟。当这些享尽福分的后人戴金着银前来上坟时，往往成为他们的猎物。撕票惨剧亦时有发生。谢鹰，一介武夫大意了，因为船头立着一位秀丽高挑的渔家姑娘。姑娘高高扬起秀丽的脸庞，泛金的阳光照在她乌溜溜的长辫上，发梢上扎着好看的紫色的蝴蝶结。船尾，一个壮汉快速划着木舵。谢鹰好生觉得这个闺女的身段太像自己的阿秀姑娘。一次巢湖街尾，一位皖军昔日玩友一把抓住他的白嫩双手，惊呼起来，"阿鹰，哥，我看见了，真的看见了，阿秀她在姑苏阊门开了个绣庄，你的宝贝闺女坐在她身旁。"忽然，他压低了声音，"三天后，我带上礼包前去拜访时，阿秀已消失得无影无踪了。我向街坊打听，他们神色慌张，只说前日傍晚一个穿白大褂的大夫神色紧张地跑来，第二日绣娘母女俩就像一阵秋风一样从阊门横街消失了。"谢鹰眼前一黑，心里一阵紧缩，他强作镇静，淡淡说了句："谢告，有情后补。"就神色黯然地推开宅门。就在木门吱呀声中，一只黑乌鸦飞掠进院中，啄落一颗染红的梅花。他心头一个抽紧，从裤中快速取出一支手枪。就在这一瞬间，他警醒了。一发子弹的喷射平息不了心中的怒气，反而会暴露自己应当紧裹的原形。他知道，常副师长的余党依然像幽灵一样游荡在他的身旁。其实，那天来寻访阿秀的是她三哥苏雨。小伙子已成为阊门忆梅诊所的推拿大夫。正当他怔怔看着立于船头身形颇似阿秀的姑娘时，船尾壮汉一个满舵向小舟冲来。随着一声裂岸的狂喊："丢下买路钱。"一根从船上扔下的套索将他头部紧紧套住。壮汉一个飞步跳上了船，只瞬间，手铐已将慌乱得不知所措的谢鹰紧紧铐住。遇上最凶悍的湖匪了。"到小阴山逛一遭，"谢鹰一愣，这个湖匪操的是巢湖方言。那位小女子缓缓转过身来，她的眼光淡然，又有一丝同情。"开船。"壮汉一声高叫，声音苍凉。小阴山莫非是阴间？谢鹰心里一惊。哗哗的湖水扑面涌来。浩渺的湖面不时掠过阵阵野鸭，芦苇丛里，白头翁吱吱叫着。一丛丛绿莹莹的水草傍着黑黝黝的山峰垂排下来。小阴山到了，身经数场硬仗的谢鹰没有想到他的人生路上的一段悲情邂逅竟启幕于风阴水浊人迹罕至的阴曹地府——小阴山。

阴山岛到了。谢鹰被安置在一座破败寺庙里。一尊横眉怒目的二郎山神双眸闪射出寒光。寺庙外古藤缠绕，不远处无尽的泛着蓝光的湖水水面上掠过水雁的哇哇鸣叫。一天过去了。除了秀丽高挑宛若渔家姑娘的小女子送来三顿稀饭外，壮汉的影子一次都没有闪现。三天过去了。随着大门被一脚踢开，壮汉领着一个清瘦的青年人闪入寺庙。

咔嗒一声，寺庙破败大门又被锁紧了。"大哥，有啥要求，立马说，小弟能办到九十分，绝不会在八九上停下来。"谢鹰的话语里透着真诚。言罢，他将左手上的金表链解开，双手恭敬地将金表呈奉上去。这是一只瑞士金表，闪着黄澄澄的炫目光泽。记忆的闸门启开了……那年与直系一劲旅恶战后，皖军俘获了一师长级高级军官。其时，这个军官血染双鬓，奄奄一息。谢鹰从他身边跨过，暮地，他惊讶发现，这个军官双腕各戴一金表。更使他惊悚的是一个男式表面上刻画着一泪目鹰鹭，而另一女表表面上刻着一簇兰竹。谢鹰在苍黄的昔阳余辉中，将奄奄一息的少将师长背起来，向师卫生所缓缓走去。他的心里翻腾着无尽的浪花，这个长身玉面的直系将领为何双腕各带一只手表？为何一块表面上刻着一只泪鹰，而另一块刻着一丛水灵灵的竹子？刚跨进卫生所，这个直系精锐之师的师长眼睛一亮。包扎、清创、输血，这位中年军人眼里泛起了感激的泪光。"阿鹰，有命令，火速到师部参谋科报到"。谢鹰一个立正"是"。就在这时，这位感恩的受伤军官迅速脱下左腕上的男表硬塞进谢鹰的手心。"戴着它，上帝定会保佑你的。"中年军官在胸口划了个十字，缓缓说道，"一定，真的。"谢鹰真感谢自己当年一个下意识的施恩之举。这不，壮汉眼里射出兴奋之光。他一把夺过这块价值连城的金表，"松绑，每日自由活动一小时。"他命令年轻人。一声清亮的遵命，让谢鹰被捆的手脚松开了。但他知道，在这个方圆仅二十公里的荒岛上，他是一只折翅之鹰，滔滔湖水阻隔了天，阻隔了地，他也知道一只金表填不满这伙湖匪的欲焰。

　　一日，狂风大作，随着腾腾的脚步声，一道闪电伴着一声炸雷，三男一女像四匹恶狼扑向谢鹰栖身的太湖石堆砌的洞穴。又是一个炸雷。当四人稳住身躯立于洞穴湿漉漉的地面时，小女子手中的腕表银光陡地一闪，一丛竹影直射进谢鹰的眼帘。谢鹰惊谔得说不出话来；他施恩救活的北方军人、那一对刻有不平常图案的金表、小女子不俗的气质与忧戚的眼神，声音清亮、神情忧郁的瘦小伙面庞上时时亮出的问号，这一切融合成一团神秘的迷雾。谢鹰点起一支烟，刚吐出烟圈，一声炸雷般的声音在洞穴里响起，"如实招供，你准备多少根金条赎命。"谢鹰冷笑一声，"请把瑞士王牌金表亮出来。"说罢，他举起左手，叉开手掌，吼声喊道，"金表表面上飞着一只鹰，世界仅存一对，价值千万。"壮汉听罢一个激冷，下意识地护住左手手腕。"好你个小子，要说谎，一千个头不够杀！"就在这时，小女子眼里腾起一道蓝莹莹的水光，她向壮汉毛发浓重的面庞投去异样的一瞥。她一个哆嗦，脚步晃动了。小青年高叫一声"姐，咋啦？"一个箭步跨到小女子身旁。只见小女子一个凄楚冷笑"没啥，昨夜湖蚊子发疯了，一夜无眠，早上又没进食。"谢鹰向她望去，小女子用一种警觉的眼神与他对视起来。

七

　　小阴山深处有一徽派风格宅院。粉墙黛瓦的小院里，疏疏落落长了几丛青青修竹。三间并排而立的窗明几净的房舍里住着三位性格迥

异的岛上客。壮汉来自高粱红透大地的鲁西平原，原为直系军阀的一个草莽营长。他的名字叫高大莽。居住在中屋的精瘦小伙是他的外甥，小名林儿。紧靠东侧布置得特别雅洁的房间女主人则是他的外甥女竹心。直皖大战的一个反复拉锯的战场就位于鲁西平原。一家殷实的大户人家养育出两位长相、气质均为南北极的一双儿女。长子生来五大三粗，声若洪钟，一言不合，便跳将起来。时值中原北洋军阀打得不可开交。一个黑星夜，这个铁塔一般的壮汉穿上了军服。数年后，竟官升营长。说也奇怪，他与一来自京城的白面书生交上了好友。这位长身白面的潇洒书生曾三次到鲁西小县城度假。未料到他与壮汉的秀雅亲妹暗通款曲，情愫渐生了。宽敞的院落外，是一片高粱地，镶在火红的高粱地周边的是一大片绿叶油亮的枣林。屋主的独女玉竹，一位高挑秀雅，娴静端庄的富家小姐被兄长的好友深深吸引住了。一个皓月当空的亮星夜，红高粱染红了天际，两人如约来到弥散着青青麦香的枣林小亭。落落大方的玉竹，穿着月白学生裙，淡蓝的贴身小夹袄，乌黑闪亮的双眸顾盼流转。来自京城的书生军人穿着一袭青灰西装，打着猩红领带，国字脸上流转着微带羞涩的亮眸。"方哥，"玉竹盯着小伙子的俊朗面庞，悄声发问了，"为啥大学没学完，就投笔从戎呢？要知道，鲁西大平原上没有一场恶仗有赢家。"小伙子原名方融，他的祖父是晚清进士，给孙儿起名，希望他有孔融让梨的仁爱之心。可叹的是方融之父卷入一场人命官司，死在大牢里。已入北平大学的方融，改名方勇投笔从戎了。已入暮年的进士涕泪交加，很快就撒手人寰。本来父母感情就不睦，一个黑夜，母亲乘着小舟沿京杭运河南归姑苏城郊老宅了。祖父命垂一线时，唤来了融孙。老爷子噙着泪花缓缓说道："这一对金表是我用命换来的。""一只金表上刻有老鹰希望你将来有鸿鹄之志，"他的气息愈来愈微弱了，"另一块表上画着一丛竹子，希望你的孩儿有空谷兰竹之品……"呼的一声，门外一声枪响，老爷子的心猛地一沉。次日，迎着东方冉冉升起的红日，方融步入西郊一家直系军阀兵营。他的一个堂叔在这支部队任高参。叔侄相见，别是一番滋味。所幸的是这支北方汉子组成的直系亲嫡之旅的众多武夫对这位大学生满怀敬意。方融也礼贤下士，左右逢源，很快就步入高层。一个花好月圆的中秋，京都城西一个破落的府邸里挂起了一排大红灯笼。一个金晃晃的喜字迎来一班贺喜的客人。院落里一株染紫老槐树讲述着这个院落昔日主人的荣耀。三载后，姐弟俩将啼哭声送给了染紫的老槐树。女主人喜渴平安，给长女起名竹心，亦希望小儿成才，先起名凌儿，期盼他凌空展翅，如雄鹰鹄翔蓝天。那天晚上，北国秋都响起如雷的枪炮声，甚至，火药味都飘到产房里，哒哒哒，一阵机枪声由远而近。产妇面部一阵惊悚，双眼一闭，双手合十，悲切的眼泪如涌泉滴落。孩子他爹已升任团长。但是，这位少妇心里荡不起一点快乐的涟漪。"林儿"她双眉一扬，给这位俊秀的男婴起了个谐音安宁的名字。月黑风高，一个不幸的消息传来。大莽哥哥风风火火闯进宅院，满脸血污，嚷道"大事不好，林儿他爹被皖军活活逮住了。""生死不明，"这个粗犷汉子居然号哭起来。"他是来救我的，师

部出了内奸，我上了大当，他知道后，单枪匹马来寻人，谁知……"
一阵凄然的哭声震飞了老槐树上已入梦乡的秋雀……正当玉竹满面愁
容，立于故都西郊一座花草凋零的庭院时，嘚嘚嘚马蹄声如一阵狂风
骤雨从宅院正前方寒露凝霜的枣林中传来。一位英挺的军官翻身下
马，只是明亮额角上扎着白色绷带，军官嘴角露出一丝苦笑，迟疑了
一下，然后举起右手敲起了门。一阵有节奏的敲门声传到了后院。玉
竹一怔，眼睛蓦地一亮，她的眉心漾起了微微的笑意。她等的就是这
独特的，有节奏的忽高忽低的敲门声，她抱着林儿，快步穿过院落厢
房，打开厚重的铁门，一个熟悉的两眼细长，鼻梁高挺的青年男子的
疲惫瘦削面庞一下子映进她微湿的眼帘。林儿真是个聪慧的宁馨儿，
小手伸向了爸爸。"表，我要看表。"小孩瞥见爸爸右手戴着明晃晃的
金表，兴奋地叫着。玉竹的脸猛地一沉，将林儿的手抽回。左手的那
一块刻有泪鹰的表消失了。玉竹暗自思忖道，人回来了，从硝烟弥漫
的战场上全身而回，这就够了。她再次痛惜地向丈夫瘦削的面庞凝望。
猛然间，血痕，一道长达寸余的血痕从眉峰直达腮帮，寒月下，它似
一把尖刀一下子扎到玉竹心尖深处。"若不是爷爷垂危时所赠金表，我
早已魂飞西天。"方融缓缓说道，踏上了通往卧室的台阶。屋内又飞出
一娇俏可爱的女孩。"阿爹，我可天天想你呐。"言罢，闺女指着爸爸
手腕表面上的几丛竹子，笑道："竹报平安，我天天跟娘念叨呐。"暗
夜中，一阵机关枪的扫射声隐隐传来。"竹报平安，能平安吗？"一阵
揪心的思绪像故都北海的秋潮在他心海里漾起了无法言说的愁波。他

一把脱下腕上的金表，套在竹心的右手上，凄然开了腔，"小竹，爸爸这次差点到阎王殿报到。"他哽咽了，"这块表送给你，记好，有难时带上，它是一只上天送来的吉手，会让你逢凶化吉的。""真的？"小竹亮起双眸，踮起脚尖，将一杯浓茶递到阿爹手中。在如豆的灯光下，一个唤作阿鹰的小军人如何将他一把背起送到卫生所急救的故事在故都庭院里徐徐展影了。"我将那块金表送给了这个救命恩人，记好。"突然，他仰天大笑起来"无表一身轻。"他在心里泛起了一种自我解脱的轻松思绪。玉竹怔怔地看着他，她是个聪明人，她知道这个读书人曾把灵与魂交给了这场在她看来既无价值又无赢家的争斗。她落泪了，因为怀抱中的林儿，一脸烂漫的小竹。这副担子太沉了。她很后悔，为什么自己的父亲那么执着地将这位近于狂热的军人引入她的生活。她的心中荡起了千千结，方融爱她，敬她，生活中处处礼让她。从一介书生到参谋高官，从手拿笔杆到双手开枪，他也经历了血与火，雷与电的考验。当他把血汗钱尽数交到她手中时，还补了句："一双儿女的成才全靠你了，这点小钱不足你付出的万分之一。"真挚的表白直冲她的心底。她除了流泪，别无话语。两日后，一阵急促的脚步声踏踏踏震飞了庭院的黄雀。高大莽闯进宅院。"完了，完了。"大莽一拳差点没把八仙桌擂散。"兵败如山倒，咋办？""小子，别这么窝囊，走，我去瞧瞧。"方融犹豫片刻，痛楚地搓起了双手，然后一把扯过大莽，两名直军铁杆迎风而上，奔向已溃败的防线。只不过数天后，高大莽哭倒在玉竹妹宅院的老槐树下，手里捧着一件带血的衬衣。"又是我，

我这个灾星。"这个高大汉子泪如雨下,"一颗流弹从脑后飞来,我头一偏,这颗贼弹飞向……"他哽咽了。玉竹扶稳已快晕倒的莽哥,强压心中的波涛,镇静地说:"立马离开这个是非之地,回鲁西,就这么定了。"谁知,在鲁西,皖军已抢先一步,攻掠了县城。沿着津浦线,他们一行四人如乞丐般行走在黄淮平原上。一个富家小姐经历夫亡家败,心乱如麻,偏偏这个莽哥还处处生事。淮河荒滩上,玉竹患了疟疾,高烧四十度。莽哥只晓得双脚直跳,奔到县城抓来了中药。一个凄风苦雨的深夜,玉竹去世了,到了巢湖,已在太湖沦为湖匪的一个昔日哥儿们诓骗他,天堂姑苏他有近亲可投奔。就这样姐弟俩在苏州东山读书,大莽在三山岛与昔日哥儿们忙时捕鱼,间或也做些不见天日的营生。一次,与苏帮湖霸的争斗中,他惹上了人命官司,他将姐弟俩接上了阴山岛。从此,太湖渔村里便流传开一个美女湖匪能双手开枪百步穿杨的不实故事……

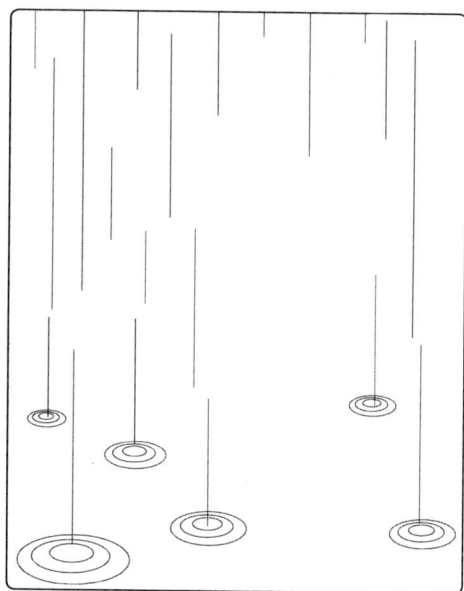

第三章　月落湖天

八

巢城城关闹市一隅，姑苏青茶庄透着祥和与安谧。茶博士依旧不紧不慢吮喝着。欧阳文立在经理室窗前，怔怔地望着高天上飞掠过去的雁阵。一封急电让他的心海掠起一阵狂澜。当谢鹰提出要到太湖祭扫亲人时。他的心不由地狂跳起来。灯下，这两位天涯沦落人有过一次倾心的交谈。"阿鹰，我去过明月湾，那一湾碧水宛似太湖湾嘴里的一颗獠牙。"欧阳点燃手中的一根烟，缓缓说道。谢鹰眼里掠过一丝寒光。"此行，一是打探，二是拔牙。""我也去！"欧阳立即起身，他的端正面庞上的双眸投射出半是惊惧半是坚毅之光。窗前，老槐树下掠过一个人影。来客正是九里香茶庄的探子。"不，你得看家，咱们对面的丽老板心如蛇蝎，不得不防。""可是，近日《申报》常有报道，太湖风恶浪浊，水魔王出入无常，鹰兄此行，文弟昼夜不安。"谢鹰一把握住欧阳文稍显文弱的手，两眼向沉沉堕入暗夜的庭院警惕地扫了扫，猛地抱住了这位世上他最可信赖之人，附在他的耳畔，悄悄告诉他保险箱的密码。一只乌鸦掠过屋顶，一块青瓦当的一声坠落地面。

欧阳文自幼失亲，在徽州青山绿水中长大。小学毕业后，一个远方堂叔携他至省城安庆一家徽商茶行做起了生意。这个俊秀的小伙计，人见人爱。谢鹰有一好友正是他的师傅。当欧阳听说薪俸可以翻倍时，他一把抓住谢鹰的手，脸笑得像蜜橘似的，"鹰哥，咱们干，干出一番天地。"谢鹰向他投去爱怜的一瞥，他知道小伙子在山明水秀的徽州已有一心上人。月光下，欧阳背着包，依依不舍地送了谢鹰一程又一程，他有一种预感此行凶多吉少。还有一件事，他几次想启齿告诉谢鹰，但一想到此行的惊悚前程，他话到嘴边又咽了下去。

那是一个晚上，独居一室的欧阳文迎来了一位不速之客。来客亦是徽州人氏，有点远亲。"丽老板请你有便时光临，她与你有秘事相商。"来客交与他一信札与一小礼。欧阳的脸上沁出了冷汗，他与丽老板交往过几次，都是在大庭广众之下。一次，丽老板唱起了昆曲。丽老板频频射来火辣辣的眼波使欧阳坐立不安。因为，那位与他一起烧水煮饭，采茶唱曲的小姑娘淳善面庞时时在他眼前映现。他将信与礼品尽数退还——三封信外加一套高档西装。一天，当夏窗外闪过丽老板愁闷的涂着薄薄脂粉的面庞时，他惊悚得大叫一声。他想到了辞职，但就在这时，谢鹰执意去明月湾。

一封迟到的电报如雷轰顶。果不其然，谢鹰被太湖最狠恶的湖匪逮成了活口。一阵冷风刮进他的长袍袖领，他哆嗦了一下，向保险箱缓缓走去。

一轮孤月探出薄薄云层。小阴山如豆油灯映出一个秀美身影，姑娘长辫一甩，悄悄叩开了阿林弟弟卧室之门。竹心抬首望月，湖心观天，星月分外澄碧。门开了，阿林眼里跃出惊喜的光，他扯开一张青色竹椅，让一袭绿衣的姐姐坐定了。昏沉沉的幽光里，竹心蓦地抬起手腕，阿林眼里霍地闪过一条光带。"阿弟，记得爸爸离世前的最后一句话吗？"竹心问道。她太心疼这个弟弟了。

弟弟拉得一手好二胡。有时，他半夜无眠，信手拉起《太湖雨》这首二胡曲。幽哀悲凉的琴声时断时续，和着咫尺之外湖水的呜咽，她的心碎若残月，可是一想到莽舅的凶残名声，她心里升腾的是这样一幅图景：在湖心岛苦度的是平安残生，出得小岛，迎来的是血火刀剑。她最大的希望是天降神兵，将她与林儿解救出来。当她真真切切瞥见谢鹰手腕的鹰表时，她一阵激动。父亲不正是在他的舍命救护下得以生还的吗？眼前，他又是唯一可佑之人草莽舅舅手中的猎物。竹心的心乱极了，她仰首搓起了双手。一道月光夹着迷离的竹影跃入她的双眸，她的呼吸急促起来。她索性披衣走出房间。一棵樟树宛如一位卫士立在她与弟弟林儿卧室之间。咚咚咚，三声脆响。林儿一个翻身，穿起上衣，谁，出事了吗？数载的荒岛生涯也使他晒黑了。正是窜身段的年龄，他的脸上总挂着阴沉沉的与他小小年纪不相称的沧桑阴影。在春日，小伙子看到满湖帆影时，他会手搭凉棚，一直眺目凝望，当帆影变成一个个白点时，他的嘴角才漾起一点苦涩的笑意。与姐姐一同登山摘梅时，他会一口气登上山顶，悄悄附在姐姐耳畔，眼睛调皮一闪，问道，"竹姐，这种日子何时是尽头？大莽舅的债难道要我们用一生来偿还吗？"往往，竹心姐总是这样安慰他，只要大舅洗心革面，上天总会开眼给我们让出一条生路。是吗？林儿总是苦笑着摇一摇头。此刻，当竹心把她在小阴山山洞里的奇遇附耳告诉已长出满腮胡须的弟弟时，阿林睁大了双眸，又揉了揉眼睛，这一切太巧合了。难道这双救过自己阿爹的上帝之手也会给他们姐弟俩带来好运？

　　次日清晨，姐弟俩来到谢鹰栖身的洞穴。一群河雁嘎嘎飞起，风
大了，浪涌着浪撞向泥土簌簌下落的荒舍。竹心敲开了破木掩映的竹
门。刚进门，竹心故意大喊一声："阿林，我的表怎么坏了？"刹那间，
竹心玉手一挥，一簇竹影刻面的金表映入谢鹰眼帘。谢鹰双眼瞪直了。
世上难道有这等巧事？他下意识地抬起左腕。"你叫谢鹰？"谢鹰眼里
漾起了泪花。当年，他是一热血青年，直觉告诉他直皖大战抢的是地
盘，争的是利益。所以，当他将直军师长背送到师卫生所时，他只做
了一件不丧良心的平常事。当这位双腕均带金表的高级长官将一只刻
有雄鹰图案的金表塞到他手心时，他直感到天道助善。"会修表吗？"
林儿意味深长地问。"零件要到岛外买，最近要到东山镇。"当大莽舅
知道金表出了问题要到东山镇配零件时，他一口就答应了。"那条鱼会
溜掉吗？"大莽舅有点不放心。尤其是当竹心提出要谢鹰同去时。然后，
他思考了一下"也罢，大樟树下，一手交钱，一手放人。然后你们再
逛到东山镇修表。"竹心心里咯噔一下，仿佛漫漫长夜刚刚漾开的一点
曙色又被浓重的乌云遮没了。

九

　　巢城秋迟，昏沉沉的灯光下，欧阳文警惕地向四周瞥视了一下，
用颤抖的双手打开了保险箱。一道闪电掠过天际，刹那间，雷声隆隆。
他惊呆了，保险箱内空无一物。他无助地瘫坐在地板上，一行热泪扑

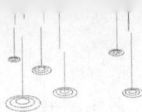

簌簌滚落到经理室的红漆地板上。他下意识地在衬衣口袋抖抖地掏摸，钥匙不见了。他回忆起来了，那个徽州远亲闻知他要南下姑苏，特地为他设宴送行。三杯热酒下肚，不胜酒力的小伙子被远亲搀扶着从巢城大酒店回到了茶庄。他吐了，殷勤的远亲为他解衣，将他放倒在床榻上，他的心中还微微泛起感激之情。此刻，怒火，像一堆烈焰从胸口霍地腾起。

一道闷雷从沉沉云絮中滚过，火花陡地一闪，照亮了窗外一张惨白的脸。他一惊。对门的丽老板，他最不愿见的不速之客来访了。

丽老板穿着一件青领外套，撑着一把碎花蓝布雨伞。丽老板嫣然一笑，"无风不起浪，小阿弟为啥事这么急来着？"一个念头迅速掠过欧阳的脑际，他的徽州远亲就在九里香茶庄跑堂。"阿多还住在远香村吗？"欧阳试探性地问。"这个没良心的小子昨夜溜了，招呼都没打一个，下趟，老家相见，你替我出口气，恶骂他一顿。"欧阳只觉得一阵天旋地转，就是这个阿多，他的徽州远亲，灌醉了他，偷盗了钥匙，将东家的细软席卷一空。他仿佛看到谢鹰满是渴念的脸，他又看到勒在谢鹰脖子上的绞索，那血色的绞索一步步抽紧，他一个趔趄直挺挺地摔倒了。血，从他秀额上汩汩渗了出来。他一个挣扎，抓住了紫藤缠攀的钢窗，怔怔地看着丽老板。太怪了，丽老板手里擎着五根金条，还有一封信。欧阳素来谨慎寡言，但昨天酒后向阿多吐了真话：他要到姑苏明月湾为东家掌柜赎身。阿多轻轻"啊"了一声，又端起酒碗，一骨碌将大碗酒一饮而尽。当晚，他钻进了丽老板的房间，喜滋滋地向女掌柜报告。"死鬼，还不快逃？"丽老板轻轻拍了一下阿多的后背，拔开门栓，让这个相好消失在茫茫黑星夜里。宅外，传来黄狗的狂吠，不一会儿，巢湖掠来的凉风透窗而入。她有点于心不忍了。对门的姑苏青茶庄开业时，她无眠了好多天，因为阿爸的相好江副师长给她一个任务：好生监看那个黄老板来往的客户。她出生在太湖西山一个名叫青山坞盛产杨梅的临湖小村庄里。每天，当对面茶庄飘来碧萝茶香时，她的心里总会漾起复杂的愁绪。她的生父是一霸蛮一方的东山湖霸。外号"东霸天"。豆蔻年华时，她曾与邻居一小伙订亲。不料，这个小伙竟在大婚前夕失踪了。湖霸一把火把这个负心汉的瓦房烧个底朝天。"小赤佬，要偌个命。"一个黑星夜，潜伏多时的湖霸手下向苏城一个破落宅院连开三枪。苏城警察出动了，向东山包抄而来。湖霸上了岛，而她跟着军阀混战逃难的人群落脚巢城。幼时，她爱唱山歌，歌声亮如百灵，湖霸用重金请来昆曲教习，于是青山坞里碧青的茶园常常萦绕着一位姑苏湖女的美妙唱腔。

白云悠悠，太湖青山坞还在，但她，丽老板只好垂泪了。昨夜，阿多将谢鹰落难之事告知于她。她一夜无眠。她知道大樟树那一带是阿爹相好江副师长地盘。她也知道盘踞在湖岛的皖籍游兵散勇惧着势大力沉的东山湖霸。她从小就与这些阿叔厮守在一起，她从阿多相赠金器中取出五根足赤金条，就着油灯，她修书一封。

太湖月，笑吟吟游出了云层。迷离的月色下，一叶小舟缓缓泊岸了。大莽最终还是决定自己充当"取货人"。七个人影已事先蛰伏于傍

紧一家叫作"大明旅舍"的树荫深深的桂林里。这伙巢帮太湖刀斧手可谓倾巢而出。

欧阳临行前，丽老板塞给他五根金条。丽老板向他嫣然一笑："这是交给大明旅舍当家人金虚白的一封信。"丽老板眼眸湿润了。"告诉他，我天天念叨他。"说着，她又若有所思加了一句，"身板脸形与你有得一比，皆是天天入梦的人中俊杰呵！"欧阳心里先是一个咯噔，然后两颊飞上了红晕。怪不得丽老板对我……原来是情有所托呵。欧阳迎着晨光向她摇手挥别时，丽老板突然感到这个小伙子俊秀眸子中的泪光，当欧阳走到路口，又回首向她摇了摇手中的信封时，她突然感到三载的依门相望已变成她别样人生中的一泓灼心的清泉，特别是在皓月当空时，如泣如诉的笛声随着飘移的云影落在她雅静的卧室时，她突然觉得，她的秘密使命是那样可笑。江副师长对于谢鹰的一种病态般的防范同样窒息了她的人生空间。多亏一个远房本家之助，她摇身变成了茶庄老板娘。那个本无感情的茶庄老板，一场激烈的狂吵后独自出走，至今下落不明。当她第一眼看到玉树临风的欧阳时，她的心怦怦直跳。特别当他双手恭揖，满面笑容立于谢鹰身后。用一种充满磁性不疾不徐的嗓音游刃有余地在交际场上周旋时，丽老板心中涌起了一种异样的情愫，丽老板的这一封信其实是一柄置谢鹰于灭顶之灾的利剑。此刻，灯下，她有点后悔了。

十

姑苏大明旅社掩映在橘林深处。每当漫山遍野的橘树挂起万千盏小小红灯笼时，太湖周边城市的达官贵人就蜂拥而至。入夜，高高挑起的大红灯笼排成弯绕有序的龙头。光影摇曳中，猜拳狂笑之声不绝于耳。大明旅社的大门正对万顷波涛的太湖，湖光山色醉了无数姑苏城内的游客。

金虚白祖上亦是一读书人，不过，身陷科举考场舞弊案的祖父入了大牢。父亲无颜面对众多有身份的亲友。一次秋游，他流连于东西二山，心情旷达极了。这水，这波，这云，这红橘，他醉了。回去与娘子一商议，变卖了祖产，携着刚出牢狱的皓首老父，落脚在东山这一风景绝佳处，未料到，一帮湖匪乘着月黑风高洗劫了这户已濒困境的读书人家。老人家临终前拉着儿子的手，留下了四个字，财虚人白。儿子泪如雨下，颔首频频。五更时分，一道余光掠过六旬老人深陷的眼角，他放心地走了。一年后，一个俊俏后生出世了，男婴出奇地白嫩。财虚人白，已入中年家贫如洗的读书人开办了一家幼童学馆。太湖之滨，实在没有多少浪里白条对读书感兴趣。一个乌云遮月柳叶飘零的秋日深夜，这位忧郁过度的教习走了。茅舍里传出哀痛的恸哭声。从未干过农活的娘子咬了咬牙，学起了栽秧，学起了种茶，甚至学起了摇橹。乌篷船尾坐着已是少年初长成的虚白，一双乌溜溜的眼睛灵动地瞅着湖水。一次出行，娘子一个趔趄掉进湖水旋出的浪峰里，不

擅游水的城里人被一个刚好路过的一艘大船上的黑大汉掳走了。娘子曾三次返东山寻找虚白，只见人走院空。一个好心的邻居收留了他，并举荐这个小小少年到刚开张的大明旅馆做学徒。在大红灯笼光影下，小虚白刚踏进整洁的修竹满院临湖院落时，一个秀美的少女立在台阶上，身旁是一棵火红的石榴树。少女轻摇树枝，一颗刚刚成熟的石榴不远不近正好从他头顶上滚下。虚白惊惶间脚底一滑，踩上了青苔。

格格格一阵笑声中，一个人影闪入室内。他踌躇了，怔怔地立于院中。"还不快进？"一声清亮亮的呼唤传到他的耳中。

少年刚步入大厅，一幅湖上雄鹰乱针刺绣画面直扑他的眼帘。画面上，雄鹰不疾不徐，舒展双翼，昂首云天，一股英雄气直冲他眼眸。"我的小绣作，信吗？"小姑娘秀目一个扑闪。"信，一百个信。""拉钩好吗，否则，你就是撒谎精！"虚白紧张地把手缩到背后，汗水涔涔湿了满是补丁的衬衣。"没出息的小官人。""我……"少女又是一阵格格大笑。她的笑声清亮，恍如一股清泉直冲少年心底。

院中的石榴树长高了，虚白大白天跑堂，晚上扛枪舞棍。小伙子知道太湖岸畔兵匪一家。没有点看家本领，旅舍跑堂这碗饭是端不牢的。晚间他常与小阿丽切磋画艺。他的两代先人都是吴门画派的实力人士。

他从没想到，两人真诚无邪的交往竟被阿丽的亲友视之为大逆不道之事。湖霸看上了一个殷实之家子弟，后又以一把大火毁尽了准姑爷的二层洋楼时，他冷汗直冒。当阿丽他爹的后台败走湖荡时，家族人士开会议定由他接管大明旅社，但有一个令他难堪的条件。"不许成家"，这四个字如一道绳索捆住了他那青春勃发的心弦。当月下长得与他有几分相像的巢城小茶商把阿丽的亲笔信抖抖地放到他手中时，他的心狂跳了起来。

十一

夜深了，滔滔湖浪叩击着阴山岛这座土牢般的洞穴。咯嗒一声脆响，铁锁松开了。

谢鹰猛地一跃，进来的是竹心与林儿姐弟俩，大莽与另一壮汉持枪蹲伏在洞穴外野花丛中，乌亮的枪口对准了洞穴。竹心一身秋装，秋呢夹克金黄灿亮，高筒军靴衬出她的高挺身腰，一顶礼帽扣到了眉心。林儿腰间别着乌亮的快枪。谢鹰穿起已经破烂的秋装，讪笑着，"两位早。"说罢，他将一块备用金表套上了左手腕，又向两位早来的湖岛侠客欠身鞠躬致意。"免了吧，"一声清亮亮的载着威严的声音在耳畔猛喝道。"举起右手！"谢鹰一个立正，将右手高高举起。"放下右手，换举左手！"林儿威严地喝道。他的眼光落到谢鹰左腕的闪着寒光的表面上。他的脑海里腾起一个奇异的念头。"一个茶商，戴着如此贵重的洋表，从何方掠取，从实招供。"聪明的谢鹰从一入荒岛起，他就知道他曾施恩获救的师长与这对姐弟的亲缘关系，但他无法推断这两位貌似驯良的大户人家落难后代与那位黑莽大汉之间的关系。有好几次，

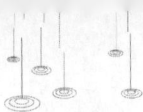

他真想将那一凄美的金表故事讲给误入荒岛的姐弟听，但有一次，他真真切切听到小女子一把搂住莽汉的腰，亲亲热热地喊了一声，大莽舅，我们明天上山采花去，小阴山上的野梅花真美，美绝了。他心里一个激冷，世上只有舅舅亲，他惊悚地浑身一个哆嗦，这个秘密只好存放心底了。

机会到了，谢鹰解下腕表送到林儿手中，讲起一个故事。"那送表给我的老伯说我们就是前世的亲人。每天早上，我都要用泪水洗去表面上的积尘，告诉老伯，托他之福，我又苟活了一天。"说着，谢鹰盯视着林儿。小伙子用不解的眼光掩盖心中的波涛。

"算了吧，收起你那老掉牙的故事。"林儿故意恶狠狠地瞪了谢鹰一眼。他与竹心会意地交换了一下眼神笑了。

十二

一双颤抖的手敲碎了大明旅社黑漆木门上成串的雨滴，欧阳文肩挎一个黄包，双手不时掠去额上渗出的汗珠。他长长地吸了一口气。一盏平安是福的筒形大红灯笼在雨中发出幽幽的光。

丽老板临行前告诉他，最好在夜间造访大明旅社。"东山岛上狂犬如洞庭红橘一般多。"丽老板将一把雪亮的钢刀塞入他的黄包。"阿文，此行多保重，说不定……"丽老板向这个文质彬彬颇有书生意气的青年人投去不放心的一瞥。不料，欧阳文秀目一个扑闪，飞腿跨步，好一个饿虎扑食。只见他面不改色，双手恭揖，"丽姐，放心吧，小弟所在徽州，村上人都会点防身拳术，我也学了两招。"丽姐，这是欧阳文第一次改口称她为丽姐。在小伙子展转腾挪时，那矫健的身姿，如玉的面额上掠过微漾的笑意使这位九里香茶庄掌门人心中荡起了不可抑止的爱慕情愫。

阿金将充当这样一个角色，丽老板在信中叩拜他，帮付五根金条，将十根金条如数送给莽哥，好生招待一顿，给谢鹰洗尘，然后，将他绑交给丽家人，这是文场。如来者收钱不放人，则用巧计将这伙亡命之徒诱到大樟树下，用子弹、匕首让他们领教太湖丽家人的厉害。"敝人全权拜托，顿首。"信中还附了丽老板的一束青丝。这两招都会令谢鹰处于极危险境地，丽姐果真心如蛇蝎。

如晦的暴雨倾泻在大明旅社的徽瓦屋脊上，三条黑影飞上了屋顶。大明旅社的瓦脊上有一间阁楼。一棵染紫老槐树用其纷披的枝叶将四面有窗的小楼顶层隐隐遮住。虚白的卧室位于总是飘着槐青的临窗北侧。那是湖匪登岸必经之途。一日，一只狂犬疯了。虚白顿时关上厚重的铁门，然后噔噔噔奔上阁楼。他打开窗户，举起枪托，瞄准那条狂犬。呼呼两声，狂犬应声倒地。当三位丽帮客登上阁楼各占一窗准备停当后，他稍稍松了一口气。

"欧阳阿弟与我同道，既是知遇之交，又有常助之恩。"丽老板信中写道。她在信中还编造了这么个故事：一次巢湖街头，数名恶棍到茶庄寻衅闹事，欧阳小弟手持铁棍赶来，冒着生命危险，逼退了这帮

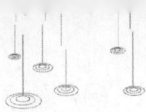

浑小子。"虚白，他的面容与你有得一比，声音也像，有时，我还会在梦中错认你俩是同胞血亲。此次来苏你当尽地主之谊。但是，对那位谢鹰，你必须让他折翅。""我在信中附了一缕青丝，我错了，真是悔不当初……"

灯影中，虚白的额头沁出了细密的汗珠。阿丽的这封信仿佛给虚白的暗晦人生带来一缕曙色，但又昭示了一种新的危险。他又向怔怔地立于灯下身长玉立的欧阳投去一瞥。只见他双眉微扬，眼神明净，举止彬彬有礼。他痛苦地思忖道，丽姑娘对欧阳的痴爱明显进入魂不守舍的境地。

正当他思绪纷飞时，村口的狗吠声此起彼伏，而且越叫越起劲。欧阳一个飞身，扑向门口。虚白紧了紧披在身上的棉夹克，神情严峻地打开门，稳稳立于大红灯笼之下。一阵强劲的湖风掠过，镶有平安是福的红灯笼剧烈摇晃起来……

十三

乌云掩月。九里香茶庄沉沉入睡了。楼下的小伙计刚掩上铁门，猛地，一张慌惶的满是汗珠的面庞映入他的眼帘。他"啊"的一声惊叫起来。来人扯下黑礼帽恨恨地扔在地上。砰的一声惊醒了二楼已入梦乡的丽老板。她柳眉倒竖，步出房门。

自从上午送走垂泪而别的小书生欧阳后，她的心一直忐忑不安，落座在柜台后的太师椅上。望着海上生明月的刺绣屏风她陷入了沉思。

　　她记起来，一日，她与阿金坐在月笼寒沙的码头青石旁，说起了不忍启齿的悄悄话。"阿爹收了村头富少陈小鹏家的彩礼。"她幽幽说道，顺手将一块石头扔向湖心，倒映在湖心的月影荡起了涟漪。阿金呼吸急促了。阿丽双眉微蹙，"阿爹的牛脾气，你是晓得的，他说一不二，又收了对方的彩礼。"阿丽深深叹了一口气，湖心的圆月依偎在柳影婆娑的湖面上，不远处，三两点渔火忽隐忽现。阿金一个激冷，拉起丽姑娘的手，含泪说道，我们走，到太湖深处小岛上安家。阿丽沉思了一下，缓缓说道："我打小就没了娘，爹亲着我，爱着我，我就是那湖中月，阿爹心中就只有我这盏灯，灯灭了，阿爹恐怕也活不下去了……"一向温顺的阿金发起了倔脾气，谁知，心高气傲的阿丽比他更倔，乌辫一甩，嗒嗒嗒地跑了。当尚未成亲的新姑爷的二层楼被一把大火燃成一堆黑炭时，阿丽去找过阿金，碰巧阿金到姑苏城进货去了。在巢城茶庄里，一日无事，她拿出落满尘灰的绣绷，一轮湖月陡地亮晃晃地从她眼前升起，她抿紧了漾起苦笑的双唇，穿起了绣针。当一幅海上生明月的精美苏绣画幅挂在青砖铺地栽满修竹的茶庄庭院里，谁也不知道，这月，这孤月就是绣女阿丽。

　　当阿丽一阵风似地从木楼梯奔下来，瞅见来人时，她一个箭步冲向前，抓住来人的衬领，厉声喝道："有话楼上说！"来人竟然是阿多，这个贼眉鼠眼的不靠谱的前茶庄管账小伙计怎么又折回了呢？而且，脸上汗水淋漓，两眼溢满惶悚呢。"上了谢鹰这个老狐狸的当了，

金条全是假的，我差点被金铺老板抓住，他还要告官呢……"阿丽顺手就给阿多一个巴掌。阿多的脸上留下了印痕。阿丽瘫坐在窗口的椅子上，心里一阵抽搐。蓦地，她的脑际里浮起一个主意。东山镇上只有一家金店，蓉姐，她的亲表姐就是金店内当家。湖上绑匪特别相信这家金店。

"走，跟我到姑苏走一遭。"月朦胧，鸟朦胧，两人飞一般上路了。阿丽心里恨恨想道，"谢鹰是狐，我就是猎狐的高手。"

十四

离大明旅社不远处有一桂园，一株百年金桂常年将其远香送入南来北往行路人焦渴的心田。雨狂时，桂香反而愈加浓烈。谢鹰双手被一铁铐锁在身后，左边是黑礼帽压住眉心的竹心。右侧，林儿不离一步地紧跟着。几步开外，两个壮汉恶狠狠地紧盯着谢鹰瘦削的背影。桂花林里，一批枪手已于日前从小阴山驾舟起航蛰伏于鬼影幢幢乌鸦凄鸣的桂林深处。

兵荒马乱、纵横万顷碧波水性极好的湖中绑匪很少上岸与"票客"交易，这次是个例外。外甥女竹心嘟起了薄唇，"阿舅，这次交易就在岸上做，我与林儿两年没上岸了，更何况，我的小祖宗又要修了。""小祖宗？"阿舅一愣，"啥玩意儿？"竹心调皮地抬起右腕，一丛修竹依然清亮，秒针却停摆了。"林儿陪我去，就在东山镇金店隔壁。"这句话说到了他的心坎儿上。当下，物价飞涨，纸钞贬值。所以他开口索要金条。他是一个识字不多的绿林中人。万一金条有假呢？这单货岂不是白做，但是自己恶名在外，万一金店主人有疑岂不是自投罗网。他从上衣口袋里抽出一支烟，点着后，他猛吸一口，恶狠狠地问道："客家，送来的金条有假，一秒钟就让你见阎王。"说着，他用粗手猛拍了一下谢鹰瘦零零的肩头。谢鹰听言，立即在路口站住了。"谢某人一向以诚待人，有一假杀百头。"他的眼角里满是轻蔑。他深知一掂，二看，三摔，四析才是判别金条真假的王道，在这湖野之地，哪有金店。

大明旅社大红灯笼下立着两位身材五官极其相似的青年人。"请进，诸位客官。"清脆的苏白表明了他的店主身份。欧阳文的目光梭子般扫向客人。谢鹰刚踏入大明旅社的庭院，一眼就认出了欧阳。小伙子长高了，秀气的脸上漾着惊惶，他用双手紧紧捂住一个厚实的皮包，"师傅，"他轻声问候了一下谢鹰，"干货都在里面。"莽舅一声大喝："今晚都宿在大明旅社，明日，到东山镇金店验明真假，下午取货放人。"谢鹰一惊，急忙说道："谢某人有要事，是不是今晚就验货走人？"大莽沉思片刻，粗手一挥，"且慢！"他猛地推开铁门，雨水哗啦啦倒灌进来，又是一道蓝色的闪电。晶亮的雨线溅起了涟漪。"瞧，人不留人天留人。"他高喝一声，"拿酒来，每人痛饮三杯，给咱们的谢官人解绑。"一支手枪从欧阳厚厚的棉背心滑落下来，虚白惊呼一声："外面有人！"大莽一个飞步向外冲去。"一只野兔，林子大了，什么怪物都有。"

虚白与白了面庞，冷汗直冒的阿林眼神对视起来。"明天！"谢鹰一想到明天，浑身一个哆嗦。一个绿色信号弹摇曳升空，阁楼上三位枪手猛冲下楼。桂花丛中埋伏的七条汉子端枪冲入大明旅社。

十五

丽老板与阿多缓缓步出阊门汽车站。一次，她与阿爹摇船到阊门卖洞庭红橘，傍晚，披着夕阳，胸前别着一朵幽香扑鼻的茉莉花，摇着橹，唱着田歌回到湖畔东山小镇。有一遭，她还与阿金，好婆三人摇着小船，船舱里摆满了又酸又甜的杨梅。一上午杨梅卖个精光。

好婆爱听评弹，在阊门的裕华书场，三位乡下客正襟危坐。书场里尽是些穿旗袍长衫的主儿。回到东山，刚进屋，她就哼起"月光里，红娘缓步上厅堂"评弹开篇的小曲。她与好婆相约，待到霜染红橘时再去裕华书场听书。灯下，她飞针走线，缝制了一件红领旗袍，那是好婆过生日穿的，可是夏日扫尾时，好婆发了疟疾，走了。那天，灯下，她流着泪给好婆画了淡妆，小心翼翼给好婆穿上高领开衩旗袍，然后，扑到好婆身上，泪如雨下，泣不成声。

一个冬日，怒火万丈的阿爹拎着利斧去找那个坏良心的未过门的姑爷论理。人溜了，草莽成性的阿爹用一把火解了心头之恨。要不是江副师长四处托人，阿爹早就要坐"号子"了。阿丽的思绪猛地被截断了，街道上一片纷乱，人们纷纷涌向阊门高桥。小报童满脸通红，用苏白高声嚷道："号外，号外，昨天晚上，东山镇两股湖匪争抢黑货，在大明旅社激战，一死两伤，两股湖匪都佩有枪支，近期前往东山的游客望你们倍加小心。"

蓦地，一个穿白大褂的青年大夫向她迎面走来。大夫眼里射出惊喜的光芒，也就是柳尘，东山个个都熟知的好大夫。柳尘指着一幢临街的二层小楼，笑道："那是敝人所开诊所，丽姐，你现在生财有道，是个大贵人了。""小赤佬，尽寻开心。"阿丽与他太熟了。阿丽与顾梅都擅绣艺，常常互换花样。"梅姐可好？"她随口问了一句。"她没了。这是东山湖匪欠下的一笔债。"柳尘言罢顿时泪如泉涌。

一种莫名的恐惧攫住了阿丽，她曾隐约听说过，在一次与东山湖匪的恶斗中，顾梅受了重伤，想不到她已到了另一世界。"东山茶叶也一年不如一年，唉，这世道，昨天，两帮湖霸又干起来了，丽姐可要千万当心呵！"柳尘向脸色骤然暗淡的乡邻投去怜惜的一瞥，感慨地说。他看了看腕表，急匆匆走了。

阊门至东山的长途客车出发了。她与阿多上了车，破败的车厢里只有数位橘农。丽老板曾若干次贩橘进城。水路迢远，只有夏秋两季风景如画时，她才喜欢摇橹进城。春季，她肩挑青菜或一筐白鱼，哼着田歌，一踏脚就上了班车。班车司机是个中年人，他一手握着方向盘，回首扫了丽老板一眼，悠悠说道："昨晚东山惊天血案，大明旅馆被打烂了。两位客官，要倍加小心。"惊天血案，丽老板心里流淌起泪河，因为只有她方知这场血案的惊悚背景。丽老板恨恨地向阿多扫去一瞥。

十六

已近昏迷的谢鹰被欧阳文背着，钻进了草丛。欧阳文也受了点轻伤。清秀的前额上汩汩鲜血涌了出来，他脱下衬衣，一把扯破，顺手将头裹了起来。萤火虫打着灯笼悠悠飘来，秋虫唧唧叫个不停。雨止了，湖风拂面，他一个哆嗦，冰凉的手握着发烫的枪把。

他心中五味杂陈。他只觉得这个世界太混沌了。啪，啪，啪，湖心又响起了清脆的枪声。他紧张得抱紧已面无血色的谢鹰。刚才的一幕让他真正领略了太湖这群亡命之徒的凶残。湖面上，一叶轻舟宛如一支利箭向他所隐身的地方射来。一位女子站立船头，她用手聚成喇叭，高声叫唤着。近了，近了，更近了。欧阳文的眼里湿润了。丽姐站立在船头，还有另外一位姑娘奋力地划着桨。他对空鸣了一枪，枪声震飞了湖面上悠闲觅食的野鸭，谢鹰也微睁开双眼。

红日透窗而入，东山诊所里几位大夫一阵紧急抢救，谢鹰终于面有血色。他缓缓睁开双眸，醒了。一束野菊花滴着朝露，放在他的白色枕边。他的心头一阵热浪涌来。他下意识地向左腕投去一瞥。金表犹在，他一个哆嗦，抽泣起来……林儿没了，那个舍命保护他的湖上少年倒在血泊中。记忆的闸门被启开了。当阿金请来的苏帮三剑客听到楼下一片吵嚷声时，持枪冲了下来。大莽惊呆了，他踢开大门，向天鸣了一枪，草丛里七条人影飞奔前来，将大明旅社团团围住。竹心拉着林儿迅速向门外奔去。就在这时，大莽一梭子冷枪朝里屋射去，谢鹰拔出手枪向门外回射，不料，子弹射中了林儿的后背，因为林儿被一个人猛推了一把，正是金虚白故意猛推了他一下，让他变成了飞弹的靶子。小小少年根本不知道，楼上冲下来的是苏帮湖匪，丽家宗亲，林儿倒下了，大莽的援军也到了。竹心抱着已近昏迷的阿弟，向谢鹰投去万般仇恨的一瞥。大莽呼的一枪向里屋正奔上楼梯的谢鹰射去，在枪林弹雨里腾挪摸爬训练有素的谢鹰拉着欧阳猛地一个卧倒。大莽又补了一枪，子弹从他的后背擦过。楼上三剑客的火力网逼退了大莽一伙。林儿在月光下睁开眼，向人世间投去最后的一瞥。一艘快艇载着大莽，竹心，几位巢帮剑客快速向湖心驶去。

枪声惊动了警署，三位苏帮客顿作鸟兽散，虚白被戴上手铐，坐进了大牢。

皎月西上时，竹心向埋于后山坡的林儿坟茔跪下了。大莽腰上扎起了白带。只见竹心转过身奔向滔滔湖畔。她把一只已停摆的刻有修竹镜面的金表恨恨扔向湖心。她恨自己，一次轻率的决定让善良可爱的阿林，她世间最亲的人被一颗罪恶的子弹夺走了年幼生命。她的心里其实还有一个问号，是谁在黑暗中恶狠狠地推了林儿一把，导致了悲剧的发生。

阿舅送给她一支乌亮的手枪。从此，她冬练三九，夏练三伏，每当清明时节，她都将泛紫的二月兰扎成一支花枪，然后告诉长眠在松涛竹海中的阿弟："姐天天在练枪，谢鹰恩将仇报，姐的子弹一定会让他折翅丧命。"

　　一次，她试着用左手持枪，射向一只树杈间栖息的野鸟。呼的一声，野鸟应声落地。从此，她左右开弓，先练熟枪法，后练身手腾挪，再练水上跑动射击。好几次，她都向莽舅提出要找谢鹰报一弹之仇。莽舅成熟多了。他只是淡然一笑。"风声水声，声声都是报仇声，只是当下岸上风声太紧，报仇有的是时机，要的是良机。"大莽舅顿了下，说："还有一个更阴险的凶手。"说罢他铁拳猛地一砸，已经破损的竹面上顿时出现了一个洞。他立起身，出神地仰望皎月。今夜月轮特别丰美，柔和的银辉洒落在湖面上，他的脸上出现了特别蔼然的表情，"丫头，今年二十二了吧？"竹心一惊，羞涩地点了点头。大莽的眼里闪现出泪花。"阿舅有个想法，想给你找个婆家，陆上的，好好过日子，好吗？"一抹红晕在她脸上漾开了。

　　林儿活着时，姐弟俩常嘀咕，要上岸，看看山，观观景，夏天，小阴山水凉凉的，风嗖嗖的，快活极了。可是一到冬天，寒风像一把尖刀，尤其是冬天飘雪时，湖面封冻了，一片白茫茫。姐弟俩度日如年，敲开厚冰，勺一盆水，枯枝烧开了水，也把烟雾塞满了房。姐弟俩常立在窗口，茫然盯着窗外，一站就是半晌。竹心凝眸向阿舅望去，林儿去世后，他陡地变得苍老了。阿舅眼神暗淡了。"我与阿舅春看湖景，夏赏湖月，过年时，到山上把林儿请下山，我们摆一桌酒，三人欢欢喜喜过大年……"说着，她已泪流满面了。山坡上，传来一声苍鹰的悲鸣。

　　夕阳如血。丽老板与阿多风尘仆仆刚下班车就发现，死寂的汽车站空无一人。小巧整洁的院落里，一簇凤仙花映着夕阳的余晖，惊愕地凝视昔日还风轻水暖今日却死一般沉寂的湖滨小镇。

骤然间，湖面上，水粼粼的波涛上，一个光点在跃动。光点逼近了，越来越近了。蓉姐，外号浪里金花的蓉姐，水性极好的蓉姐，驾着橹，神仙般降临在荒凉的湖滩青石码头上。"丽姐"，一声银铃般的呼唤。阿蓉猛一摇撸，在船头急切地向久违的阿丽打起了招呼。

接到那封十万火急的求救信，阿蓉眉心打结。从湖滨那个风水极佳的秀丽渔村嫁到东山镇后，上苍扼住了这位大大咧咧，风风火火，渔村首富掌上明珠的好运。当拜堂的红烛还在吐焰时，次日清晨，新郎大康的六旬老父突发中风，送医院抢救无效，三日后断了气。红喜白悲的新郎跪在威严苛刻的老母面前，泪如雨下。泼恶的金店老板娘顺手给儿子一个巴掌。阿蓉一愣，老太婆的眼角余光恨恨向她扫来。这位渔村有名的一丈青，这是阿蓉在村上当姑娘时的外号，怎能咽得下这口气。她飞起一脚，将新房房门踢开，冲到里屋，把嫁衣一披，噔噔冲到小院，对着天上的星星，仰头冷笑三声："我就是天生的扫帚星，姓徐的，有男儿血性的就不要到伲湖上村提亲。"这位新郎真没想到，他的父亲将这样一位烈女子娶到徐家。他一阵血涌脑门，狂喊："这日子没法过了，退婚！"

渔网如一团黑色的精灵，在湖中溅起一汪碧生生的莲花。倏忽间，轻臂一扬，渔网又飞入空中，在万顷绿涛中撑开一朵银光闪闪的伞花。阿蓉，倔强的阿蓉如一尊玉佛，昂首向天，站立船头。她拿定主

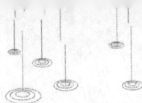

意，她要让东山镇这家金店富户睁眼瞧瞧，太湖大槐树下的一丈青岂是任人拿捏之辈。

阿蓉爹是一厚道老人。"常言道，忍字头上一把刀，行船时，篷张足了，船还是要翻的"。父亲怔怔地望着阿蓉，幽幽地说。不料，一个早晨，她哇的一声满屋子呕吐起来。这位浪里白条悄悄落泪了。徐家第四次托人来说和了。"老阿婆一个急火攻心，走了。"来客是一银发老者。阿蓉爹喜滋滋地告诉来客："阿蓉有了，说不定是个大胖小子。"来客睁大了双眸，惊喜得说不出话来。虽然阿蓉爹经手一家渔行，养得起外孙，但极爱面子的渔村阿爹还是希望蓉儿有个家。他永远忘不了蓉儿娘断气时的眼神。高烧十天，粒米未进，请来的中医大夫摇了摇头，附在阿蓉爹的耳畔，用沙哑的声音低声说，"得备后事了。"阿蓉爹一把抓住老中医的手，扑地一声跪下，求求你，阿蓉才三岁，她不能走，不能走呵。阿爹泪如雨下，哀声连连地说。就在那一瞬间，回光返照的阿蓉娘竟然支起了身子，"阿蓉过来，娘再亲你一下。"阿蓉愣了一下，奔过去，扑倒在娘的怀里，娘掏出了手中的金如意，缓缓塞到阿蓉软软的手中，眼神中露出一丝不舍的神色，蓦地，手一垂，走了。老实敦厚的阿蓉爹太疼这个独女了。他常惊诧地思忖，这位阿囡怎么个性这样烈。家里富足得很，她却喜欢往湖里闯，一扬臂，渔网飞上了天；一摇橹，小船利箭般穿破惊涛；一纵身，水上激起阵阵浪花。村民们送她一个雅号，一丈青，因为她跃身飞入湖面时，水花，青青的水浪花太晃眼了。一次渔家小伙高喝一声："一丈青，我量了，阿蓉身后压出的水花足有一丈长，太棒了。"

当一个秀眉俊眼的胖小子呱呱坠地时，阿蓉与夫君的关系像缓和了一些，但又仿佛隔了一层。

大康金店在东山镇独此一家。阿康雇了两个远亲，生意也兴隆。他有一个恶习，抽大烟。那是徐家祖上的遗存，每当他吞云吐雾时，阿蓉都会冲进室内，望着满脸苍白的夫君恶狠狠地数落。阿康总是不屑地斜着眼睛望着她，心里咒道，一丈青，总有一日，让你一寸也青不了。他将账本交给远亲，不让阿蓉染指半分。岁月从指间滑落，她与儿子相依为命，小康长成一个乖巧的男孩。

当她收到阿丽来信后，直觉告诉她，如果让这一帮湖匪到她家金店验明真伪无疑为引火烧身。胆小如鼠的大康也许会直奔警署举报，将来者一网打尽。她如何向丽家人交待呢？月牙如镰，她一宵未眠。三更鸡鸣，她想出了一个好主意。"阿康"，她推了推还在惺忪状态的丈夫，附耳说道，"阿爹派人来，说他老伤复发了，我得赶快回家。"她跳下床，夹了个青布包袱，打开门，直奔青石码头，快速解缆上船，双桨齐摇，箭一般飞向大明旅社所在湖北村。晚霞血红，她一抬头，猛听得湖村方向响起了枪声。一群野雁咕咕惊叫着，掠岸飞去。远远地，她看见一个熟悉的身影。那是丽姑娘吗？奇怪，她身边还立着一个尖嘴猴腮的人！

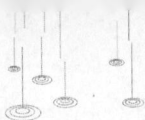

十七

暮霭四合。机灵的阿蓉姐一手摇橹，一手拨开罩住湖光的雾幕，飞向大明旅社一侧的湖滨。她知道丽姐抵苏的第一站必是此地。她与金虚白也熟，一个总是两眼放光，微笑溢满俊秀面庞的小伙。

弹孔像黑夜的凶残双眸。阁楼天窗斜挂下来，草地上的废弹壳像是要留住激战的铁证。当丽姐与阿多站立在大樟树下大明旅社门口时，阿多脑际轰地一响，他知道他被骗了。"丽老板，我们不是来验收茶叶底色的吗？"阿多睁大眼睛，陡地问道，"怎么住在这个鬼地方？""睡露天。"丽姐双眸一个扑闪，恶狠狠回道。"大明旅店是这儿最好的旅馆，你这没福气的。"丽姐冷笑一声，一步跨前，双手砰砰敲起了门。

一个头发蓬松的阿爹探出头来。"虚白进了号子"，说罢，他随手关上嵌有数个洞眼的铁门。丽姐怔住了，她一把扯住阿多，向不远处的青石码头奔去。她的心怦怦直跳，只觉得西沉的太阳放射的余晖红得耀目，红得使她眩晕。

血，一条血染的皮带映入她的眼帘。临出发前，她交给欧阳一条上好牛皮裤带，托他转交阿金。这是国外进口的，阿金会喜欢的，说着，她含情脉脉地加了一句"还有一根，比它还好，属于某个小徽州的。"哦，皮带上的血是鲜血，那说明欧阳就在不远处。她的心里一阵悸动，她向四周望去，夕阳已将芦苇丛罩上了金黄的秋装。一阵秋风掠过，芦苇花絮飘舞起来。

　　就在她双眉紧蹙，心里掠过一个又一个下一步怎么办的时候，阿蓉神仙一般飞掠到她的面前。"阿蓉到了，她可是太湖一侠啊，你这小子说话当心点。"阿蓉见到这个梳着七分头，身形猥琐的小个子徽州茶师傅时，她心里咯噔一声。"丽姐也未免太将就了吧！"话到嘴边，阿蓉柳眉一挑，住口了。阿多偷偷向阿蓉扫了一眼，眼光定住了。阿蓉，珍珠般光洁的面庞上，一双秀目顾盼流转，乌溜溜的刘海掩着两道细长的秀眉，尖尖的下巴，嵌着一对浅浅的酒窝。可是，一开口就把这个渔家女刚烈的一面尽现无遗。"少掌柜是见过大世面的，伲小地方肯定差劲，只得包涵了。""阿蓉姐，您太客气了。""阿多，少啰唆，有要紧事与阿蓉相商，你站一边去。"丽姐将阿蓉拖到一边，将那根在草丛里搜到的皮带展开。"搜！"阿蓉杏眼一睁，高声喝道。

　　猛然间，阿多溜了。他全明白了，她们要找的就是欧阳，而他灌醉徽州同乡，从保险箱取出假金条之事就将败露。这个丽老板心机够深了，将自己推入两难境地。而这位阿蓉，秀眉中有一股肃杀气。他究竟往何处奔才有一条生路呢？东山镇离这儿仅有十公里，有一条山林路从这儿可以直插东山西街。有一次，他到东山收茶时，迷了路，山上一位好心茶农收留了他，临走时，他留下一双银筷子，那是丽姐所赠，然后，茶农领他在橘园里穿行一直把他送到东山西街。他还依稀记得这户茶农家位于一个秀美的山坞旁，他思忖了一下，向山坞奔去。

　　窸窸窣窣之声从左边草丛里传来，阿蓉一把抓住丽姐，滚烫的手心灼得丽姐猛地一抽手。"丽姐""欧阳"两人几乎同时高喊起来。阿

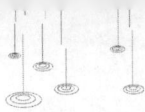

蓉的脸上漾起了微妙笑意。星光下，谢鹰艰难地睁了一下眼。"抬上船，
到东山镇诊所抢救"。阿多呢？这时，两人才发现这个浑小子逃了。

　　一场令丽姐没有想到的闹剧即将在这个湖清地净的秀美小镇上
演。她后悔，真的后悔，如果当初她独自前来该有多好。

　　东山镇诊所离阿蓉金店仅有数里之遥。一条明镜似的沿街小河，
一座长满青苔的石拱桥将两店分隔得恰到好处。诊所门口，一棵百年
柳树如一把巨伞将两层小楼掩映在绿荫里。

　　谢鹰终于醒来了。欧阳脸上漾起了笑意。这是一家设备精良的西
医诊所。穿着洁白大褂的中年大夫使了一个眼色，阿蓉双眸一个扑闪，
紧张地跟了出去。"X 射线透视左胸肋下有一颗子弹，本诊所无开胸条
件，必须转苏城大医院。"猛然间，阿蓉还没有来得及回应，一个她最
不愿在此刻见到的人一步跨到她的面前。"阿蓉，"来人正是徐阿康。
昨晚，他经历了一场生死打斗，半夜三更，金店大门被利斧劈开，他
惊醒后，一个箭步冲上去，拦腰抱住窃贼，虽说偷盗者身形瘦小，却
力大拳粗，好在邻居惊动后持棍相助，一棍挥去，小贼一个卧倒，然
后，头上的帽子落了下来。刹那间，小贼跃身门外，扑地一声跳入
河中。

　　阿多，就是阿多，丽姐一阵眩晕，因为徐阿康在打斗中拾起的细
绒灰帽正是她亲手编织的。一个深秋，阿多到东山收茶。丽姐心疼他
有鬼吹灯的头痛旧疾，连夜赶织了这顶小绒帽。小绒帽上，她还绣了
一朵明艳俏丽的茶花。茶花上有一血点，殷红殷红的。

聪明的阿蓉顿时明白了一切。"这帮湖匪胆大包天，贼手竟然伸到姑奶奶的口袋里，待我明日上阴山岛收拾他们。"丽姐的心一阵狂跳。猛地，阴山岛三个字像通红的利剑刺穿了又一次昏迷的谢鹰脑际。他猛地掀开雪白的床单，"我不去，我绝不去。"欧阳慌忙抱住谢鹰，缓缓地说，"蓉姐的金店被盗了，她要去报案，替你……""这是啥人，哪儿冒出的？"阿蓉不容欧阳说下去，手一挥："乡邻间，为的些许小事，干上了，怪不得，昨夜头被打破了，看着这种男人，我好恶心，阿康，伲两人到外面谈。"不容分说，阿蓉一把将狐疑的阿康拽到门口，脚一勾，门关上了。

"报案，就说阴山岛的土匪恶斗后，又抢了伲金店，快去。"阿康混迹江湖多年，觉得这是唯一可选之路。但当他猛一忆起丽姐惊惶的神色后，一种不祥的预感在他心中升腾，特别是那一顶染血的紫灰小绒帽落入他的眼帘，瞬间就勾起了他的回忆。

一个刮风的冬日，阿蓉闯进她轻易不去的帐房，手里拿着一顶紫灰小绒帽，难得喜滋滋地嚷道，"丽姐亲手织的小绒帽，官人戴上。"说着，她拉开绒帽，里边还绣着一个字"康"。阿康的眼泪缓缓溢出眼眶，他与阿蓉娘家人来往甚少，与这个阿丽姐相处融洽。今日，当他因为昨夜的打斗脸上挂彩到诊所配药时，从窗口瞥见阿蓉与欧阳亲密交谈时，不禁一愣。当听到丽姐声音时，他讶异得说不出话来。他的眼光落在她手中的那顶染血紫绒帽上。阿蓉昔日的一句话让他久久难忘，"阿丽还打了一顶漂亮的紫绒帽，说要送给她心上人。"那个身受

重伤的其貌不凡的伤者是她的心上人？她在巢湖经商，怎么落脚太湖之滨诊所？阿蓉谎称阿爹有病怎么会在这儿与他交集？这一切幻成一个痛苦的结论，阿蓉与他人有染了。当他瞥见欧阳那张俊美中透出青春活力的面庞时，他吃了一惊，那张五官秀逸的面庞时时透出聪颖的笑意，这太可怕了，他一个哆嗦，不敢往下想了。他又一次推开门，向欧阳投去恨恨的一瞥。他的脑海里飞闪过若干罪恶的念头。

　　一道夕阳的余晖透过柳叶，映射在谢鹰有些发青的面庞上。剑眉猛地一挑，他用眼角的余光扫了一下徐阿康阴沉沉的面庞，觉得来者不善。他的呼吸急促了。尽管他是受害者，但在兵匪不分的年代，谁知道当地警署是由何方势力掌控的。

　　阿蓉望着夺门而去的夫婿的背影，心中也腾起了骇异，她对着阿康的背影狠狠地吐了一口唾沫。她的心中有了主意。一个急转身，她手臂一扬，高喊，转院，进城去！她记起了，就在送谢鹰到东山诊所途中，在她奋臂摇橹时，阿丽望着河面上的落日，跳上船头，迎着有些凛冽的寒风，附在她的耳畔，告诉她在姑苏阊门的巧遇。她睁大双眸，欣喜地点点头，双臂挥得更有力了，小船箭一般飞向大柳树掩映的诊所。"大夫，我们上苏州去，我有一姑父是医院院长。"几分钟后，一行四人先向北，待小河湾汊时，又一转舵，向东，如大雁飞掠在通往姑苏古城的弯弯曲曲河道上。正午时分，当徐阿康与两个警官急急赶到医院时，大夫静静地在秋阳下为另一位患者敷药，他缓缓抬起头，将眼镜向上推了推，说道："伤员走了。""去啥地方？""勿晓得。"徐阿康在坊间名声欠佳。大夫唯恐卷入是非之地。两位警官恶狠狠地盯视着阿康涨得通红的面孔，厉声说："报假案是要蹲号子的！"阿康一咬牙，心里咯噔一下，咒道："阿蓉，你请我吃汤团，我请你喝黄连。"

　　新月如镰。阊门在望了，那座掩映在绿荫深处的两层红砖青瓦小楼泊在月色里。小楼隔壁，"壶中天"茶楼的杏黄旗帜飘展在猎猎秋风中。阿蓉吐了一口长气，一路上，她脑际飞掠过许多念头。该不该卷入这一场人命关天的枪击案？谢鹰为何成为绑票？那看似温雅的欧阳与丽姐是何关系？更为重要的是阿多抢了金店里一件她最宝贵的东西，这里面还藏着一个惊天秘密。

十八

　　西山岛林屋洞内。一个石乳林立，寒气凛冽的石室旁响着一条淙淙小溪。阿多探首室外，微微觉得胸口有一股凉气直冲心底。他已不知晓狂奔了多少时候，方来到这一神秘的地狱一般的洞天世界。一股浓烈的草香味漫漾开来。一束黄花映入他的眼帘。青苔满室的湿漉漉的石洞里竟然怒放着灿若金黄油菜花一般柔美的花朵，阿多眼眶湿润了。家乡徽州春临时，漫山遍野的油菜花盛开在层层级级的梯田上，宛如束束金黄火把。春风荡起花浪时，他常赤着脚，把头埋进花海，让花的甜香沁入心田。他真的对不起疼他爱他的养父母。三岁时，双亲一个月内离他而去。一位茶农，四十多岁的炒茶能手，有点极远的

血亲关系的老伯收留了他，尽管他已有一双儿女。阿多从小过着优渥的日子，养父母怜他，爱他。但他极不愿读书进学。小学三年级与同学火拼打破了头，学校要开除他，养父颤巍巍地赶了十里山路，进城买了重礼，蹒跚着摸进校长室，扑地一声长跪在校长面前。他却翻山越岭，躲进老林深处。无奈的养父含泪把他从老林中找回，此时，已是月落中天的深夜。寒凉的夜风拂过两鬓苍苍的养父瘦削双肩，他下决心，教他炒茶，让这个细伢子将来有一技之长混迹人世。阿多倒也灵慧。他不出三年，茶艺渐精，竟然被屯溪一茶商聘走了。

只不过，徽州城里，他与一班有恶习的少年厮混在一起，有好几次，茶庄上门告状。敦厚老实的养父披星戴月，携着重礼，跪拜求情。茶庄老板于心不忍，将他收留了。几年后，他又与一徽班京剧演员结识了，学起了棍艺与武功。他长得贼眉鼠眼，脸尖腮窄，一副天生的猴样。有一次在舞台上，他竟然客串起猴王来，只见他翻滚腾挪，手上的金棒闪闪发光，精彩极了。舞台下，喊好声响成一片，他得意非凡，一度想捧上武生饭。"唱戏的都是吃的童子功饭，你已年方落冠，腰板硬盘，练不得了。"养父深深叹了一口气。一次，丽老板到徽州寻炒茶师傅，他那机灵劲儿，一下子就让混迹江湖多年的丽老板一眼相中，将他带到了巢城。数年后的一个夜晚，难耐寂寞的丽姐将他召引到茶庄的小楼上……

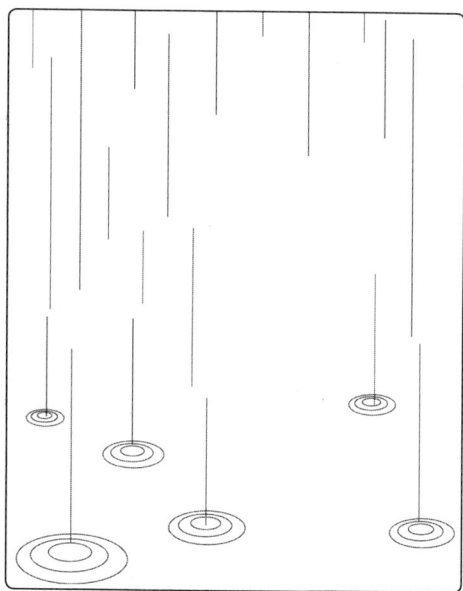

第四章　泪　鹰

十九

阿多一个翻身，猛然间，他的手触碰到一个坚硬的东西。林屋洞号称第九洞天，洞内立石成林，石洞环环相扣，时窄时阔，阿多栖身之地为一暗河之畔。他突然觉得一股逼人的凉气从脖后袭来。他头一低，惊悚得大叫一声。他看见暗河水里藏着一个人影。

谁？他的心激跳起来。哦，是自己的倒影，他在恍惚中，忘了自己是立在一条清澈如镜的暗河旁边。他苦笑了一下，将金如意摊在手心。如意下面有一硕大香囊。他好生奇怪，当他解开香囊红色系带时，一页纸角悄然坠落下来。他屏住气，用惊异的眼光向纸页扫去。纸页上是一首藏头诗："徐徐清风来，阿是断头崖，康毁人亦灭，此生由天定。"下款，蓉心一剑客。林屋洞内，一株石芽隔断了他的视线。他轻轻吟哦着这近于直白的诗句。是谁诅咒这个德行很差的金店老板芳心另许呢？是谁想一剑封喉，另觅新人呢？天剑，天剑，他猛然想起丽老板给他讲的一个令他胆战心惊的故事。

野小子阿蓉打小就喜欢弄枪舞棍。一个穷小子，名叫天剑的与她一起在渔村长大。一个山鸟归巢，渔帆点点的黄昏，天剑告诉阿蓉一个秘密，他要进山了。"阿爹好赌，无力还江家人的债。"天剑眼含热泪，向自幼一起在湖野山村长大的好伙伴倾诉家门不幸。"我找阿爹去，帮你还债。"天剑凄楚地摇了摇头，塞在阿蓉的手心里，然后，直奔东山老林深处。

当阿蓉与徐家闹翻，夹起包袱，直奔娘家时，她把金如意挂在脖子上大摇大摆进了家门。一个月夜，她孤身躺在竹床上，想起徐家的凉薄，心生恨意，一骨碌，她赤着双脚，奔进自家庭院，一丛大丽菊，五色缤纷，雪青、紫红、银黄，扑进她的眼帘。那是天剑精心栽种的。她扶着槐树泪如雨下。"姓徐的，"她在心中狂叫一声，"人在做，天在看，你作的恶，老天会找到你的。"猛地，一个人影闪入院中。瘦零零的身影，一双秀目笑吟吟地瞅着她。"阿爹病重，回来看阿爹的。"天剑瘦黑的脸上，两眼熠熠发光，她一个箭步扑上去，两人紧紧相拥在一起……她恨自己，终身大事竟然这么草率。她吹熄油灯，两人静静地躺在竹床上，慢慢地，四句诗像一束火焰在她脑海成形了。一次酒后，丽老板醉了，她一把揪住阿多的耳朵厉声说："这个故事到你这儿为止。走漏半点风声，一个头不够杀！"

启明星高悬天际，一个身后佩着利剑的精干小伙一跃进了林屋洞。他正是天剑，闻听阿蓉金店被抢，他连夜翻山越岭，向东山进发，天黑迷路，他不觉也到了山石嵯峨，怪树林立的太湖林屋洞。

二十

姑苏弘仁医院位于河清如镜的城东一隅。数百步之遥有一幽雅绣庄。绣庄正面墙上挂着一幅乱针苏绣，一只悲翔的铁灰雄鹰，数株星星点点的梅花，一把龙骨三弦错落有致地呈现在画面上。

　　一汪湛蓝的湖水，湖面上乌云堆聚，云端深处一道烁闪的微光给画面涂上了悲凉中稍现亮色的画境。绣庄女主人苏秀端坐在朝南的竹制太师椅上。一位穿白大褂的青年人兴冲冲走来。他是弘仁医院一名外科医生。"我家好婆过一响时八十大寿，她上趟乘包车到医院看病，瞥了一眼，觉得你乱针绣功夫极好，明朝想请你寒舍一叙，老太太想请你绣一幅百鱼图。""啥地方？""常熟，虞山镇，她信佛了，包车接送，好婆爱放生，寺庙前活蹦的鱼都是她老人家指尖下放出去的。她的外号就叫'活观音'，那天，她从包车里一探头，就惊呆了，她也是刺绣行家，回到家，她就说，小巷有高手。"这名外科医生一口气说个不停。阿秀有点心动了，姑苏城里三步一绣庄，生意难做得很。尽管她的乱针线别具一格，但识货者寡。今日，老太太居然如此欣赏她的绣艺，她的眼眶湿润了。她准备回到阊门，把已进评弹小艺班的女儿托付给阿雨，然后到虞山小镇，倾尽心力先打好底样，然后用乱针绣法，将一幅数十种色彩，上百根金线织成的百鱼图给这位活观音的八十寿辰增添一点喜色。

　　她把女儿如云安顿在邻居之处，包车到了，外科医生穿一身灰色西服，满脸笑容。他是外婆一手带大的，家中广有田产，沿着高低不平的公路，银灰轿车闪电般绝尘而去。她不知道，绝命的悲剧帷幕就此拉开。她也不知道谢鹰，给她的生命带来彩虹，又携来悲惴的小官人正躺在弘仁医院手术台上。她更不知道，柳尘与苏雨正焦急地坐在手术室前的小厅里，脸上泛起了愁云。如果她知道，谢鹰被推出手术室，苏醒后瞥见柳尘与苏雨时，泪如雨下，他的第一句话就是："我对不起阿秀，十辈子还不起这个良心债。"她一定会感到她的虞山之行是多么的不合时宜。

秀美的尚湖是半入城郭青青虞山的一面宝镜。近来苏浙军阀在此开战，散兵游勇与湖匪猖獗一时。当阿秀正在思考如何将最精致的百鱼图奉呈给慈善老人时，包车的疾驰身影被一伙罪恶的眼睛盯上了。呼，呼，呼，三声枪响后，包车司机，一个中年人吓得面如土色。十数名湖匪将锃亮的灰蓝色轿车团团围住。

谢鹰在夕阳余晖中微微睁开眼。几名大夫几乎奋战一个上午，取出阿鹰胸腔里面的子弹。他们如释重负地长长吁了一口气。

谢鹰蓦地瞥见苏雨，他惊呆了。"阿秀，她……"他哽住了。泪水刷刷地滚过他苍白的面颊，他紧紧地，紧紧地握住苏雨硬梆梆的由于推拿用力过度有些畸形的厚手。欧阳一步跨前，向苏雨使了个眼色。"阿秀与闺女如云都好，都好。"

都好？可是为啥这么多年来音信全无呢？他不知道，自打他浪迹巢城后，他已改名黄鹰。苏秀多次修书，俱被无情地退回。一次，母女俩还特地赶到巢城。不料，阿鹰与欧阳到省城安庆催收茶款。几个茶博士横着眼，对这对来自姑苏的俊俏母女随口应道，敝店主人姓黄，认错人是要遭雷劈的。说罢，还用不怀好意的邪恶的目光扫向如云。如云大眼露出惊惧的神色，直往阿秀身后躲。"小闺女，阿爹不是随便好认的。"一个满脸横肉的茶庄临时管账的摘下眼镜，一本正经地

说。"无耻，混账！"阿秀满脸通红，狠狠地恶骂了一句，泪水却扑簌簌地滚落到积满梧桐落叶的街道上。从此，她断定，谢鹰死了，或是比死亡更令她痛苦的是另觅新欢了。苏雨思考得更深一层。一次，过元宵节时，阊门外的灯彩摇曳，水巷里溢满了左邻右舍欢度新春的笑语。阿秀母女俩却落泪了。"阿雨，你说谢鹰咋就像断了线的风筝，是落到了大海，还是攀上了新枝？"乒乓的爆竹声中，阿秀穿起了红红的新棉袄。她的眼眸汪着一层泪痕。昨夜，她竟然梦见谢鹰回来了。国字长脸依旧那么俊朗，手里还捧看一簇鲜花，他一进门就嚷道："我饿了，快烙饼给我吃！"吃完饼，他从口袋掏出两个大红包，眼睛都笑细了，一边笑，一边嚷："回来了，阿鹰回来了。"

苏雨脸上也露出喜色。"好梦，好兆！"他这几年来，眼见得妹妹日绣凤凰，晚思夫君，脸形瘦削，目光萎滞。他真放心不下，又找不到合适的劝语。他也常常在月下凝思，谢鹰虽不是一特别敦厚之人，但他挚爱妻女，他的离奇失联，是这个兵荒马乱年代的一个荒唐故事。他坚信，太湖终有一日会将谜底亮出。

当柳尘一把抱住他，告诉他谢鹰有了踪影时，他兴奋得淌下了眼泪，为日思夜念的阿秀，为倚门而候的如云，也为自己执念的坚守。不过，当柳尘附耳告诉他，谢鹰胸腔里有一颗子弹时，他啊的一声，惊叫起来。"不过，子弹不在胸部要害处。"柳尘一把按住他，极力安慰道。等阿鹰手术成功后，再告诉阿秀，他在心里默念着。他不知道，苏秀为了这个贫寒之家踏上了一条不归路。

一轮明月东升时，如云奔到阿舅面前，三弦一丢，说道："妈妈到常熟去了。"柳尘与苏雨的脸上同时掠过惊惧的神色。

二十一

"云淡风轻近午天，傍花随柳过村前。"朗月亭前月影漫过疏竹，泻到红木书桌上。身材挺拔，脸庞漾着红光，原名江振，现名江传昆的一落魄军人迎着晨光打开了苏报。一行醒目大字映入他的眼帘。高大莽，高大莽，三个醒目大字逼入他的眼中。"皖籍湖匪高大莽一伙洗劫东山金店，现悬赏一千元，有知情者，请告线索。"又一行字跳入他的眼帘，"东山大明旅社黑帮火拼案已有线索。事主金虚白招认，系原巢城茶庄老板，一位名叫谢鹰的票客所致。谢鹰伤重，不知去向。"

江传昆冷汗直冒，因为这三个人名与他的昔日恶行与现时生活紧密相连。他倒吸一口冷气，向屋外庭院的一丛竹林走去。去岁，他请来三位力大无比的花工，几乎拔光了院中的梅树，春梅、红梅、蜡梅。因为他梦见了湖滨村被杀害的绣女顾梅。在沉沉迷雾中，谢鹰探出他那杀气腾腾的长脸，只见他大喝一声，还我梅姐，就是你夺走了梅姐的魂，梅姐的命。说罢，他手举一把明晃晃的匕首向他脑袋砍来，他啊地大叫一声，醒了。夜风把稀疏梅影掠向他的眼眸，他只觉得梅枝上的每一滴露珠都是那个太湖女子复仇的亮眸。他猛地推开窗，一丛残枝顺着风势向他掠来，梅丛中响起窸窸窣窣的声音，一只黄雀飞

上了青瓦屋檐。他好生惊恐，他很后悔，让那么多恶浊的脚印留在身后。就是他阴险地密令手下心腹制造了顾梅丧生的血案。他筑了一座雅致的宅园，结识了一批温雅的文人，忘图用悠扬的乐声隔断不堪回首的昔日。

他又睁大眼眸向苏报这则新闻看去。当他的眼光定格在高大莽三个字时，他一愣神，一幅画面跳进他的脑际。一个愁云惨雾笼罩鲁西平原的冬日，直系军阀双翼齐进，将敌军围在一个狭长地带。熟悉地形的高大莽硬是在高粱林里踩出了一条路，然后又淌过野草没岸的小河，登上了鲁西大平原唯一一个山坡，抢了制高点，当师长把一大把银圆塞进他的手心时，这个眉毛都秃了半截的皖北汉子一把将师长的大手推开，高叫了一句："有福共享，有难同当！"说罢他将银子塞到每一个弟兄手中，还拍拍他们的肩膀，呵呵笑道，"今晚庆功宴，每人三大杯，少一杯就得挨我一拳头。"如今，这个皖北汉子竟走上了打家劫舍的不归路。

当江振的目光扫到谢鹰两个字时，他阴沉的脸上漾起冷笑。他回忆起那年深秋惊悚的一幕。天意，天意，他在心里喃喃自语起来。好在这几年，他从未光顾阊门这一隅。而且对外宣称自己是黄老板。

金虚白，金虚白呵，你怎么也卷入这杀人越货的绑匪案？江振与虚白相识于苏城昆曲票友会。他还记起，一个榴红的明艳夏日，他与一帮昆曲爱好者在芭影荷香中把酒小酌。一个眉目俊雅的小后生推门而入，后面跟着江振的好友东山一巨富茶商。

"虚白号称东山第一嗓。"富商一个恭揖，把虚白推到庭院照壁前。"今天务必亮一亮你那水磨腔。"虚白落落大方，卷起长袖，微微倾身，笑道："诸位前辈，献丑了。"

顿时，荷香榴红的庭院里，清幽的琴音伴着糯柔的昆曲似一泓清泉注入每位票友的耳中。虚白唱出了柳梦梅的哀，柳梦梅的怨，他也将自己不得意的人生坎坷化成绕梁之音，萦绕在雨后特别清爽的阊门宅园里。从此，虚白与传昆成了好友。虚白还将一把自制的竹笛送给这位忘年交。

月下，当江振拿起这支竹笛时，他的心陡地紧缩了一下。他突然觉得竹笛里窜出了一把火。梦梅，梦梅，又是梅花，他家庭院里真真切切有一株百年柳树，而树下的梅花在冬日里又开得那么凄切。"江传昆，你改得了名，赎不完罪。"他喃喃自语道。信佛，皈依佛门，六根清净，他在心中打定了主意。一阵如雷的敲门声给他带来一个意外的消息，他立马改变了主意，决定东山再起。

秋虫唧唧，小院深处有一石舫，月光透栏泻入。一味味补益中药灌入黄师长大腹便便的脏腑里，他的身体略有起色。循着竹影凉月，他撑着一根楠木拐杖，悄悄踱到园中的石船里，石坊竹桌上供着一座玉观音。这座玉观音是一富商奉赠的。这位富商笑道，黄师长玉面长身，笑容可掬，人称军中观音。此观音在九华山开光时，瞬间红光四射，莲花座缓缓东移。一位白发道人开言，"水乡有一重元寺，香火极盛，问卜者，所言甚灵。"姑苏闹市中心还有一乐桥，是通向极乐世界

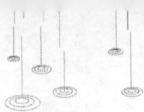

必经之桥。这位白面皓首道人又言，"桥畔有一人家，绿水环绕，红瓦遮雨，每当春临，梅花如云，石舫内书香四溢，玉气缭绕。敝人窃为，此玉面观音非黄军长莫属。"黄师长微微一笑："敝人乃一介武夫，不过，心，倒是极善的。"

当他指令谢鹰从背后向师参谋长猛射一枪时，他仰头眺望云天，双手合十，口中念念有词，"参谋长谋叛蓄时已久，毙命今日乃天意也，乃天意也。"数年后，姑苏乐桥一侧假山堆缀，庭院森秀，参谋长的遗孀穿一袭大红旗袍，在他的搀扶下款款走下浅红花轿时，庭院里好不闹忙，他叩首拜月，高声说道："参谋长在天之灵实可慰也。"当他一日将一男婴送至巢域湖心村，跪在原配夫人膝前，恳拜这位善心妇人收下他所称救命恩人血脉时，他泪如雨下，一个响头携来一声轰雷。雨水夹着汗水从他光洁的前额淌下，轰轰雷声中，他泣不成声，"参谋长在天之灵会天天护佑你这位大恩大德的活菩萨。"当谢鹰滴着血，闭着眼，佯装昏迷时，他双手合十，口中念念有词，冷笑道，"盗亦有道，姓谢的，天堂里人人祈祷诚信，在那里安个好家吧。"

一阵夜风掠过水面，拂来了一首昆曲的水磨腔。笛声传来了。他的心骤跳起来。昨天下午，他接到一位原皖军部下打来的紧急电话，不多时，一阵骤雨似的敲门声急促响起。来人刚入座，就告诉一个他最不愿听到的消息，这次轰动苏城的绑票案的主角之一就是谢某人。他活着，而且就在姑苏。听说，他就在弘仁医院抢救。

二十二

虞山剑门。绿莽莽一派山色半入傍山临湖小城。夏日，尚湖蝉鸣蛙声一片。

徐四娘端坐在寺庙一侧太师椅上。寺庙倚山而筑，夹道修篁成林，繁花时闪。长长的石阶向波平如镜的尚湖延伸，直插至湖滨码头。

徐四娘姐妹四人，均为佛门虔诚信徒，在这座千年古城里，读书之风浩然，徐四娘常在青灯下诵读宋词。李清照的前繁后悲的身世常引得她一咏三叹。"怎一个愁字了得。"此句话直插她的心底。夫君赴沪经商，春风得意。可叹的是"家外有家"。一双儿女在猩红热突袭古城时，双双中招，一周内飘然离世。泪流成河的孤寂四娘把心与李清照凄楚的词贴得更紧了。步入知天命之年后三娘将一外孙过继给她，让她晦暗的生活有了一点灵动的音符。二娘又将一孙女送到她的膝下，"洪福已临，孙儿孙女双全。"一位道人向她揖贺。她更加信佛了。

沪上的夫君生意日隆，一笔丰厚的"良心钞"会同一张凉薄的脱离夫妻关系的登报声明送到她的手上。她一把撕碎了这个负心汉的假惺惺的致歉声明，然后霍地一声，点燃了火柴。一缕青烟将报纸化成灰烬，也让她如霜人生画上了悲凉句号。她将这十根金条锁入保险箱，然后砌进堂屋，这一锁就是十载。她要留点东西给后人，尤其是这个不是亲生，胜似亲生的好外孙。

其实，她的内心深处藏有一方不能与他人言说的伤心天地。少女

时光，她有一同村知己。小伙子高挑个儿，喜眉笑眼，走路一阵风，吹笛弄箫样样在行，更难得的是他有一手好绣艺。可是他家底子太薄。娘皱眉，一把扯断了这个好姻缘。小伙子临走时，送给她一幅刺绣。画面上，一只含泪雄鹰昂首掠向天际，如垛的菜花丛里，一个俊姑娘两手翻飞采茶。俊姑娘眼睛睁得溜圆，一行字映入她的眼眸，"男儿有泪不轻洒，一拍两散，珍重。"他洒泪走了，一只傲鹰把他的血脉留在湖滨小村里。

机警的三娘把私生儿送到千里之外的巢湖大地。这位心高气傲的江南小伙在巢湖大地落了根。可是命运没有垂青他，在纷飞的战火中，两口子双双殒命。只留下一个孤儿在人世间拼争。他就是谢鹰，在他的身上，悲惆身世的烙印是那么严酷地存在，农家儿的质朴与善良又像朵朵隐在云层的雷电之花，不时绽放在他错落悲摧的人生旅途中。

一次，学医有成的外孙徐良把四娘接到苏城给老人做了个全身体检。老人端坐在黄包车上，向周边的商店挨个儿望去。突然，一幅铁鹰展翅图掠入她的眼帘。她要车夫停下，泪鹰，泣血奋飞的悲鹰，你怎么落脚于此，她再仔细一看，梅花丛中还有一点血痕。她感到一阵天旋地转。她多想将这位小绣娘接到她住的寺庙，将这幅泪鹰图的前世今生弄个水落石出。她苦苦冥思编造了一个百鱼图的故事，嘱外孙将阿秀接来。这位佛门中人不知道，她的一个仓促决定将两位无辜的年轻人送上了断头台。

竹海深深。徐四娘瞅着苍翠的竹影，坠入了沉思。丝丝缕缕的往事宛如飘浮的竹影，在她的眼前交织成一幅凄切的网。她记得，在那个悲秋，性格刚烈，处事果决的三娘将谢二小一把拖进屋，劈头就是一句："四娘有了，怎么办？"小伙子泪眼婆娑，在三娘面前跪下了。三娘顺手一个巴掌，二小向后猛地一倒，三娘满脸怒容，喝道："小人出世后，你领走，一拍两散，再来啰唆，一个脑瓜不够劈！"四娘泪眼婆娑，未言，滚滚热泪先涌了出来："阿娘逼得紧，礼金也收了……"说不下去了。她从怀里掏出一个玉观音，塞到谢二小手心，"看着她，你会平安的。"

次日，谢二小把一幅泪鹰奋翅图送来，举翼掠飞的鹰鸳下面有一盛开的红梅，两朵颜色殷红的花蕊分外耀目。"四妹，收下二小的一颗破碎的心吧。生男，当如一鹰，生女，望成一梅。这两朵开得最盛的梅花是我用血滴染红的，它们就是我的双眼，生生世世瞅着你。"三娘手一挥，喝道："去你的，拿走！"

四娘的眼里又掠过这样一个画面，山寺月下，一个男婴呱呱坠地，前额丰满，鼻梁高挺。这是一个落雪天，尚湖湖面月华如水，三娘叫了一声，"一只小雄鹰！"四娘因为产后出血过多，昏晕过去。她更记得，当三娘果决抱起男婴，夺门而出时，她哭着，喊着追了出去，三娘一个愣神，在雪中犹豫片刻，折身回到已经泣不成声的四娘身边，让这位心痛欲裂的母亲再看一眼，只见四娘踉踉跄跄走进屋里，从棉袄里掏出那幅滴着泪，滴着血的泪鹰苏绣，一把塞进婴儿的包裹里。巢城来客等不及了，大手直挥。三娘抱着婴儿，紧赶几步，

冲人风雪交加的静山深处。闻讯赶来的二娘抱着从小娇生惯养的四妹，硬是从风雪中将她拉回寺庙。四娘从太师椅上立起身，她深信那位秀美绣娘肯定是她的亲人，准备什么样的见面礼呢？白发苍苍的老人竟然拿不定主意。

二十三

又是一年平安夜。当谢鹰在病房里一眼瞥见已是亭亭玉立的亲闺女如云时，他的眼睛湿润了。明眸皓齿，双辫乌黑，浅浅刘海下，一双亮眼闪着怯怯的光。

如云立在病房门口，向这位陌生人投去疑惧的一瞥。当谢鹰与她在太湖东山小镇话别时，她只有八岁。

她记得，抱着她在梅树下转了三个圈的穿着笔挺黄军服的那个阿爸是多么英武。额角上沁着梅瓣般清清亮亮的汗珠，细长的眼里尽是笑意，他一边喘着气，一边抱着她飞旋在雅洁的庭院里。"阿云，这次爸爸一定买个大白兔回来，如云是爸心头的快乐兔。对吗？"说着，他两眼湿了。一滴晶亮的泪在他好看的眼里慢慢溢出。她记得，爸爸眼一眨，泪没了。一道快乐的光掠过他的眼角。

她还记得，妈妈苏秀放了一件锋利的东西在阿爸的包里。"防身之用，不准惹祸。"妈妈脸上漾着紧张的神色。爸爸笑起来，这时，蓝蓝的天上掠过一列鹰群，陡地，领头鹰哇地一声鸣叫，吓得她一下子钻入爸爸怀里。鹰阵高亮的叫声回荡在东山小镇的静谧上空。她记得妈妈一把抓住爸爸宽厚有力的大手，爸爸也紧紧抓住妈妈白嫩嫩的小手，久久不愿松开。她还记得爸爸背一只崭新的黄军包，腰板挺得笔直，噔噔上路了。大槐树静静地立在村口，夕阳把树染得金灿灿的。树下，雨舅、妈妈与她一起向爸爸挥手告别。爸爸掉头时的表情特别异样，眼里漾起含泪的光。她高喊，爸爸早点回来。说来也怪，爸爸听到了，猛地收住脚步，迟疑了一下，然后大步流星，头也不回向东山码头跨步挺胸走去。

如云长大了。自打从苍茫湖天码头搬到金阊古街，她经历了太多太多。每次，捧着查无此人的退回家信时，阿娘都会怔怔立于窗前，把信笺捧在怀里，像是捧着一个被弃的孤儿，然后，泪滴，晶亮的泪滴在眼眶里打转。这时，如云都会拉着娘的手，冰凉凉的小手贴着妈妈日绣夜缝满是茧痕的糙手，两只手总会越拉越紧。

如云又向卧在雪白床单上，眼睛凝着晶莹光泽的中年人望去。是他，是他，就是他。如云的心里拂过一阵热浪。爸爸，爸爸，母女俩日思夜盼，停门候望不见其踪的爸爸终于回到了身旁。他的面孔苍白，额上刻了些波浪，可那眼睛依旧那样清澈。他的下巴尖了点，但鼻梁依旧那么高挺，他吃力地用一只胳膊支起身，对着她开了腔，"如云，我的亲闺女……"

猛然间，一阵疼痛从胸口漫溢到头顶，他的胳膊垂了下来。如云一愣，快步走到床前。谢鹰的眼睛猛地一睁。阿云跪到床前，用小手

紧紧握住爸爸有些颤抖的手。"阿妈到常熟去了，和一位叔叔一道走的。""什么，一位叔叔？"谢鹰脑海掠起惊涛，他百感交集，心里一阵颤抖，又是一阵急促的脚步声，阿丽推门而入。当两人双目对视时，谢鹰一阵眩晕，迅速闭上了眼睛。

阿丽心中一阵颤抖。她有点后悔了。此刻的谢鹰仿佛是一只任人宰割的羊羔。脸色那么苍白，毫无血色。额上被白色的纱布裹得紧紧的。在枪战中，金虚白扮演了一个极不光彩的角色，正是他的猛力一推，让林儿丧生了。而谢鹰成了一只替罪羊。

刹间，她厌恶起那张总是挂着浅笑的俊秀面孔了。

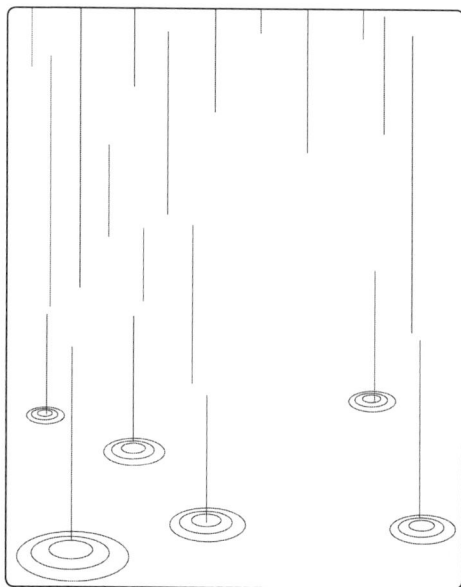

第五章　冷酷的命运之神

二十四

幽谷深深，一群被打散了溃兵出现在谷幽林茂的虞山山道上。从剑门俯瞰，绸带样的盘山公路似一道绿色的闪电腾挪在密布丛林的大山深处。

一辆灰蓝色的轿车映入一个黑铁塔般高大的北方汉子的眼帘。一道喜悦之光在他浓黑的眉间漾起。他附在一个略显瘦小，但眼神异常狡黠的精壮汉子耳畔悄语了几句。小个子频频点首，两人相顾一笑。

这一天，天蓝谷青，阳光特别灿烂。徐良穿一袭浅灰西服，鼻梁上驾着一副精致金边眼镜，喜滋滋地坐在副驾驶的位置上。阿秀默然地端坐在轿车后排，她与这位弘仁医院的大夫仅有点头之交，但对这一家苏城顶级医院的崇信，让她做出了夺命的错误决定。最关键的是钱，对于这个她一肩挑的贫困之家，尤是如此。

涧幽松寒，当轿车轮胎被一梭子弹击中后，三位面无人色，从未经历过如此惊悚场面的车中客面面相觑，车厢里一片死寂。一声怪笑从震烈的车窗玻璃外传来。"小妞长得挺标致的，嘿嘿嘿……"

苏秀一愣，这位黑大汉是江淮口音，最后的狞笑声就像家乡巢湖边上打家劫舍的湖匪。她的脑际里飞掠过许多念头，她得活下去，她最不放心的是小女儿阿云。她已是无父的苦命儿。如果自己再有三长两短，小闺女怎么办？她的额上冒出涔涔冷汗。

砰的一声，车门被打开了。三位壮汉用三副手铐将她与徐良及已经吓瘫了的中年司机牢牢铐住。徐良的脸色苍白，他用眼角向苏秀瞄去，深深的悔意浮漾在心头。他后悔，他明知道此时虞山脚下游兵散勇绑票之事时有发生，但弘仁医院里一片静谧使他疏忽了，他沉浸在虚假的安全感之中。不过，临上车之前，他还是将一把锋利的手术刀藏于贴身的衬衣口袋里。他更后悔，将这位清纯善良的绣女带到人生的悬崖绝壁上。她一定有夫君，也一定有孩儿。一次，当正在绣庄玩耍的如云朝他嫣然一笑时，他觉得母女俩长得是如此相像。清秀的眉眼，罩着一抹静静的光，瞅人的时候，眼光怯怯的，柔柔的。徐良的主意拿定了，绑票绑的是钱，是钞票，他的家境不差，要多少都能拿得出，他的心稍微定了一下。"阿叔，要多少钞票尽管说，小侄不会怠慢。"徐良一口京腔，声音里透着不凡身份。"这位是我的表姐，开车的是我公司的司机。"机警的徐良立即将三者的身份关系挑明了。

一阵怪笑后，壮汉将三人带上了山林羊肠小道。正是枫林染碧时，沙沙的山路映着六条人影。小屋到了，里边还有一群壮汉。当三人的手铐刚被松开，虚掩的门敞开一条缝时，一个壮汉扑向苏秀。阿秀一个扫堂腿踢向壮汉，壮汉痛得大叫一声。刹那间，阿秀又飞起一脚，将门踹开，然后向悬崖冲去。呼的一声，一个绑匪对着阿秀的背影开了一枪。缓缓地，阿秀倒下了，汩汩鲜血染红了野花丛生的山间幽谷。热血冲向徐良的额头，他迅捷地从衬衣口袋里拔出刀，刺向那枪杀阿秀的湖匪。司机猛地高呼："弟兄们快来！"然后，当一帮湖匪惊慌地面面相觑时，他以迅雷不及掩耳之势，飞奔出山舍，一阵风似的消失

在惨淡山谷余晖中。

徐良正好刺中行凶者的后背，但是，一颗罪恶的子弹向他射来。子弹射穿他的胸膛，他痛苦地捂住胸膛，头，无力地垂下来，不过他的眼角的余光扫到那倒地已无生命迹象的枪杀阿秀的凶手时，他的苍白嘴角浮现出一丝浅笑。

次日，一支缉捕大队上了山。激烈的枪战中，湖匪损失惨重。

当徐四娘闻知这个消息时，她的心一阵惊抖。她将百鱼图的底样恨恨扔出窗外，砰的一声，这位心里荡起后悔狂潮的老阿婆倒在地板上。她将在另一世界与她的外孙相聚。

二十五

江南三月，莺飞草长。碧空下，一列雁阵盘旋着，许是辨错了方向，领头雁猛地一个俯冲，振翅掠向了北方。

如云头缠白纱，孤身走在白雪初融的山间小道上。

野草中探出一株野梅花。阿娘的墓地到了。灰黄的泥土上撒落着几片凋零的残梅。梅花在寒风中战栗着，仿佛在召唤如云。一身素装的如云怔住了。她的眼前掠过东山小庭院几株给她带来几许欢乐亭亭玉立的梅树。梅枝下，她笑着，嚷着，抓起一把泥土就向爸爸掷去，爸爸一个跨步，大笑着将她抱起……

城隍山在望了，数十棵依山而立的红梅织成了一丛梅海，她记起来了，有一年早春，妈妈苏秀一把推醒两眼惺忪的她，嚷道，阿爸回来了，昨夜托梦给我，他藏身在光福香雪海，哪一棵梅树最大，他就隐身在哪一棵树后……

她还记得，当阿妈告诉雨舅时，雨舅竟然也信了，两人一阵风似的驾船上路了。晚霞，那一天辉映在西天的晚霞也特别明艳，她站在闾门庭院梅树下，一直等到月上柳梢，只见阿妈哭肿了眼，两手捧着一大把残梅，进门就瘫了。她依稀地记得，那天晚上，妈妈一夜没睡，怔怔地望着天上的青冽冽的月牙，眉头一直紧锁着。"恨，不，可能，也许，死，罢了。"一听到那个最恐怖的字眼，她哇地大哭起来，直往妈妈怀里钻去。

二十六

苏报一则报道，弘仁医院一海归外科医生惨遭湖匪绑票，在这所绿荫如盖，安详静谧的医院腾起万丈波涛。诡异的是，被撕票的还有一同车女绣娘。众人将异样的眼光射向外科手术室的俊姑娘，一位叫陆苹的手术室护士。

当陆苹去年入职刚步入窗明几净的办公室时，就被这位谦恭有礼，俊朗儒雅的帅气医生吸引住了。她记得，当她悄声迈入白漆刷满墙壁的外科办公室时，徐良正埋首书写病案。他用中英文双语书写病历。陆苹轻轻啊了一声，徐良清秀的面庞掠过一道诧异的光，抬起了

头。"您是徐良大夫，牛津大学医学院毕业生，祖籍常熟梅李，是吗？"陆苹的国语清脆悦耳，语调微微上扬，听起来有一种无法言传的亲切感。"好一个厉害的包打听。"徐良微笑着，立起了身。"小同乡，梅李确实是个好地方"，徐良伸出了白皙的手。陆苹微笑着，端详着这个落落大方的海归医生。一种同乡同行特殊亲缘纽带将两位才貌相当的白衣天使紧紧联系在一起。

一日，当徐良婉转地将他的恋情投向告诉四娘时，四娘触电似的惊跳起来，她一把抓住徐良的手，急切地问道，"小姑娘阿是姓陆？"徐良一惊，微微点了点头。满头白发的阿婆眼里冒出恨恨的光。她想说什么，一看到外孙俊秀的双眸里流淌的疑惑的光，她的嘴角抽搐了一下，终于把已到嘴边的话咽了下去。"如果不姓陆，那该有多好。"老阿婆眼里涌出了泪花，她躺在藤椅里心潮难平地喃喃自语。

回到苏城，一次，当他与陆苹夜幕下坐在运河绿荫下一张木长椅上时，陆苹依偎在他身旁，贴在他耳边说"你是上帝送给我的最佳宝贝，我前世里做了太多的好事。""你父母知道我们的交往吗？"徐良抬起头小心翼翼地问道，刹那间，他的心激跳起来。陆苹脸色陡地一变，刷地站起来。"前次回梅李，来了个说媒的，被我三言两语轰走了。我告诉那两位急等着抱外孙的，我有对象了，是个喝过洋墨水的高级大夫。"陆苹陡地笑起来，"对方家底厚，老家在十里洋场洋钱多得用不了，我刚说完，老两口眼睛笑成一线天。"徐良向这位穿着洁白护士服的小公主投去怜惜的一瞥，他真不知道这两家人的长辈在历史长河中曾扬起多少恶浊的浪花。

二十七

江畔明珠梅李镇号称是江南第一书码头。小镇青砖铺地的石街上，错落有序地散布着三家瓦白厅亮的华美书场。每临岁末，大红灯笼定会高高挂起在书场的迎客厅上。大陆书场，四个烫金大字宛如一炳火炬霸气闪烁在聚沙江滩上。一位徐姓的评弹老听客与常来梅李说书并嫁与书场老板的姑苏女艺人望梅好上了。陆忠良，梅李一霸，怎能容得下他的侧室，一朵红梅插在别人家的篱笆上。这位老听客就是徐四娘的至亲，一只疯狗咬断了阿伯的右腿。在琵琶与三弦的哀怨叮咚声中，望梅被关进沙滩破屋里。阿伯强忍一口恶气，退到了虞山脚下。徐阿伯岂是省心之辈，他振臂一呼，一个月黑风高之夜，阳澄湖芦苇丛中，徐阿伯的一群哥儿们出动了。冲天烈火烧毁了大陆书场四个烫金大字。陆忠良将望梅绑在小舟上躲到江滩避过一劫。又一水天一色之夜，青青芦塘泛着秋光。陆家人出动了。他们的卧底兴奋地报告陆老板，人员齐备，只听您一声令下。

谁知道，当芦苇荡里枪声四起时，一颗绿色曳光弹腾地跃上了清冽的夜空。十列单桨小舟从东北方向箭一般划来，将突袭者团团围住。横飞的子弹呼呼穿射在青青的芦苇荡里。

梅李镇上，一叶轻舟将一名穿一袭雪青高领旗袍的高挑姑苏女子

接到舱内，女子手上捧着一个绣着梅花的香袋，她双手恭揖，仰首苍天，悲声说道，"阿爹可放心了，小女子终脱虎口，阿爹的三弦琵琶，我天天带在身边，就是把阿爹的魂放在心上。"

黎明时，这支离弦之箭泊在繁华阊门的青石码头上。一个瘦削的身影在冉冉升起的晨光中出现。这位身穿白大褂的青年大夫在思梅诊所的大槐树下等了整整一夜。他就是水根，望梅的表兄。日前，一个身穿笔挺青灰西服，一顶咖啡色礼帽扣住眉心的青年，神秘地出现在诊所小院，将一封信递到他的手上。他展开一看，愣住了，"望梅明晨到，大青石码头候。"水根的额上冒出了冷汗。他只知道，这个表姐家传一副脆甜嗓子，先旅沪，后飘虞，嫁了个家底厚实，号称江南第一书码头的书场老板。他犹豫了，前数日，一位身受重伤的不速之客突然到访让他数日处于悬心吊胆之中。现在，好端端的已嫁为人妻的表姐孤身一人又来投奔他。他接过手书，刚想向这位送信者打听更多的消息时，这位西装青年一阵风似的消失了。猛然间，他一眼瞥见书桌上的一张号外。梅李又发生大规模枪战，受伤者众。大陆书场一炬冲天，终一是非之地。他记起来了，彻底记起来了，望梅表姐就是嫁给陆老板的。他还到梅李参加了表姐的婚礼。表姐披着洁白的婚纱，只不过眼里噙着泪光。陆老板粗粗厚厚的身板，两眼的傲光旁若无人。水根哀叹一声，望梅此生休矣。

前一个月，苏报曾报道"一把火烧光了一个梅李"。他不曾介意，诊所的事够忙了。水根一夜无眠，他在大青石码头整整立了个通宵。"水根"一声凄切的呼唤将他纷飞的思绪截断,望梅表姐从舱内缓缓探出面孔,面色死一般苍白。水根一步跨前,将她扶上了岸。

二十八

雨鞭狂掠过江南村舍。又是一道撕开暗蓝色天际的闪电,大地被燃得透亮。"我,"谢鹰瞅着泪痕满目,数日未合眼,梳着整齐刘海,脸庞瘦削的闺女如云,"我要……"说着,谢鹰的双目溢出了泪花。欧阳一步跨前,紧紧握住谢鹰颤抖的双手。"我要见……"谢鹰细长的秀目猛地睁大,下巴急速地抖动起来。如云猛扑到床前,一把扯住盖在谢鹰骨瘦如柴身上的绣花被,刚说了一句"阿娘,她已……"就被欧阳截断话头。"阿秀已知道你到了姑苏,不要几天,就会回转来,与你相见。"

谢鹰轻轻闭上眼,又向盖在身上轻柔的绣花被投去一瞥。绸被上绣着一只苍鹰,一只在碧空中张着风车般阔大双翼探头翱翔的雄鹰。一叶小舟上绣着两个相依相偎的人影。谢鹰颤抖着手,向那位小舟上甜甜笑着的姑娘指去,"我,我要,我要和阿秀一起回家。"

猛然间,如云一怔,迅速走到床前,遮住绣花被上的两道波影。"阿爹,要回家,咱们就三个人一道回吧……"

"快,"一声响亮焦急的声音从窗外传来。"担架就停在外屋。"这是阿丽的声音,大嗓门,一口东山腔。"不能让阿鹰晓得,他的肺部伤

得不轻。"又是一声糯柔的女声。谢鹰霍地坐起来，悲声喊道："莫非阿秀出了大事？"他一把推开欧阳，艰难地立起身，向房门气喘吁吁挪去，刚掀开草篱，一张面无血色的面庞映进他的眼帘。阿秀，他日思夜梦的阿秀静静地躺在担架上，她的嘴角紧紧地抿着。她回来了，静静地，如一尊冰冷的玉佛。谢鹰怎么也想不到，阿秀在他最危骶砣的时刻离开了人世，他仰天长叹一声，命运之神对他是如此冷酷。谢鹰挣扎着，扑向担架，一下子昏晕过去。

　　当谢鹰再次醒过来的时候，他用力将双手在胸前拧成一个拳头，将这床绣花被上的铁鹰的翅膀敲断。谢鹰颤抖的手抖得不停，丽姐愣住了，她的脑海里响起一个声音，谢鹰是一个恶人，是吗？她在心里擂响了重锤，不，不是，他只不过是苦海里一簇悲情浪花。"如我，"想到自己的身世，她流下了泪水。

二十九

　　一个黑影闪过陆苹所居医院宿舍窗口。这是医院最好的宿舍楼。二层粉墙红砖青瓦。小楼庭院里，芭蕉树影婆娑。一棵缀满火红果实的石榴树探出墙外。

　　陆苹立在窗口，任秋风掠过她满脸泪痕的双颊。她明显瘦了，一连串的问号在她心海里荡漾，一会儿，浮现出大陆书场映天火光，一会儿，徐良倒地身影掠过眼前，一会儿，神秘绣娘的含泪双眼直瞪瞪地瞅着她。敲门声响起了，她一惊，下意识地退后几步。又是一阵有节奏的咚咚敲门声。声音更响，还夹着哑暗的男人的气喘吁吁的声音。

"阿苹，是我"。"你？"阿苹惊得倒退几步，正好撞倒挂满华服的衣架。衣架砰的一声落地，屋外的黄狗汪汪地吼叫起来。"我是阿芒，阿芒表哥，快开门，快！"门外的男人仿佛气顺了许多，嗓音中透着中年人的浑厚。陆苹的这位远房表哥在苏州一家车行打零工，为照顾他的生意，她将徐良介绍于他。徐良为人随和，一来二去，两人就熟络了。徐良返虞，一个电话，阿芒就应约而至了。一个念头闪电般掠过陆苹脑际。他也许……陆苹顾不上扶正衣架，她一步跨前打开了房门。

站立在石榴树下的就是阿芒，他一整天都在警署。他从徐良约车讲起，一直讲到他一个箭步飞身下山，他只听见湖匪闹闹嚷嚷，往门外乱打冷枪，却一个都不敢做出头鸟，追他下山。他的记忆力极好，山势，地形，洞屋，周遭的溪流，不远处的松林，他介绍得清清楚楚。"湖滨滚打的好佬，虞山的山山岭岭都在我手掌心上。"步出警署，他才想起要到陆苹家，走到弘仁医院雅洁门灯下，他止住了脚步，因为还有一个问号在他脑际萦绕。为什么徐良这次返梅李没有带阿苹，反而带一位绣娘？看上去两人又不熟悉，客气得宛若路人，究竟何人与湖匪有染？他的脑海里像塞进了一团乱麻。他一眼瞥见弘仁医院正对面有一小酒坊。他三步并成两步，走到酒坊门口，他掏了一下口袋，里面的银子够他美美地犒劳一下自己，他苦笑了一下，走进尚有三两散客的小厅南首坐下了。

三十

　　一张配有插图的苏州今报平摊在弘仁医院手术室里。这是那位被陆苹严拒的同为虞山人的手术医生带回来的。每天最早来到手术室的严护士长皱起了眉头。她的心里堵得慌，她对不幸丧生的徐良有着姐弟般的深情。她还记得小伙子报到时的情景。一个朝霞初露的初春早晨。她刚步行到弘仁医院门口，一个穿一袭青灰西装的青年直挺挺地立在栅栏处。看到她，小伙子眼里泛起了笑意。"您好。"小伙子迅速伸出了手。"多多关照，弘仁医院是苏城顶级医院，严老师从医二十年，经验特别专富，我一定从头好好学起。"小伙子嗓音浑厚动听，满是诚意，严护士长一下子就喜欢上他了。

　　严护的眼力没有错。每天，他总是第一个到办公室，轻轻打开窗户，为每一位科室同行沏好一杯虞山香茶，然后打开英文版外科学静静地倚窗漫读起来。每日晨会时，他都像一个求知若渴的小学生，秀目里眨着求知的光。他是富家子，但总是轻言柔语，小聚时，他总是忙前忙后，笑着结账。好几位妙龄女孩都将对他的好感浮漾在脸上。他其实也默默觉察了，但他举止有度，对每位都好，但又适度保持距离。一年后，他与陆苹好上了。有一天，他羞涩地写了封英文信给陆苹。信中画了一个青青的苹果，只写了两个字，好想。

　　严护士长一把将今报撕碎。"造谣可耻。"她心知肚明，是谁将这张卑劣小报塞进手术室的。

　　幽暗的灯光下，两位青年大夫唰唰地将目光射向阿芒。阿芒一愣，两位身穿洁白大褂的青年人正是徐良的两位同事。阿芒生性胆小，他实在不愿再在心中掀起那悲情的一幕。好在灯光幽微，阿芒一身草绿套装，两位大夫向他瞥了一眼，就将目光收拢，继续他们的交谈。阿芒竖起耳朵，眼睛眨巴着，顺手捡起一块苏式糕团往嘴里塞。听着，听着，他毛骨悚然，浑身上下针刺般难受。"今报的一篇署名文章最为卑劣。"一位高个儿医生声音透着愤慨。他嗖地取出一张报纸，压低声音说道："一位牛津学子与一美绣娘私奔，不幸遭绑。"猛地，他桌子一拍，"阿良在医院三载，我日日与他相处，他人正影正，与阿苹热恋，怎会与啥个绣娘私奔？"一位额上已显抬头纹的大夫环顾了一下四周，附在同伴耳畔幸灾乐祸般说道："今报还说，车里还有一中年男子，身份不明。""真的？"阿芒一愣，自己不是已到过警署，将事情的来龙去脉说得清清楚楚，警署一支纠捕队不已连夜登山捉拿这批亡命之徒吗？他又向弘仁医院两位大夫望去，他顿时冷汗直冒。那位额上已显抬头纹的大夫是徐良的高中同学，在一次班级国文测试中，徐良拒将答案传给他，自此，结下了梁子。两人虽为同乡，极少往来。又听说，这个容貌欠佳的大夫倾心如出水芙蓉亭亭玉立的陆苹。陆苹对他严词拒绝，他把仇焰又烧向了徐良。一次，他搭车返虞，司机正好是阿芒。"小阿哥"，这位小伙子一跃上了车，顺手点着了一支烟。他邀请同乡阿苹坐车一同返虞。阿苹丢了一句"今后，请勿自作多情，同事之间，希望你进退有度"。说罢，头一扭，气冲冲地奔向护士办公

室。他气得脸发青，阿芒听罢，笑了笑说，天下难道只有一只绿苹果。咱虞山脚下，朵朵鲜花都惹人爱。

一阵夜风拂面而来，一股浓郁的桂花香气弥散在空中，姑苏憩睡了。阿芒悄悄步出酒屋。一轮明月独步天庭，阿芒又想起了那令他终生难忘的一幕。他是一个生性胆怯之人，他也不知道，在那苍莽山岗上，当徐良从胸口衣袋拔出锋利手术刀时，他怎么会有那么大的力气高喊："弟兄们，冲呵！"他只记得山在动、月在摇，他一个骨碌躺倒在地，顺着陡峭的山坡一路滚下去，他心里只有一个念头，滚，滚，滚，滚到大道上就有命了。因为苏虞公路上时有巡逻车，湖匪山霸不敢轻举妄动。一棵硕大的松树阻断了他的瘦小身躯，他感到背上一阵沁凉凉的，还有一点针刺般的剧痛。血，他的脊背被磨出了血，破旧的灰衬衫上显出斑斑血印。就在这时，他听见一声公鸡的欢啼。天亮了，东方天际现出鱼肚色的云絮，柔柔的，漫漫的。阿芒迎风而立。他能断定，他们是清白的，他知道走访徐家老人更能还这两位苦命人的清白。

他紧了紧背上的行李，向苏虞汽车站快步走去。

三十一

谢鹰又一次被送进弘仁医院。冬雪将姑苏城幻成一个冰雪相映的水晶城堡。青屋窗框里结着一尺多厚的冰凌。欧阳文立于病室窗前，陷入沉思。

丽姐与阿蓉各奔东西。丽姐的茶庄经营惨淡。临行前，她将一根金项链塞在怔怔立于庭院石榴树下的欧阳文手里。阿文的手颤抖着，抬起脸，缓缓说道："姐，看来谢大哥凶多吉少，我们两家茶庄就并一家吧！"

那天，秋雨下得特别大，庭院里汪着水，潇潇雨帘里刮着寒风。石榴树光秃秃的，秋风已将绿叶扫净。丽姐瞅着阴沉沉的天空，陷入了沉思。几近一月的相处，她更深一层感受到欧阳文性格中沉稳的一面。这位徽州炒茶师傅还有使她更加难舍的一面，温厚多情。早晨，他会轻轻拨弄三弦，悠悠地唱起山歌，在服侍病沉的谢鹰时，他会变成一个精妙的厨师。在送别谢鹰友人的家宴上，他扎起围裙，忙前忙后，四冷五炒端上了桌。当阿蓉霍地立起，用碗口大的黄酒杯与他对饮时，阿文微微一笑，说了句："蓉姐一路顺风。"然后，一仰脖，将粗碗黄酒一饮而尽。他那玉树临风的身姿，温文尔雅的气度，将坐在对面的丽姐深深吸引住了。

聪颖的欧阳文深深感受到性格外放的丽姐对他的千般爱，万般情。但徽州山野里那一朵小花时时在他梦里绽放。

雨水小溪般从黛瓦顶上溅落下来。庭院水汪里荡起了圈圈涟漪。他的思绪陡然转了个弯。谢鹰的生命之舟倾覆之日，就是他重新选择生活的起点，他想回到徽州山野去，早春，那漫天遍野的油菜花海里藏着他的祖先，藏着他的童年，也藏着他的山村小妹。

当他转身将视线投向憔悴的丽姐的面颊时，他的心一阵紧缩，凭

什么，一个同行业的陌生人像亲人样呵护着他，关爱着他。甚至把身家性命抛之一旁。这种爱是如此深沉，如此奇异，他一次次在心灵里掀起无言的狂潮。他是理智的，正是对她的爱，他将她只当成亲姐，一个共患难的血缘亲姐。

雨猛地下狂了，一阵北风掠过，斜斜的雨线跨进了室内。

几天前，已不能多言的谢鹰将欧阳文唤到床前。他用手指在空中划了两个圈，然后用尽力气划了一个更大的圈。阿文立时懂了，谢鹰为了答谢阿丽的救命之恩，将姑苏青茶叶店转送给阿丽。当他瞥见一丝笑意掠过谢鹰苍白的薄薄的嘴角时，他更懂得个中深意。他是一个深有主见的人，他朝谢鹰笑着点了点头。当欧阳文微笑着，比划着手势，将丽姐唤到庭院梅树下，把谢鹰的嘱托告知她时，使他万分惊讶的时，丽姐猛地用手捧住了面孔。她的眼睛里射出痛苦的光，她仰起脸，又轻轻地摇了一下头，说："我不配，真的不配……"

猛然间，巢水根与苏雨赶来了。他们已办好去弘仁医院的住院手续。一副担架迅速进屋，谢鹰不舍地将目光从屋顶扫到床前那一双单鞋。单鞋上绣着一对雏鹰，那是阿秀绣的。他眼眶一热，晶莹的泪水滚落下来。轰隆隆一声闷雷滚过古城上空。雨，停住了它那任性的步伐。

三十二

荒山古刹。星皎月朗。黄墙内，烛火摇曳。一场急病夺走了待字

闺中的大娘年轻的生命。从此，青青虞山古庙里，常见三位端庄女性
虔诚拜佛的身影。

三姐妹中，三姐个子高挑，剑眉星目，言辞爽捷，号称"徐氏智
多星"。姐妹三人中，四娘模样儿最俏，可她的命最苦。一日，当三娘
噔噔踏入静谧的寺庙时，栖歇在百年银杏树冠上的黑乌鸦刷刷振翅，
然后，哇哇几声大叫，再然后，陡地升高，穿入薄霭云絮之中。三娘
一挥手，"小赤佬，短命鬼，黑王八，滚远点。"然后一个大跨步，踏
进庭院。那是一个秋日，四娘爱花，一串耀目百丈红映入三娘的眼帘。
"四妹，人呢？"三娘又是一阵急步，噔噔跨入寺后庭院。一排水杉
树下，有人在烧纸钱。火光熊熊，一位瘦削女子长跪在青条石上，听
到杂沓的脚步声，她缓缓转过身子，又吃力地直起了腰。她用力地抓
住三娘的手，泪如雨下。"阿娘昨夜托梦给我，她赌输了，阎王下令，
如到时不还，唯她是问。"说着，她与三娘步入开阔幽深的寺庙南厅。
四娘掏出一张百鱼图，悄声附耳告诉三姐："我侬三姐妹天天放生，我
想请姑苏的一位绣娘来，绣一幅百鱼戏水图，在明年阿娘过冥寿时，
送给她老人家。"

三娘轻轻啊了一声，问道。"这位绣娘姓甚名谁？"阿秀，与阿良
挺熟的。"四娘轻轻吁了一口气，悠悠说道。"这一晌时，兵横匪乱，
虞山下已经出过多次命案，你要好好关照阿良上路小心呐。""一定，
一定。"四娘脸色一阵苍白。此刻，她已经后悔，真的后悔在劫案频发
的当下让阿良带一绣娘回来，但是一想到与她的血脉，她遗留在巢湖

大地的亲缘骨肉即将相认中，她又觉得此举是值得的，她几乎能断定这位绣娘就是她的孙辈亲人。

月色如黛。昏黄的灯下，四娘警惕地环顾了一下空空的庙宇，抬一抬手，三娘坐到了她的身边。当四娘泪眼婆娑，将在苏城的惊天的发现告诉她人世间最亲的人时，三娘，这位烈性女子霍地立起身来。

"阿妹，如果小伙子有双顶，那必是无疑了。"说着，她眼里放光了，"谢二小是招风大耳，大夫讲，这会遗传的。"寺外的银杏树叶已经开始飘零，夜风中，一页飘落的恍如手掌的橙黄银杏叶旋转着落到了三娘的脚下。"我与当年的谢二小犁过田，莳过秧，干过雪仗，喝过高粱，他的血脉化成灰，我一眼都能认出。"三娘也为即将到来奇迹般认亲兴奋了，一口气说得不停。

阿良被用担架抬到寺庙里时，俊秀的双眼还没有闭紧。他的脸色洁净苍白，明净的额头，端正的鼻梁，小巧的双唇透着儒雅。四娘扑上去，双膝跪地，紧紧搂抱着这位儿时绕膝，成年后孝顺有加的孙儿，将如雨的泪滴尽情洒落。闻声赶来的徐家人一拥而上，将她紧紧抱住。

四娘绝食了，四天，整整四天，她粒米未食，然后祖孙俩归葬徐家祖坟。

三娘更是心如刀绞，因为徐良也是她的心尖肉。更令她疼惜的是阿良知道他的亲好婆是谁，虽在公众场合与她刻意保持距离，但仅有两人时，他会搂住三娘，亲亲热热地看着她，眼眸里溢出深深的爱。

当日晚上，阿芒敲开徐家宅院大门，自报家门，"我是徐良所雇司机，是虞山血案的亲历者。"三娘恨恨地瞪了他一眼。随即，黑漆大门被"砰"的一声关上了。

三十三

姑苏弘仁医院又传来一噩耗。这所三幢品字楼组成的古老医院宛如台风中心又掀起一波狂潮。一座清雅的居室里，被誉为"弘仁第一美女"的陆苹服毒身亡了。一个惊天版本将古老西式庭院不为人知的人事纠葛推向了水乡天堂新闻漩涡。

手术室严护士长是一心直口快的老牌资深专家。徐良虞山遭遇不测后，陆苹终日以泪洗面，神情恍惚，一次竟发错了药。严护劈头就是一句，"我的小祖宗，你还是回梅李把魂拾回来再来吃这碗护理饭吧。"陆苹一愣，手中的药盆咣当一声落了地。次日早晨，陆苹就一命呜呼了。

已年过不惑的护理专家第二日上班时闻此人命案件立刻两眼发直。她向手术室投去一瞥，昨日下班时存放在橱柜的剧毒氰化钾不见了。陆苹并不当班。当班者是有一双狡黠三角眼，双眉灰暗，面孔总是阴沉沉的手术医生黄峰。只有黄峰与她有橱柜的钥匙，因为黄医生是主管麻醉师。严护士长眼睛一亮，向院长室走去。当她走进藤萝垂悬，绿植满窗，幽雅开阔的院长室时，老院长告诉她一个惊人消息，黄峰失踪了。老院长指了指宽敞的沙发，示意她坐下。这位行医多年

名播江南的老专家向她射来既关切又嗔怪的目光。他的声音沉重而暗哑："警署已介入调查，陆苹并非自杀身亡。"老院长凑近严护士长耳畔，悄声说："这是一起入室性侵未遂杀人案，谋害者在院中有一小股恶势力。他们造谣生事，说护士长严某是医院一霸，逼死了陆苹，逼走了黄峰。"老院长仿佛看到了严护心中腾起的波涛，握着她冰冷的手，掷地有声地说："血债血偿，阿苹的血绝不会白流，委屈你几日，手术室情况复杂，我已调整了人员。"

窗外，绿得发亮的草坪上飞起一群白鸽。严护士长掏出了一块手帕，那是陆苹送给她的。她的心一阵战栗，草坪陡地晃动了。她停了一下，深深地吸了一口气，再次平复了一下心中的波涛，然后，迈着沉重的步伐，向手术楼走去。

三十四

瑞雪初霁。弘仁医院红瓦青砖上放着寒光的冰凌在冬阳的映照下散发出凛冽的白光。静谧的冬青围成一个精致的小花园，积雪渐渐消融了。一个头裹大红围巾，身穿浅青立领狐皮大衣的高挑女子眉头一挑，走进院长办公室。

"高院长，"来客声音里透着熟稔与亲切。"久违了"，高院长慈蔼地招呼着来客，说着，沏了一杯清茶。"这个黄老头真不听话，迷上了评弹，大冷天，棉袄一披，坐上黄包车，包了个包厢，一直听到深夜，结果，冻出肺炎来了，还不肯上医院，真急煞人了。"

"阿露，老黄解甲归隐后，精神一直空虚得很。"高院长与黄师长是同乡。他医科大学毕业后，一直在弘仁医院行医。他为人正直，医术精湛，很得董事会器重。"老高"，柳露白净的脸上堆起愁云，她欲言又止，眉毛扬了扬，轻轻叹了一口气。她向窗外瞥去，一株开满繁花的腊梅树正好映入她的眼帘。扑簌簌一声巨响，一只调皮的寒雀踩塌了梅枝上的雪层，晶亮的雪粉飘洒在绿色的冬青上。

"这个老小伙的风流病又犯了！"柳露眼里射出恨恨的光。她索性提高了嗓门。高院长是个谨慎人，他一步跨出小楼，四周悄无人影。他将百叶窗帘一把拉下，他的眼里漫漾起一种微妙的神情。从孩提始，这位黄家少爷就是远近闻名的登徒子，只不过，在高院长攻读高中时，这位邻家少爷的阿爹常常雪中送炭，为他代交学费，这使知恩图报的高院长一直心存感激。

"他居然迷上了一个叫阿凤的小戏子，有一次，被我发现了，他居然声称这个阿凤就是他丢失的闺女，怪异的是这个水蛇腰的小丫头确实是个孤女，而且眉眼也像他。"

一阵脚步声在门外响起。笃，笃，笃，三声不紧不慢的敲门声。一个穿着白色大褂的高个子医生怒气冲冲立在门口。高院长向余怒未息的师长夫人使了个眼色。柳露的脸上顿时恢复了庄重的神色，她用一种居高临下的眼神扫向窗外。高院长缓缓打开门。

"晴大夫，请进。"高院长微笑着，稍稍前倾了一下身子。"黄峰

医生翻墙出逃了，这个混蛋……"晴大夫眼里噙着泪水。高院长心头猛地一怔。他后悔了，当初拗不过情面，他挡住众议，让那位末流医学院毕业的青年进入弘仁医院，更使他心潮难平的是他还让这位有寻花问柳恶习的小同乡进入手术室重地。待晴大夫告别后，他强压住心中的波涛，转过身，对一脸焦灼的柳露说，我有一个不失黄师长体面的好主意。柳露双眉皱了一下，嘴角漾起了苦涩的笑意。

砰的一声，从来都是那么温善的老院长将黄师长赠送的镀金烟斗恶狠狠地扔出窗外……

三十五

高院长凝视着纱窗外的紫藤长廊，呼吸不由地急促起来。他将目光缓缓移开。紫藤长廊下，一位身形俊俏，眉眼秀媚的白裙少女似乎向他款款走来。他睁大了双眸，少女陡地消失了。原来，这是一个白日幻梦。他的额上沁出了汗珠，他手中握着一个泛黄的信封。信封里有一颗带血的子弹壳。他的胸脯狂潮般急速起伏着。他惊悚地发现，紫藤长廊尽头隐隐出现了一个惨白的花圈。他轻轻推开冬阳下静谧的侧门，一步跨入阳光斑驳绿意无存的长廊。那不是一个花圈。那是紫藤枯蔓的倒影。枯萎的藤蔓宛如一根绳索将一直处于飓风中心的高院长捆绑得喘不过气来。

当徐良的担架从救护车上急急抬下时，他第一个冲了上去，用满是青筋的大手痛心地抚摸小伙子清俊的脸庞。他多么希望这位温雅的书生只是睡熟了，他将自己翻译的外科学轻轻放到小伙子脸侧。徐良生前做了近千张卡片，是他翻译的第一助手。他惊异地发现，当他用手轻轻放置这本书时，徐良的身躯仿佛微微动了一下。高院长的眼里汪起了一滴晶亮的泪珠。高院长仰首，长叹一声，"阿良，二十年后，我们天堂相会吧。"

入夜，当骤雨般的电话铃声将他从睡梦中惊醒时，他习惯性地翻了一个身，满以为是一抢救病人电话。"贵院出现命案，请到警署来一下。"一个低沉的焦灼声音从话筒那一端传来。他愣住了。"贵院陆苹小姐身亡，案件正在调查中。"高院长额上顿时沁出了冷汗。当他乘包车赶到警署时，一件万分惊悚的事情让他如堕云雾中。警方搜查时，竟然发现陆苹工作服里有一黄色信封，信封里夹有一颗上锈的染血子弹。

信的开头是这样的：阿苹，我可爱的小苹果，金风玉露一相逢，就胜却人间无数。我们是萍水相逢，但又是千里有缘，住院几日，我们彼此用身体温暖对方，我深知你是好女子，送你一颗带血子弹是告诉你，一旦背叛，同质的弹孔就是我愤怒的眼睛……信末署名永远躺在你怀里的谢鹰。高院长眼里喷射出火花，半月前，确实有一名叫谢鹰的患者住进了弘仁医院，而且住的是单间病房。但这位患者属重病号，怎么可能干出这种事情呢。"栽赃，绝对是栽赃。"高院长桌子一拍，"有违常识，有违天理。"高院长与警官眼神刚一对接，就知道这封假信的写作者的手段是多么低劣。

　　当手术室严护士长沉稳的身影出现在敞亮的院长室时，那位妄图嫁祸于他人的凶手原形毕露了。警方迟了一步，他翻了墙头，乘黑奔向院外的公路。再然后，消失在莽莽苍苍的虞山密林深处。

　　前几日，水根与苏雨将病况略有起色的谢鹰从弘仁医院转移到阊门外一家中医诊所。这位银发老人在灯下给谢鹰搭了一下脉，缓缓说道，敝人倒有一方可用，只是有一味中药西山灵谷洞里方有，这味药与灵芝草有得一比。欧阳文一直立在谢鹰床边，一听此言，忙说，"西山灵谷洞我早闻大名。两位兄长床前伺奉谢鹰大哥，我到西山一走，将此药采回。"银发老人微微一笑，将一把药草放到欧阳手中。欧阳文向老人一个跪拜，老人将他扶起，端详着这位俊秀后生，抚着银须，缓缓说道："患难之交，如火中炼金，难得，难得。"病床上，谢鹰眼里噙着泪花，两手抖抖地向棉衬衣口袋掏去，忽然间，他高喊一声："谁偷走了我的子弹壳。我没命了。那颗染血的子弹是我的命，我的魂，我的根。"灯光下，众人面面相觑。银发老人眉头一皱，捻起了胡须，微微颔首，悠悠说道，"也罢，染了血的东西上苍是拒收的。"

　　谁也想不到，那位黄医生，皖军前师长黄鹤的侄儿，一直关注着这个不起眼的病号。他的一个同伙，一个品质极端低劣的医生，在谢鹰坠入梦乡时，偷走了谢鹰存放在衬衣口袋里的弹壳。

　　那封信也是他伪造的。当他从黄峰手里接过赏金时，他的黑眉下的三角眼兴奋地眨动起来。

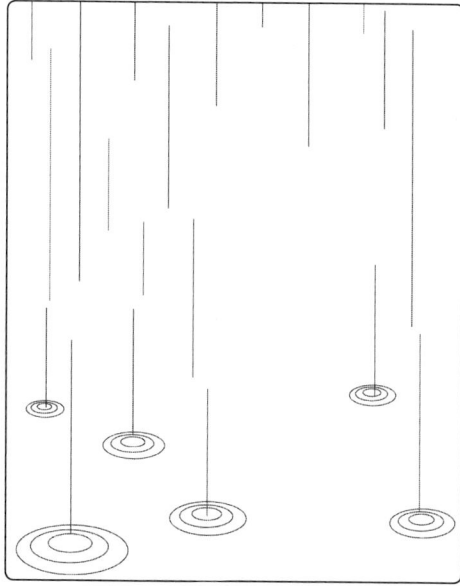

第六章　笑面人

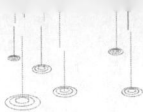

三十六

　　一阵寒风将坐落于姑苏河滨一神秘别墅的院门砰然掠开。一位中年眼镜客夹着一个黑色公文皮包匆匆步入假山流泉，花木掩映的幽深庭院。庭院中央，一株从皖省巢湖移来的红榉高达丈余。明艳如火的榉叶将庭院染得通红。

　　一次雅集，姑苏一刀笔吏刚从省城新闻主编岗位上卸任下来，百无聊赖中，恰好遇到江振。此次，江振做东。三天前，江振就请一班雇工清扫庭院，买来数十盆怒放的金丝大丽菊，黄灿灿的金丝菊瓣犹如婷娉的仙子点装得庭院分外清雅。迎门而立的叠石假山上，一线飞泉喷涌而下，青萍飘浮的鱼池里，十数尾金黄红尾的金鱼首尾相连结伴而游。

　　江振，不，现名已为江传昆，仰首叉腰立于空气清洌的庭院中。他的视线正好对着在秋风中挺立的红榉。蓦地，他的视野有点模糊了，眼眶湿湿的。从军前，他曾是国民小学的国文教师。一位毕业于军校的堂兄在一个月黑风高夜，将他从床上一把拖起，硬是将戎马岁月的枷锁套上他的人生之旅。在一帮有勇无谋的草莽武夫中，他用智谋迅速脱颖而出。在与一位同为高级军官的仇人火拼中，他在万般无奈中授柄于谢鹰，至今，阴影越来越浓重。他脱下黄呢军服后，用特有的采茶炒茶之长，赚足了银子，又在东山小镇织起一股自己的势力。他在皖军中广有影响。他始终注意着谢鹰这个不速之客的动向。他从家道中落的富二代的手中买下了临河的庭院，略加修整，一幢看上去颇为清雅的四合院出现在古城最富情韵的平江路上。

他移来了一棵巢湖老屋的红榉。因为在这红红的榉叶下，他度过一个与常人相异的童年。一个风雪夜，他呱呱坠地，生母是一单身哑女，姥爷一惊，把男婴送到香火鼎盛的寺庙香台上。哑女说不清，道不明生父是谁。她终日饱含热泪，呆呆地临窗而立。这是一扇临湖的竹舍小窗。她只记得一个黑星夜，湿漉漉的湖风夹着艾香透窗而入。幽蓝的湖面上荡着一叶小舟。哗哗的湖水声惊起一只只腾空展翼的野鸭。阿妈病得不轻，腿肿得棒槌似的，阿爹含着泪摇着船，破浪而去。哑女将家里收拾得干干净净，她爱清洁，那双会说话的眼睛瞅着小篷船隐隐消失在碎银般的湖浪里，心里难受极了。月亮好圆呵，夜深了，她透窗看着高天上的月影，翻了个身。猛地，窗外漾起一个高壮的身影，黑铁塔般的身躯。黑大汉猛地掀开窗户，哑女还未来得及叫喊，一个头套将她裹得严严实实。她的脖子被一双铁钳的粗手卡得紧紧的。她一个踢腿，换来的是一拳。她晕过去了……阿妈当晚因失血过多，留住在镇医院。阿爹睡在病室地板上。次日，哑女泪流满面，几次想投湖，但她一想到未老先衰，两鬓染霜，靠捕鱼为生的爹娘暮年无人伺候时，她将愁苦的泪水吞下了肚。谁料到，就在哑女生下孩儿不久，一个黑星夜，这个壮汉又一次破窗而入。一把锃亮的利斧迎头劈去，壮汉直挺挺地倒在血泊中。哑女狂笑了三声，第二天，她纵身一跃投进了浪花浊天的大湖。投湖前，她将一把雪亮的斧头搁在家门口红榉

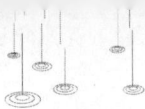

的枝丫上。幸运的是，一位无后的远亲将放在寺庙香案上的眉目清朗的婴儿连夜抱回了家。一年后，姥爷走了。远亲姓江，是一家底殷实之户。直到有一日，他的"阿爸"染上了重病，思来虑去，他吞吞吐吐将他的身世兜底托出。此时，江振已长成一个英武高挺的小伙子。他在窗前怔怔立了三日。一个黄昏，他来到霜染的榉树下，抱着已长成参天大树的红榉，失声痛哭。他惊悚地发现，那把利斧还在，只是锃亮的斧尖上已生了锈。

江振从老家将这棵苗壮的红榉移到了他的庭院。他将这棵红榉视之为根。每到清明，他都要跪拜在红榉树下。今天，他将要会见的是他渴慕已久，有苏城文胆之称的邵氏兄弟。他们将联手接过"今报"，将这份江南名报的经营与主办权收至门下。不料，一个电话挂来，他愣住了。据说，邵氏兄弟竟被不明身份的闹事者堵在了家门口。

"这可能吗？这对兄弟太瞧不起人了。"

江传昆随手一扬，将一张散发着油墨香味的报纸扔出窗外，在任何场合，"我可负人，人不能负我"是他安身立命的首要信条。

三十七

梅李大陆书场青石台阶上立着一个穿紧身皮夹克的中年人。大陆书场后有一晶亮晶亮的河道，杨柳夹岸，直通秋日荷花盛放的陆家滨。中年人面色凝重，他微敞着格子衬衫，一脸的焦灼。忽地，他的眼眸一亮。一叶小舟映入他的眼帘。他轻轻地吁了一口气，单桨小舟上利索地跳下一个短粗壮汉。一位高挑帅气小伙紧随其后。精壮汉子神情肃穆。中年人待他走到大陆书场青瓦屋檐下向他使了一个眼色。精壮汉子一个愣神，猛地推开了书场右侧一个印着听客止步四个大字的厅堂。这是一间豪华包厢：猩红的地毯，一圈浅米色沙发，明亮的枝形吊灯。三人落座了，只听见河滨里传来机帆船的突突突声响。中年人刚从沪上赶来，他是陆苹的表兄。从小，表兄妹青梅竹马，感情甚笃。他毕业于沪上一所名牌大学，在一家商业银行工作。他有读报之习。一日，一篇最新报道震撼了他。报道篇名《悲情青苹果》，他读着读着，汗水涔涔渗出额角，然后气愤，溢满胸腔的气愤攫住了他，他的手抖动起来，再然后，他啪地猛一拍桌，骂道，"卑鄙之极，无耻之徒。"报道作者为"一名姑苏知情者"。他又向刊于同一版面的评论员文章"黑鹰折翅桃花运"投去一瞥。作者署名一帆。他认识邵一帆，他们是大学时的校友。他选学商科。姓邵的读的是新闻。表妹陆苹的惨遭不幸令他伤心欲绝。这么美好的一只青苹果，竟然坠落于救死扶伤的苏城顶级医院里，这是一个多么惨痛的讽刺。他真想将造谣小报一把撕个粉碎。但是，这又有什么用呢？猛地，一个念头浮上了他的心头。告，告官去，用法律的武器讨回公道。

他星夜从大上海赶回梅李。这篇离奇的报道始作俑者是苏州今报。陆苹的父亲还告诉义愤填膺的外甥一个不幸消息，陆苹之母病倒了，数日粒米未进，送镇医院挂水了。坐在陆苹父亲身旁的是这位书场老

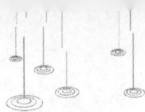

板的亲侄儿，浑名唤作浪里白条。他长相白净，但性格孟浪，从小又练过武功。坐在丝绒沙发上，这位小伙子好似坐在火炉上。陆苹阿姐出事的当日晚上，他手持一把锋利的宝剑与三五好友立马奔向虞山，他在镇上见过那位獐头鼠目的浑大夫。劈了他，他双眼冒火，舞起利剑。搜山一夜，他累得精疲力竭。听罢上海表哥的小报故事，他双眼又冒出了火花，邵氏兄弟是苏城恶恶刀笔。他也知晓。找这对黑笔杆算账去，他伸出铁拳。

上海表兄最担心的事发生了，他与梅李一班铁哥儿们星夜向苏城赶去。

一声炸雷撕开了沉沉夜幕，电光火石中，陆苹的母亲将眼角惨淡的微光扫向远方，她含泪走了。

一柄明晃晃的山鹰牌利斧凌空抛起。它载着火，载着恨直插邵氏兄弟精美公寓庭院的花格漏窗。咣当一声，利斧落在猩红沙发前的假山盆景片石上。邵家兄弟面面相觑。利斧柄上还扣着一封信。

邵氏兄弟祖上是京官，祖父曾是清廷翰林。文脉传至这对双胞胎兄弟已达极致。弟兄俩均先中后西，一人远赴伦敦，一个近至东洋，双双获硕士学位。兄一舟精通法律，是打官司能手。弟一帆文笔颇佳，更兼笔快如风。两兄弟先沪后宁，办了数家新文学刊物，并兼当地报纸新闻主笔。不料，一场黑中黑的官司涉及相关高官。那位满腹心机的高官，桌子一拍，一声"抓"惊动了兄弟俩。庆幸的是，这位击向他们的高官在政争中落败了。兄弟俩欢欣雀跃，卖掉了乡村别墅，在姑苏城中最繁华之处建了庭院合一，中西风格兼容的精美公寓。

一舟兼任了平江大学法律教授，一帆与走红的苏城今报老板雷天一结为好友，频频在今报副刊上发表大作。雷天一家住东山，不过他是一位家外有家的风流人士。姑苏城内还有一报，销量远超今报。它的主笔为一"左倾"文化人，一名驰名苏沪的小说家薄添啸。姑苏市民调侃道，平地一声雷哪及抱头仰天啸。一帆专栏刊出后，姑苏市民感受到剑走偏锋的今报渐渐与那些造谣小报合流了。身不正，报走邪，雷主编滚出苏城，一个月夜，今报董事会若干名股东聚首松云楼，为渐入窘境的今报开了药方。一位白须老人双目炯炯，缓缓说道，"我识一人，可担此任"。这位古稀老人与江传昆是多年老友，现为今报主要出资人。

"区区一报，老兄曾贵为师长，担此任如烹小鲜耳。"江传昆凝神有顷，然后点燃一支烟，悠悠说道，"学台过奖了。"他深知坐在他对面沙发上的这位老者的不凡身份。他曾任省教育厅长。他从来深居简出，这一次，登门拜访使他受宠若惊。江传昆将今报调来细阅，猛地一则评论《铁鹰折翅桃花运》映入他的眼帘。评论如一场骤至的疾雨，在他的心海里激起狂潮。他的眼前掠过谢鹰那一张长长的怒目偾张的国字脸，那一颗晶亮亮的染血的子弹壳。怎么，他又和弘仁医院的血案挂上了钩。他的心怦怦直跳，拿起话筒，他向这篇文章的作者拨去电话……

三十八

高院长两眼闪射出灼灼光焰。一身合体的白大褂将这位已近天命，不苟言笑的大夫罩上一层神秘的色彩。

每有年轻人入职，高院长总会眯着眼，默默审视着这些刚穿上白大褂的年轻人，心里盘算着，哪一棵秧苗适合在弘仁医院这块苏城享有盛誉的苗圃里栽培。他推窗远眺，蓦地发现紫槐树干上贴着一张张招魂贴。一丝苦笑浮漾在唇边。在死神面前，白衣天使只能是折翅之鹰。昨夜，又一盏生命之灯萎了。明天，黄师长的床位有了。弘仁医院一床难求，有时，连他这位当家人都左右为难。就在院内黑势力将医院架上火堆时，高院长静静地宣布了一项任命。他的声音平静得像一池春水。他就是赤着脚，从一农舍小屋走进医学殿堂的。他扫了一下聚集在院长室各科主任一眼。"现任命严频女士为弘仁医院护理部主任。"他抬抬手，然后平静地说，"有异议者，会后见。"

次日，黄师长住进了特护病房。一张油墨香味依然可闻的今报映入老人的眼帘。大字标题《斧头帮夜袭邵氏豪寓，恶鹰依然在逞狂》令他一惊。他老眼有点昏花，额上还有热度。他拿起报纸，又轻轻放下。一个高挑青年他的长子一文捧着一大袋时鲜水果，急匆匆推门而入。他的眼光落到今报上，嘴里轻轻啊了一声。他一把扯过报纸，眼眸放射出惊悚的光。"谢鹰，一只恶鹰，横行在姑苏城里。"今报有一专刊，将陆苹之殇渲染得淋漓尽致。"这只恶鹰还有前科，他曾在某师长的指令下，射杀参谋长。""他时而出入虞山山林，织起斧头帮，残害忠良。""他甚至在住特护病房时，还不改风流恶习。"打幼年始，一文就知道，有一个枪法极好的叫作谢鹰的军人掌握着父亲不可告人的秘密。父亲对这位丧门星式的部下惧恨交织。一次，当父子俩在阊门菊花堆游春时，蓝天上，一只巨鹰突地俯冲下来。鹰，紧紧地，紧紧地盯着父子俩盘旋。它的巨大的风车般的双翼张开，像一柄黑伞。黄师长立即掏出盒子枪。挟着一股气流，黑鹰溜了。"谢鹰，你的亡灵吓不了人，顶多再补上一枪。"哇哇，黑鹰掉头向黄师长恨恨地鸣叫起来。当夜，黄师长发了高烧，嘴里起了血泡。他抓住彻夜未眠服侍他的娘子的手，悠悠说了句，"我真怕，真的，很担心这头恶鹰在天堂里和我算总账。"

一文近几年与父亲关系解冻了不少，因为母亲，巢湖岸畔苦命的母亲走了。她坚持一人独墓，她的坟就在瓦屋南侧。黄师长年年北上，祭扫双亲与原配夫人。渐渐地，父子走近了。"一文，我要看报。"一声苍老的干涩声音传来。一文闪电似的把报纸挪开。迟了，黄师长伸出枯瘦的右手，一把将报纸扯到自己的面前。他戴上老花镜，细细地读起来。一阵天昏地暗，他昏晕过去。高院长急匆匆赶过来。吸氧，输液，抢救。黄师长苍白的面孔有了点血色。"这是黑鹰睡过的床，这是黑鹰住过的屋，我恨，回家。"

当晚，一个穿白大褂，名叫黄峰的医生出现在黄家宅院里。"伯伯放心，我会除掉这只恶鹰，让他逞恶的日子不多了。"黄鹤抬起头，紧

紧握住这个远房侄儿的手。

三十九

阿多抬了抬头，眼光闪电般地向洞深石峻的灵谷洞深处掠去。他手里提着盏灯笼，一盏大红灯笼。只见一道青光骤然亮起，哦，造型奇特的钟乳石在这里裂开了一条宽缝，宛如开了一扇冰凉的天窗，天光悄然坠落。天窗旁，一个银光闪闪的染血金如意跃入他的眼帘。他的心怦怦直跳。暮色苍茫，阿多在急急赶路中，迷失了方向。他在黑星夜里闯入了灵谷洞。幽深的谷洞，哗啦啦的水声，满目的青苔令他万分惊惧。他来到了一间石室。这是间天然的石屋。三面耸立着晶莹的钟乳石，一面敞开一人宽的门缝。门上披着湿漉漉的艾草。一盏油灯摇晃着。里面还躺着两个人。阿多退后几步，心里敲起了鼓。谈话声传到他的耳畔。

"阿剑，谢鹰是巢湖的浪鞭抽出来的好汉子，听说，他的枪法极准，百步穿杨，真没得话说。"

"阿蓉最近到上海，被一个鬼子打了，金如意上还染了血。东洋鬼子在上海滩猖狂极了，真恨不得一刀劈下去，杀它个精光。"

"对，倘若鬼子到伲苏州逞狂，我这把盒子枪一梭子就可干掉一个排。"

阿多心里一热，推开了门。两位洞室主人惊得说不出话来，他们拔开枪栓。"两位大哥，我是丽老板茶庄的阿多，阿剑哥是丽姑娘的近邻，真是三生有幸，在这荒洞里遇到了您二位。"

接着，阿多随口编了一个故事，说因为解手，匆忙中与丽老板错肩而过，真是苍天有眼，让他在这里结缘两位贵人。说话间，阿多解下了银光闪闪的宽皮腰带。阿剑脸上掠过一丝微妙的笑意。阿蓉曾告诉他，"丽姑娘的眼睛长在额头上，脑袋里却灌了迷魂汤，想不到这个大美人看中了一个矮小子。"黑黝黝的洞谷里遇上故人总是一件开心事。阿剑浓眉一挑，伸出了手。阿多解下了宽皮带，笑道："借花献佛，阿剑收下敝人的见面礼吧！"天剑略一思索，把宽皮带挂到了洞口，替代了那尊金如意。

欧阳文从小就在中药铺里摸爬，白发老中医所需的那一味药，灵谷洞里不难寻到。他喜滋滋地与村中小伙伴一起用小刀从洞壁上挖下青葱水嫩的药草，再用白布做成的口袋仔细装好。

出得洞口，只见天光透亮，他兴冲冲地踏上了返回阎门的归程。

四十

一簇殷红的晚饭花探出临河宅院花池。一位长衫黑裙清秀女子立在粉墙前。

她警惕地四顾了一下，掠一掠微湿的额发，抬手按响了门铃。粉墙外，一河如镜。一张粉琢难掩沧桑的老妇人的惊喜面庞探出严森铁

门。一排夹竹桃掩映着长长的走廊。母女俩默默前行。

"阿凤，黄师长又住院了。"

"老病号，活不长的。"阿凤一扬眉，恨恨说道。"师长内人，那个姓柳的老妖精，居然雇了几个阿三，昨晚砸了我的场子。"

"我的好乖乖，没吓着吧？"

阿凤冷笑一声，"姑奶奶不是软豆腐，我飞起一脚，那个嚷得最恶的小赤佬应声而倒。""最可恨的是今报记者，居然还说我是私生女，我冲上去，赏了他一巴掌。这个，三角眼，吓得面无人色。"阿凤难掩得意，笑出声来。"他们不知道，我与这方土地爷早就好上了。""太岁头上再动土，我叫这帮赤佬活着来，躺着走。"

阿凤看着阿妈慌惶的神色，扑哧一声笑出声来。"小红椒，过来，阿妈给你烙了葱油饼，压压惊。"阿凤是个孤女，也是姑苏城里一名色艺双绝的女先生。姑苏城里一帮评弹女艺人为求生存，冲破了权威社团禁令，赫然登台说书了。那位粉琢老妇人擅长唱马调，她的唱腔宛如裂石穿云，这位身世凄苦的孤女成了她最得意的门生。母女档红遍了水乡天堂，也招来了无数暗箭。

阿凤常年走码头，虽是虞山脚下乡村孤女，但她到一处，总是先拜土地爷，一桌好酒哄得警察局一班哥儿们披风带月跟着她转，她又大方，洋银到手，一眨眼，警察局的黑乌鸦们口袋又鼓了。

"戏唱多了，人生也变成了一杯苦酒。"

月下，她有时也会独自垂泪。当那位老态毕现，经常气喘吁吁，

唠叨说她长得像他丢失的闺女的黄师长走近她时，她猛一愣神怔住
了。黄师长不顾一切向她示好时，她用一种且迎且拒的微妙姿态处理
这一棘手之事。

一场痛快的全武行让她出了一口恶气。但她不知晓，手掌舆论大
权的报社记者是不能随意得罪的。数天后，铺天盖地的小报黄文泼向
这位貌强实弱的小女子。他们手上最厉害的武器就是桃色新闻。

"哈哈，私生女，灵格。"当女先生阿凤走到任何地方，这种阴森
森的怪笑声都会如影随形地在她身后响起。阿妈挺不住了，"换个码头，
避避风头。"她说。阿凤特地穿上高跟鞋，脸上薄施淡妆。每天傲行在
河路并行的姑苏古城里。令她猝不及防的是，她的听众骤然锐减。众
多不知情的老听客消失了。一天晚上，当她拨动三弦，开腔唱一拿手
开篇林冲夜奔时，她惊呆了。空落落的书场里，几无听客。前排正中
坐着一个满面愁容的老人，那个丢失闺女的黄师长，他的身边还放着
一根黄澄澄的龙头拐杖。老人仰着头，眼光里似有千言万语。梅李孤
女阿凤啪的一声扔下三弦。

"私生女"三个字如一记重锤敲碎了阿凤宁静的生活。一天，黄
师长又来找她，她猛地发现老人手里有一张泛黄的自己童年时照片。

"我的天呐！"是他，就是这个黄师长，弃她而去三十年的黄师
长，一个极端自私的抛妻弃子的黄师长。阿凤掩面痛哭起来。

四十一

今报报社编辑部位于一座傍河二层小洋楼里。楼下一色的高档红木地板。远观，小楼后的一排银杏树在秋日擎起一排金黄火炬。春日，傍河如雪的杏林成为姑苏城北一景。

被聘为新掌门人的江传昆端坐在红丝绒沙发椅上。调研近一年的账目，他发现前任雷社长的一个惊天秘密。他竟然私设了一个小金库。江传昆捻起手中的烟卷，慢慢地，他的宽阔嘴角漾起不怀好意的笑意。经理人选，他物色了几位，都不如意。他，必须嘴稳心沉。更重要的，他必须是心腹。

他举起话筒，一声声沉稳而又开朗的笑声传进他的耳中。"昆哥，您好，知道您荣任今报掌门人，虚白心里可开心呐。""哪里，哪里，凑个数儿。"江传昆故作谦虚。次日，穿一袭青灰西装的虚白神清气爽地出现在今报雅致的社长室里。东山枪战案中，虚白自称是受害者。警署为他洗白，一家洋行收留了他。

一日，一个念头掠过江社长的脑际。小伙子清瘦高挑，功夫了得，账目上的事情精通，处事干练。文墨亦有，书香世家。最关键的是，贴心。他的根在巢湖，友在军旅，茫茫苏城，在东山小镇，有一帮旧部，知心者一二。"虚白，江某人势单力薄，为单刀赴会。"传昆微微一笑，两眼扫过虚白有些惊愕的面庞。虚白正向窗外的杏树投去惊喜的一瞥。他就是早春二月呱呱坠地的。阿娘笑着告诉他，阿虚落地时，一只喜鹊绕枝三日不舍离去，因为他长得太白，太漂亮了。阿妈还说，怀他那年，青杏大年。她一日一个甜杏，所以才生出这么一个白净小人。想到阿娘，虚白猛地心里一阵紧缩。她落水后，被一猛汉救起，至今下落不明，生死未卜。

今报是姑苏名报。在此就职，人脉广极了。况且，他才到职就任经理。传昆哥亲如兄长，人生之路也许就此豁然开朗。他转过身去，微微一笑，说道，"虚白才疏学浅，实难胜任，但昆兄其意殷殷，却之不恭，干中学吧。"

又一日，壶中天二楼精致包厢里，董事会全体成员落座。法式铜柄精美伞形吊灯灿然启亮了。旋转的灯光下，传昆，一帆，虚白次第站起，口才极好的今报新掌门人粉墨登场了。虚白还即兴演唱了昆曲《过昭关》。"人才，人才。"双眉皆白，红光满面的今报出资人颔首一笑。

江社长刚上任，一个爆炸性新闻就惊爆了。姑苏民间小报纷纷隔岸观火。"大报名记与姑苏评弹女先生当街殴斗，进口照相机被扔入平江河。"一帆主编桌子一拍，"这还了得，一个私生女如此嚣张，查！"

传昆社长背着手，在红木地板上来回踱步。他身经大小战役数十次。社会上的风尘经历太多了，此乃小事一件。他唤来金虚白，附耳悄声说了三句话。虚白频频点首，眼眸一亮，走出社长室。

四十二

谢鹰恹恹地睁开惺忪的眼睛。他竖起耳朵，顺手打开摊在被上的新到报纸后，触电般地将盖在身上的绣花丝被掀开。他长长地喘了一口气，挣扎着坐了起来。一束蔷薇色的青光透窗泻入。欧阳文推开门，送来了早点，看到谢鹰怔怔地坐在床铺上，两眼茫然地盯着早报，他心里咯噔一下，自己误大事了。

红楼外，如雪的成片白玉兰花一夜之中次第绽放了。

水根与苏雨为谢鹰寻到一中医，这位阊门神医出手不凡，特别是灵谷洞的那一味专治眩晕的中草药将谢鹰从绝境中解救出来。"心病还得心药医，此人终日心事重重，得寻一解救之法。"一日，这位双眉皆白的姑苏名医坐在绿树掩映的中医诊所里，向前来询诊的欧阳文缓缓说道。欧阳眼睛一亮，有了主意。谢鹰幼时就爱吹笛，女儿如云在评弹小艺班琵琶与三弦拨弄得愈发专业，自己也有昆曲特长。何不组建一个小乐团，用急管繁弦让谢鹰忘却噩梦般的昔日，用儿女情长弥补阿秀的离世。

"谢大哥，如云的琵琶三弦在小艺班里名列榜首。"一日，欧阳喜滋滋地推门而入，满面红光地向卧于整洁大床上的阿鹰道喜。如云一步跨前，立在慈父床畔。师傅觉得如云名字颇为俗气，给她起了艺名。"阿爸，小艺班女孩是素字排行，我是中秋生的，我的艺名就叫素秋，阿好？"

谢鹰一怔。素秋，素秋，他猛地觉得一个素字化成了草木枯黄的秋日巢湖芦苇。当他向如云投过去一瞥时，他真觉得穿一身素裙的闺女眉宇间的忧戚与其名十分相似，他不觉骇异起来。"阿爸觉得这个名字欠佳，上台时，闺女得穿大红旗袍，头上得扎大红蝴蝶结。"谢鹰说着，眼里泛起了泪花。

"对，"欧阳一步跨前，"大红旗袍上还得绣上一只昂首云天的山鹰，阿丽是东山绣王，又是你阿爸的好友，这个美差就交给她了。"一抹笑意浮漾在谢鹰苍白的嘴角。但是，当他听到阿丽两个字时，他哆嗦了一下。

欧阳还给谢鹰订了报纸。他订的是明报，一份口碑较好的姑苏名报。谁知，送报的邮差犯了一个致命的错误，他将一份今报塞在邮箱里。欧阳随手一丢，搁在谢鹰枕前。两个整版的文章均是射向谢鹰的利剑，一篇文章竟然造谣说如云不是谢鹰的亲生女儿。谢鹰的手颤抖起来，胸脯急速起伏着。他无法，绝对无法容忍在他一息尚存的时候，要承受那么多的谣言与恶意。特别是不能忍受他的亲闺女如云变成一个谣言的受害者。他要用热血自证清白。

他用尽力气爬下床，不顾一切冲下二楼，猛烈地用头向院子一棵开着如雪的广玉兰树撞去。救护车打着警铃驰向红楼……

四十三

一条雨鞭用力抽打着沉入夜雾的虞山荒僻古寺，徐氏家族祖坟就坐落于此。

黄墙青灯下，徐三娘戴发修行了。哗哗哗，一阵山风掠过。一张惨白的脸庞幽灵般闪现在庙寺门前如豆的灯下。

一条青砖路将荒废的山寺与山中小道相连。一排红豆杉绿森森地立于青砖路两侧。风起，红豆杉发出奇异的哗哗声响。徐三娘将一棵高达丈余的红豆杉移到寺庙中心庭院里。一个月夜，她缓缓跪在红豆杉下。月华泻地，老人皈依佛门。红豆杉又名观音树，徐三姐看尽人间恶浊，她想在这座荒刹里平静度过余生。

笃，笃，笃。三声脆响惊醒了她，红豆杉丛腾起了清脆的回声。"三娘，是我，阿芒，我第二次来访，有要事相告。"三娘一愣，火爆脾气又附了身。她一跃而起，快步走出卧室，嗖地拔开了门栓。听罢阿芒含泪道来那令人心碎永难忘怀的故事。她的怒火一下被点燃。三娘塞给阿芒一把银子，果断地说，"谢谢相告，三娘与徐家人有个倔脾气。不到黄河心不死，徐良的魂魄天天附在我身上，这事我得管，管定了，哪怕虞山刮八级风，尚湖掀十二丈高浪。是黑是白，掀开了看。"当阿芒提到绣女的夫君谢鹰两个字时，她像被电击一样抽搐了一下。"这个阿鹰有一只招风大耳？"阿芒一愣，点了点头。"是六只脚趾吗？"三娘眼里已涌出泪花。阿芒更是一愣，他盯着三娘的眼眸，又点了点头。谢鹰，在天边徘徊了几十年的阿鹰，终于有了影踪。四娘生下阿鹰爸爸时，她做主卖给了人贩子。至今，山谷里风雪中那一令人心碎的镜头还在她梦境中时时浮现，在四娘坟位石牌前，将刊有谢鹰照片的报纸燃成了灰烬。

"下山。"她振臂一呼。虞山脚下，十数只双橹摇船飞也似的穿行在垂柳夹岸通向姑苏的水道里。

四十四

古镇梅李，陆苹呱呱坠地时，天空出一奇象，一颗慧星拖着长长尾巴一头窜进绿意沉沉的陆家浜。三日后，一场大火燃尽了陆家书场。一个算命人找到陆老板，建议他将小克星送于他人。陆老板赤红了脸，狠狠咒道，"赤佬个娘，滚远点。"陆老板重建了书场，阿苹出落得美人儿似的，天天银铃般的笑声不断。

谁料到，一颗绿生生的青苹果遭此厄运。更令人痛惜的是凶手溜了，而姑苏城里新闻界的一些恶俗文人捕风捉影，造谣生事，将污水泼向这位纯洁的梅李姑娘。

大陆书场雅致的包厢里，一个短粗壮汉脸色发青，他两眼喷火，"还我闺女！"包厢里荡起了回音。

嗖地，一个高挑小伙从裤腰里掏出一叠报纸。"造谣可恨，传谣有罪。上次，我伲闯到今报报馆，一封警告书掷地有声，可……"小伙子泪流满面说不下去了。小伙子从口袋里掏出一张报纸，"这就是所谓陆苹表妹的相好写给阿苹的催命书。"小伙子哗地将报纸撕得粉碎，白净的面庞亮起了晶亮的泪珠。

还没等他念完，海涛般的嘘声差点掀翻屋顶。十几艘轻舟劈波斩

浪，载着数十名陆姓村民向姑苏阊门飞掠而去……

四十五

　　月笼小院，阿凤心痛地拾起摔裂的三弦。夕阳西下时分，她接待了两拨客人。一位是衣冠楚楚、笑容可掬的金虚白。

　　虚白静静微笑着立在庭院假山旁。"江社长对本社记者寻衅之事极端鄙视，特派虚白前来致歉。"他一脸真诚地说，他欠身，微微鞠躬，然后从皮包里取出一个精致的丝绸小包。"敝人所赠，请笑纳。"又是微微一笑，其实虚白心里荡着轻蔑：好一个虞山私生女，再过两日，你的不堪身世就会人人皆知。

　　阿凤立在夕阳余晖里，怔住了。这位来客给她留下了极好的印象，雪白的面颊，明净的额头，合体的西装，特别是讲话时浮漾在唇边的真挚微笑令阿凤如坠云雾之中。她打开丝绸小包。一圈玉手链赫然入目。泪水涌入她的眼中，前日打斗，她用力过猛，手链噹的一声坠落地面，摔坏了。今日，这位报社经理亲自买了一圈更加精美的手饰送来。粉色丝绸小包上，还有一句赠语，苏州头牌女先生雅存。她怔怔地立在庭院的假山鱼池旁。她想不到，就在当晚，今报一班人约请苏城一班小报记者，在觥筹交错中，把数不清的猛料悄悄抖了出去。虚白微笑着，一杯又一杯地向新结识的小报同行轮番敬酒。不出江社长所料，苏城报坛上刮起了阿凤为私女发及其它绯闻风暴。次日，阿凤的听客竟如秋风扫落叶般消失了。

月上柳梢时，黄一文来访，这是稀客。阿凤喜滋滋地沏好香茶，摆上三五茶食小碟。"阿爸认识评弹小艺班的班主，他已联系好，您可到那儿授艺。"黄一文已在平江大学中文系读书，与阿凤还挺投缘，因为，只有他知道阿凤是他的亲妹。阿凤屏住了呼吸，她离不开书场。惊堂木一拍，她的魂就腾空了，琵琶声一响，她的眉毛就飞扬了。但是，人们的怪怪眼神使她难受极了。空无人影的书场让她经常梦中泪流满面。

她咬了咬牙，说道："船到桥头必有路，过几日再定吧。"她想不到，一辈子想不到，她的脖子被一条粗重的绳索套紧了，而且越套越紧。那位彬彬有礼，微笑总是挂在俊秀面庞上的报社经理就是一位笑面绞索拉绳人。江社长的满意眼神使金虚白如沐春风。

阿凤的命运之舟已落入湍急的川流之中，解开夺命绳索之结的正是她的生父黄师长。他曾经无比荒唐，但是他醒悟了。他在灯下苦苦思考着，虽命悬一线，他坚信，他的最后一搏会腾起滔天激浪。自己的亲骨肉阿凤姑娘应当开出生命中应该绽放的花朵。月下，他连写五篇文章，投寄给京沪报，将江传昆的昔日恶行抖给这几家权威大报。

四十六

炮火连天，沪上战事正酣。一列列军车载着欲与东洋鬼子决一死

战的血性男儿驰援沪上。东洋恶魔的轮番轰炸，使得江南古城一入夜晚就少有人影。

一灯如豆，弘仁医院院长室里，高院长正伏案疾书。他的老母病危了。高院长自任弘仁医院掌门人后，极少回到半入城郭的青青虞山。蓦地，一声清脆的敲门声传来，他立即将请假申请报告塞入办公桌抽屉。来客是一穿绿色军服的英武青年。"峻峰"院长猛一愣神，立即伸出双臂与来客拥抱起来。峻峰是高院长的独生儿子，平江大学医学院的应届毕业生。

"阿爸，沪上战事这么紧，我们平大医学生坐不住了，前方多流一滴血，平大医学生胸口就多挨一重锤，全班同学都报名上前方，今晚开拔，阿爸，多保重，等着喝峻峰的庆功酒吧！"

如豆的火苗漾着微微跳动的光焰，高院长的嘴唇翕动了一下，他的眼里溢出既欣慰又不舍的光。慈母病危，他已失眠数日，如今独子又要奔赴沪上生死相搏的战场。作为一名曾在战区服务过的医学专家，他清楚地知道日军有着绝对的空中优势。他更知道，一颗突如其来的子弹就会结束一个生命。

"阿爸，求你一件事，别告诉阿婆，她会悬心的。"一道真挚的含泪笑影掠过峻峰疲惫的眼角。他已五天未睡好觉了。他悠悠地从包里掏出一把幽香四溢的檀香扇。顿时，一股浓浓的香味溢满房间。这是一把做工考究精致的团扇。扇面上活泼泼地游动着十数尾金鱼，红如火，黄如金，黑如墨，似霞非霞，似雪非雪。"阿婆爱鱼，这是我自己学着画的。下个月，阿婆就要过七十大寿，峻峰可能赶不回来了。"

高院长心情沉重。他沉思片刻，又一次拥抱了已是高挺小伙的独苗苗。他觉得一股熟悉的味道涌入他的鼻端，一滴晶莹的泪珠在他的眼里涌聚。峻峰的母亲在一次离奇的车祸中遇难，那时峻峰才六岁。他与阿婆相依为命。阿婆是他生命中的红雨伞，峻峰的眼睛也湿湿的。他笑了一下，转身走了，留下一个长长的背影。

四十七

蓦地，一个紧急电话由警署打来。"陆苹事件升级了，据梅李警所告，一批家属将到贵院发难滋事，作为死者亲属，情绪激动在所难免，望贵院妥处。"一支警员加强队紧急出动了，弘仁医院董事会连夜召开。

十几条小舟跳下几十号人，头缠白布，膀戴黑纱，举着火把，从前门冲入弘仁医院。医院门口，一支武装警卫队并未阻拦这支寻衅的人群。一个长着一对三角眼，穿白大褂的中年大夫面露喜色，眼睛眨动着，从后门悄悄隐出。火光冲天，就在这时，一位戴着船形护士帽，满脸哀伤的中年人从手术大楼冲出来。只见她双目含泪，思虑片刻，扑地一声跪倒在大楼前庭院地面砖石上。

"诸位梅李乡亲，严某人失职失察，有罪有责。你们激愤之情，我万能理解。只是凶手外逃，医院无力抓捕，这几日，我天天追悔莫

及。"说着，严频主任涕泪交流。她从白大褂口袋里掏出一块手帕，"这是阿苹送给我的，我每天珍藏在胸口。"说着，她已泣不成声了。忽然，她掏出了一张存折。"里面有一万银圆，我严某终身未成家，这点积蓄本来准备死后送孤儿院的，现在就……"火把依然高耸。

又跪下一个白发苍苍老者，是高院长。"陆苹与徐良都是弘仁医院最好的孩子，作为医院院长，我对两位最赏识的孩子殒命负有第一责任，医院重地，以救死扶伤为天职，我已经为众乡亲订好旅社，望大家节哀。""我已离退休不远，退休后，我将去梅李行医。我还有一个学医的儿子，你们就把我们父子俩看成是梅李江滩上的两位亲人，两粒沙子吧！"又一批医院大夫赶来，每人都含泪，手里都拿着一支洁白的花。

"找今报的笔杆算账去！"一支火把高耸的队伍折向西，涌向城北。

四十八

防空警报的尖利笛声宛如一柄带血的刺刀划破姑苏古城上空。城北一座典雅的公寓楼里，今报三剑客表情凝重。

"咚、咚、咚"三声敲门声传来。"我去楼下一探究竟。"金虚白身轻如燕，蹑着脚步，飞奔下楼。黑黝黝的庭院里，鱼池里的金鱼穿梭般游来逛去。四周，静极了。吱呀一声，门开了，探出一张洋洋得意的脸。"火，点着了，虚白。"来人正是薛少峰医生，东山人氏，与江传昆手下一班东山旧军人交好。虚白眉头微微一扬，"楼上请。"

油灯下，这位专爆弘仁医院黑料的造谣专家打开了话匣子。"那位道貌岸然的掌门人在医院拉帮结伙，他一手遮天，将他同乡，一位下台师长的亲戚拉进弘仁医院。他还纵容社会渣滓谢某在医院作恶。"猛然间，江传昆脸上阴沉下来。"少峰医生，有证据吗？"少峰脸上掠过一丝冷笑，他霍地解开挎包，将一叠今报轻轻打开。"铁证如山，"他乜斜着眼，直勾勾地瞅着脸上红一阵，白一阵的邵一帆主编。"那只黑鹰活不长了，今晚我给他注射了一针断肠草，谁叫这小子与那位姓严的情同母子呢？"金虚白一怔，立即站起来，紧紧握住少峰冰冷的双手。江社长面不改色。"今报得对姑苏数十万受众负责。新闻之水，可以载舟；新闻之火，亦可焚身，记好，你手上的今报是江某人入驻前的今报。在江某人看来是昨报，一律与江某人无关。"江社长的脸色更加阴沉了。"虚白，送客。"他低沉的声音里透着威严。

夜色下，金虚白将一枚金戒指硬塞进有些颤抖的少峰医生的手心。"江社长愿和你做一辈子朋友，回医院后，特别关注那只恶鹰的动向。"金虚白笑着，附在同乡耳畔低低说道。

江社长看了看腕表，对怔怔坐在沙发上双目微闭的邵主编说，"今午接警署电话，说有要事相商，我与虚白立马去一趟，您留守。现时是非常时刻，如遇麻烦事，冷静处置，切记切记。"早晨，他接一警署电话告知有两股滋事民众前往今报报馆寻衅。警署长不客气地申斥，"贵报为苏州大报，民间诸多人士称，对陆苹事件的报道你报多有不实之

词，望放低姿态，妥为处置。"解铃还得系铃人，将高傲而又刚愎自用的邵主编推到一线，残月下，金虚白不得不对江社长高明处置手腕深为佩服。"今晚为非常时期，虚白就在敝人小舍休息好吗？"金虚白每到江公馆，都有一双火辣辣的眼睛注视着他。那双眼睛流泻出的情爱，他全知，但理智告诉他，江二小姐天芸是一朵开在绝壁上的玫瑰。他仅仅是江社长身旁的小跟班。江二小姐读的是平大新闻系，有系花之誉。月白的面庞嵌着一双灵动有神的眼睛，一说话，高冷的脸上总漾着凛冽的傲气。但对金虚白，她一见钟情，一往情深。她甚至还在月下为虚白赶织了一件合体的羊毛套衫。"老父缺一养老女婿，正在苏城张榜呢！"一日，天芸将虚白第一次领进整洁的卧室，两人在窗前灯下谈了一宵。

四十九

当徐三娘驾船摇橹领着一帮徐氏宗亲飞往通向姑苏的河道时，她感受到宗亲们脸上的冷漠，只有阿芒脸上漾着一股复仇的光焰。擦黑时分，尖利的空袭警报声又一次凌空响起。

三娘脸一沉，喝道，"回船，阿芒与我到姑苏讨说法。"一声尖利的警报声划破沉寂夜空。这声音拖着长长的滚动的余音，在河面上与风声汇合成一股摄人心魄的声流。一个急转弯，十余艘小舟返回了。

当三娘与阿芒赶到弘仁医院时，谢鹰已被抬往抢救室。他的脸色极度苍白，冷汗直冒。好在灌肠及时，他从剧痛中微微睁开眼。他大汗淋漓，将盖在身上的丝被掀掉，露出了左脚的六只脚趾。在室外凝望有顷的三娘眼里涌出泪流。她一把推开虚掩的抢救室纱门，闯了进去。他就是阿鹰，三娘一把抓住他的冰冷的左手。心中腾起了愧疚的狂潮。"阿鹰，可怜可悲的阿鹰，徐家人真对不起你啊！"她在心里不断地说。谢鹰由于疼痛无力地闭上了秀目。他长得多像徐良，光滑的前额，高挺的鼻梁。她只觉得老天爷太不公平了。徐家的两位后辈，一位学业有成，却惨遭湖匪魔掌，一位自幼倍受摧残，如今，眼睁睁命悬一线。"三娘，谢鹰流泪了，他还活着。"阿芒惊喜地说。三娘两眼冒火，只见她耸起眉峰，大喝一声，"出发，找今报算总账去。"

五十

邵一帆站在今报二楼阳台上，心里涌起一股难言的恶心。他姓邵的信笔由缰，难道你江社长不是一再对陆苹专刊赞赏有加吗？每当一篇长文刊出后，特别是矛头直指谢鹰，将一杀人案污化为情场纠纷后，江传昆都会打来电话，"好笔杆，妙笔生花，又直指要害。"今晚的一番阴冷表白将自己洗得一尘不染。邵一帆恨恨想道。卸任的雷社长虽不拘小节，却敢作敢当，何不向他问计呢？

一个电话打过去，雷社长在电话里阴森森地笑道，"姓江的既能金蝉脱壳，你何不釜底抽薪？"他紧皱的眉头舒展了一点。蓦然间，

他的眼前出现了火焰熊熊的长龙。它宛似一条愤怒的游龙。游行队伍默然前行,一色的白帽,腰间系着一色的白布腰带,脚下一式的白布鞋。黑蓝的天际,赤色的火把,白色的队列。近了,更近了。队列沉默着,杂沓的脚步声愈发有力。邵一帆仅是个文海兴风作浪之人,从未见过这种阵势。踏踏踏,一阵急促的脚步声,有人上楼了。他感到一种莫名的恐惧,他猛地推翻了桌上火焰熊熊的汽油灯,向二楼边门奔去。

二楼有一隐秘楼梯通向地下室。地下室有一侧门通向青石码头。起火了,二楼的地板发出爆裂声,冲上二楼的陆老板绝对没有想到,今报的掌门人居然纵火。他举起相机,一同奔上去的他的亲侄儿也举起了相机。同时举起相机的还有一路跟随的明报记者。出发前,上海陆苹表兄打来电话,一再关照,可威慑,不盲动。他已联合旅沪的苏籍友人,在《申报》大报设专栏,将苏州《今报》为首的黑势力的恶行逐日披露。

陆老板身经数场缠身官司,一把大火燃尽了大陆书场,但纵火者始终逍遥法外,因为火光一起后,众人如惊弓之鸟,四散奔跑,无人拍照,证据全无。至今,陆老板都还心痛不已。

当一把利斧从天而降,飞向邵氏公寓庭院时,上海表兄顿足叹道,"授人以柄,小儿之为。""造一点声势,让姑苏百姓明白真相,切不可轻举妄动。"表兄还是不甚放心,他去一电话给明报主编,恳请他派一得力记者全程陪同。十数人迅速排成了灭火长龙,一盆盆水从一楼传到二楼。十分钟后，附近的救火队也闻声赶来了。今报二楼社长室烧成一个空壳。陆老板紧紧握住明报记者的手，泣不成声地说："想不到今报的坏头头纵火烧了自家的心脏，更想不到明报的兄弟为救火烧秃了眉毛。"明报记者一个沉吟，说："弘仁医院院长下跪时，我觉得他登上了一个高台，我听到他说退休后要做梅李江滩上的一粒沙子时，我真感到今晚的随访不虚此行，陆老伯，苹妹不幸离世，我也很难受。我是东北人，战火夺走了我慈爱的双亲，如不嫌弃，就收下我这个黑土地上的老弟吧。"又一声尖利的空袭警报声划过姑苏城静谧的上空，不屈的姑苏城挺起了铁一般的胸膛。

次日，明报《一跪薄云天》的特刊专稿横空出世，介绍了昨晚陆苹事件的真相。明报也以一种特别微妙的方式让姑苏市民领略了了某报自焚的丑态。江社长干咳一声，转身向昨夜吓得面如土色的邵一帆悠悠问道，"邵主编，昨夜别来无恙？"

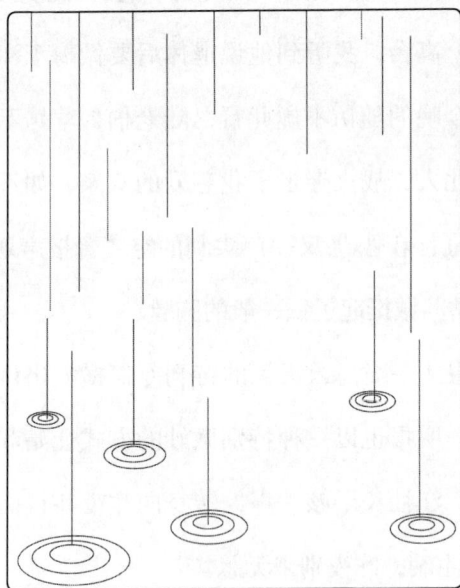

第七章　太平间奇遇

五十一

严频抬头看了看乌云密布的天空。她是北方人，护校毕业后，应聘至苏州弘仁医院。转瞬，二十余载过去了。她孑然一人，倒也不感寂寞。弟弟在沪上警备区任职。每逢节假日，姐弟俩相聚，总有说不完的家常话。说来蹊跷，谢鹰的身板与五官长得宛似她情义深长的弟弟。特别是那一道上扬的剑眉。那一对一笑即露出的两颗浅浅酒窝。当谢鹰被抬到中心抢救室时，疼痛使他双眸汪着一层泪水，严频呵了一声，一道闪电掠过她的心底。当满脸泪痕的徐三娘，徐良的亲好婆，将孙辈谢鹰传奇式的悲怆身世告知于她时，她一阵头晕目眩，好一会儿才回过神。她紧紧握住三娘的手，"阿鹰是您好不容易找到的亲孙辈，也是我们的亲骨肉，放心回梅李吧。"一夜之间白了双鬓的三娘猛地一把抱住严频。几日后，严频收到一份电报：她的弟弟在一次激战中不幸阵亡。严频的手剧烈颤抖着，双目直直地瞪向前方。电报，黄叶般飘落下来。记忆的闸门启开了。北国的一个落雪天，一个黄昏，东洋恶魔投掷的汽油弹砸中了双亲居住的瓦屋。双亲在烈火中烧成了焦炭。弟弟在校读书，免遭一劫。当小伙子扑倒在双亲身上时，仇恨的烈焰在升腾。"姐姐，上军校就是捐身躯，我随时有可能为国成仁，你得成个家。弟弟死也瞑目了。"言犹在耳。她含着眼泪把电报悄悄塞在衬衣的口袋里，定了定神，表情肃穆地走进护理主任室。一个紧急电话挂来。弘仁医院拟于近期迁往虞北山区，但严频一干人留守，因为有伤

兵需住院治疗。

"局势紧张，万分紧张，董事会决定全院大部分人先撤进虞山地区，留小部维持日常运营。会上，我据理力争，您也第一批撤走，可多数人投反对票。"忽然，高院长环顾了一下左右，悄声说，"你可就此离职，湖湘方问，我有一好友，您可投奔。"高院长眼里涌出泪花，"当今社会，江湖横行，高某人得您助佑，淌过多少难关，我也准备到虞北后与这班不好相处之人了断。"说着，高院长还告诉她一个不幸的消息。"小儿峻峰在一次空袭中被炸断了左腿，现在沪军医院治疗。"严频愣住了。她下意识地用手护住了衬衫衣领。她眼前仿佛又燃起了一柄火炬。火炬燃烧着。峻峰临走前，还与她开了一个玩笑，"严频阿姨，"峻峰送给她一柄手绘的团扇，笑着说，"此行峻峰若有不测，您就将团扇插于他的墓碑前。""小伙子，放正经的。"严频给了他一个巴掌。

暮秋，扫帚云低垂，云絮一层层堆聚着。警报声又一次尖利地响起。高院长与严频不约而同地抬起头。他们用仇恨的眼光扫向云层。恶魔又抖开了黑色的翅膀。姑苏平门火车站首当其冲。哒哒哒，机枪吞吐着火舌，向恶魔扫去。

五十二

呼，一声枪响，一匹烈马在雨幕中应声倒地。日军马队顿时乱了阵脚。一位梳着长辫，面容坚毅的年轻女子就势滚落下马，她一个跃起，闪进弘仁医院榴红的庭院。正在庭院巡视的严频一惊。临窗二楼上，谢鹰一双火辣辣的眼睛紧盯着滚入庭院的女子。哗啦啦，一阵自天而落的暴雨将薄冥似的夜空浇成雨幕。严频噔噔几步冲进雨幕，将惊魂未定的小女子拖入走廊，又快速将她塞进走廊南侧一座阴森森的小楼。太平间三个黑漆大字闪着幽光。里面有一个活人。真的，这人隐在一个布帘后面，喘着粗重的气息。严频又拉下一道厚重的布帘。咔哒一声，太平间上了锁。

这是日寇魔爪伸入姑苏的第一天。吉田大佐将一位俘获的女子扣于高壮的大洋马之上，他得意非凡，却与这匹洋马一起跌得鼻青脸肿。子弹是从这家医院临街小楼飞出的。搜，他一声令下，一队穷凶极恶的东洋兵将弘仁医院团团围住。医院后门有一青石码头，严频早有准备，她一闪身跳上小篷船，小舟顶风冒雨向城外摇去。一帮鬼子兵号叫着端着机枪，挨个儿搜查每一间楼房病室。一连搜了三遍。到了太平间，咣当一声，一个鬼子兵挑落了铁锁。一行黑字跳入他的眼帘：本太平间为烈性传染病患者死亡收容地。一股呛人鼻息的硝酸味陡地弥散开来，挑落太平间铁锁的矮个子鬼子兵吓得重重地跌了一跤。"烧光这家魔鬼医院，嘶啦嘶啦的！"吉田咆哮着。风雨、火光、杂乱的脚步声。一座苏城典雅幽静的医院淌着泪水在烽火中走到了生命的终点。

随着马队的离去，医院里屏住呼吸躺在太平间白布担架上的父女俩抱头饮泣。如云没有想到，是父亲的一颗子弹让她获得了重生；谢

鹰也没有想到父女俩是以这样一种生死命悬一线的方式重逢。当他从窗户瞥见如云被绑在大洋马背上时,他一惊,心都碎了。他推开窗,瞄准马头就是一枪。

火光熊熊,当严频到达城北一乡村时,弘仁医院的大火还在燃烧。她的心怦怦直跳。她猛地记起,她将父女俩锁在太平间里。不过,她有一种潜意识的自信,这位机灵的永不折翅之鹰会当机立断化险为夷。她还不知道,谢鹰的神弹救下的是亲闺女。她低低地叹了一口气,弟弟走了,弘仁医院也烧了。浓烟滚滚的姑苏城涌出了越来越多的苦难人群。她记起来,高院长临走时拉着她的手,动情地说:"战争,让生命贬值,我们要用自己的双手,使生命升值。"她的眼里漾起了火花。远远地,两个人影映入她的眼帘。一位年轻的姑娘背着一位穿草黄外套,双目微闭的中年人在田埂上艰难地躬腰行走着。近了,更近了。这件草黄色外套是弟弟在上海给她买的。当严频将谢鹰塞进太平间时,她随手将自己的黄色外套披在瘦伶伶的谢小弟肩上。她的心里掠过一阵喜悦。"谢鹰,我是严医。"严频在风雨中高喊。当严频将她一把拖进大楼时,如云只觉得这个女人心真好。月光下,当她走近观察这位救命恩人时,她觉得这位弘仁医院护理部主任一夜之间变得那么苍老。"严主任,我们又重逢了,太平间嫌弃我们父女俩。"谢鹰边喘气,边笑着说。"严护士长,您就是我的亲妈妈。"说着,如云一头扑倒在严频湿漉漉的怀里。严频紧紧搂住这位苦命的姑苏小女子。

姑苏月傲然升起,它将清辉洒进一批批奋起痛击鬼子兵的姑苏儿女的火热心田。

五十三

孤星残月。当高院长在虞山古刹建一战时伤兵医院时，他绝对没有想到，在临时手术台上他救治的第一批伤员中就有他的独生儿子峻峰。山高林幽。虞山山民自发组织了一支千人担架队。两人一担，用绳索将担架系在腰间，然后一人领路，将淞沪会战中的伤员抬往古刹救治。

高院长已奋战了数个昼夜，他的眼睛布满了红丝，他真想不到峻峰也被送来了。峻峰微笑着对爸爸说："虞山的风可真爽呵，小辰光，我从南坡爬上山岗，迷了路，急得我要跳崖时，突然之间，我看到一座庙亮起了佛光，一座冒着白烟的庙。我闯进去，出家人可真好，把我送到山口，还塞了我一口袋的山核桃，想不到我今朝又来庙里了。"还是那么清朗的声音。

高院长真不忍心告诉他，他生命中的那一把红雨伞，他人世间最悬心的阿婆就在昨夜告别了人世。昨夜，阿婆已数日不能进食，但眼光里闪射出一种渴求的神色。她招招手，高院长跪到了床前。"我想见见阿峰。"她吃力地一字一顿地说。她思索了一会儿，又说："也许我等不到了，那就将我葬在庙后的银杏树下，峰峰回来后只要摇摇树，就会有叶片落下，那就是我。"说完，老人安详地合上了眼，走了。

如今，峰峰回来了，但是他无法站到树下，因为他没有左腿了。

庙门被猛地掠开，严频惊喜地喊了起来："前世有缘，看来，我们还要并肩二十年。"这一家临时伤员医院成了虞山峻岭茂林中的一盏明灯。谢鹰精神也好些了，如云跟在严频主任后面学起了注射与包扎。

一日，峻峰推开庙门，走了出去。一根拐杖着地，他两眼四顾，停住了脚步。他发现了阿婆的墓。他猛地丢掉了拐杖，一把抱着银杏树痛哭起来。他摇着树干，杏黄的银杏叶如雨般洒落下来。

峻峰六岁时，一场离奇的车祸让他成了一棵没娘的小草，至今，高院长心里都存疑惧。阿婆成了他生命中的红雨伞。父亲虽为苏城顶级医院院长，但始终与虞山官场保持距离。阿婆一勺风，一瓢雨将他养大，考取平江大学医学院后，他最大的心愿是让白发满头的阿婆有一个宁馨的晚年。峻峰拾起一片硕大的银杏叶片，细细地端详起来。后面有一双昏花的眼睛，紧盯着他的背影，这双布满血丝的眼里也噙起泪光。

严频下山采购药品带回一个弘仁医院的老同事，虽然医院人手紧缺，但这位姓薛的医生平时阴阳怪气，高院长对他疏而远之。严频也是一时之兴，将薛医生安排停当后，她细思了一下，也觉不妥，不由地对他监管起来，用无言的警惕目光。薛医生脸上却挂着谦恭的微笑。他毕业于名牌医科大学，十数年在弘仁医院的磨炼使他在水银灯下的功夫超越同年资的医生。几天过去了，高院长心里更加不踏实了。薛医生如留苏城本可过上舒适日子。到这风险极大，条件很差的战时医院工作，他到底图什么呢？

一日，薛医生蹑着脚步去了寺庙后院，一棵蓬松硕大的红豆杉下坐着一个气定神闲依然俊朗的中年人。谢鹰，薛医生大吃一惊，心里挂起了问号。那枝断肠草居然没能置他于死地？他迅速转身，避开了谢鹰疑惧交织的目光。谢鹰只觉得他有点面熟。又过了几日，薛医生礼貌地告辞了，"不好意思，家中有点事，我先下山了。"入夜，谢鹰辗转反侧，无法入眠，他记起了，就是这位獐头鼠目的医生给他注射了一针黄澄澄的药水，害得他差点踏进阎王殿。"有一事相告。"他立即敲响了高院长的门。听完谢鹰的诉说，高院长猛地知道薛某人潜入虞山的真正目的，立即下达命令："迅速转移，十万火急。"

五十四

一场惨淡的婚礼在苏城江宅启幕。江家二少带回一新娘。江传昆眉头深皱。新娘家境不详，据说与日本军方关系深厚。他万万想不到，一位日本商人佐藤给他发来一个贺电，"义女漱兰与贵公子天赐喜结连理，特此致贺。"这位面容冷峻，不苟言笑的矮个女子怎么会让他的俊朗秀逸的二公子看中呢？江传昆后悔了。天赐高中毕业后，家业渐丰的他早早让儿子到东洋京都大学留学。这个寡言阴沉的女子就是他的同班同学。一问，她竟是姑苏人士。江传昆立刻懂了，异国他乡，两人同为姑苏人，有着说不清，道不明的地缘情愫。更何况，漱兰现在

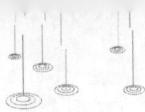

已经有喜了。江传昆为他们置了新房,位于今报报馆附近。

金虚白与阿芸走近了。江传昆视未婚婿如子,阿芸深知。一日晚上,"阿金,你真会骗。"阿芸端详着永远穿着整洁的金虚白,眉毛一扬,半真半假地嗔道。"是吗?"虚白今天着意打扮了一下:黑色薄泥格子外套,深红的领结,洁白的衬衫。"二弟好像在婚事上急了点。"虚白讲话永远是半开半掩,永远点到为止。"那个女东洋佬。"阿芸对这位新过门的弟妹绝无好感。

傍晚,阿芸哭着给虚白打了个电话,"快来。"虚白跨上自行车,到江宅只花了十分钟。姑苏城已无灯火,宪兵司令部找到江传昆逼他担任维持会长。一双阴森森的眼睛盯着他。"不从令,就送命。"戴金丝眼镜的东洋翻译用最简洁的汉语将宪兵司令的威胁话语送往江传昆的耳里。回到江宅,他立即叫阿芸拨一电话给虚白,要他速速赶来。他在箱子里摸索了一阵子,拿出了十根金条。暗暗的油灯下,赤金的金条亮得炫目。江传昆沉吟起来,这个城府极深的人很少这样难做决断。金虚白一惊,这是怎么回事呢?

"宪兵司令部要物色一年富力强者担任本市维持会长,他们要今报出一人选,既有管理能力,又要有从政潜力,除你无二。"江传昆有这个能力,他永远站在于己有利的制高点上,将事态的发展置于自己的掌控下。金虚白脸色陡地变得铁青。出任维持会长意味着……

江传昆眼一眨,佯装头晕倒地了。他的眼睛的余光扫过僵立在堂屋中心阿金的苍白面庞。虚白依然像一尊石膏像,一动也不动地立在堂屋正中。油灯熄了。他弯下腰，抱起阿芸，用异样的眼光对准江传昆，缓缓说道："我只要她。够了。"

次日，一轮红日东升时，虚白与阿芸奔向虞山举办婚礼。阿芸在平江大学有一名为杭晓的同系好友，为江抗，即江苏抗日纵队的支队长。

五十五

滚滚浓烟将古老阊门烧成一片废墟。黄师长蜷缩在一条偏僻深巷的残破宅院里。他的面色苍黄。数日前惊悚的一幕历历如在眼前。"阿文，你得与阿凤，如云一起走，鬼子兵淞沪会战损失惨重，攻掠苏州后必定有一场大屠杀，我已年近古稀，跑也跑不动了，唉。"他长叹一声。

阿凤生活无着，到阊门评弹小艺班授课谋生。阿凤能弹善唱，她与孤苦无依的小云结为姐妹。由黄子文作词，阿凤谱曲，如云弹唱的开篇问世了。鬼子进城前三天，姑苏大街小巷回荡着如云昂扬的评弹开篇。《咒恶鹰》在姑苏电台播放后好评如潮。小云含泪弹唱："咒恶鹰，气恶鹰，今天你下弹，明日栽天井，姑苏布下天地网，东洋恶魔鬼吹心，鬼吹心。"

月华泻地，黄师长毫无睡意。他决定将深藏于心的一个秘密揭开。他燃亮了油灯。猛地，又是一声地动山摇，恶魔又张开了黑翅。山塘河水又一次被染红了。二十余年前，一次天赐灵山之行，他结识了一位弹词艺人。颇有文艺修养的黄鹤师长气度轩昂，与女艺人相谈甚欢。

一日女艺人垂泪告知慈父病危。黄师长掏出三根金链递到艺人手上。从此，兵马倥偬岁月里的黄师长在姑苏多了一个家。一双儿女先后来到人间。重男轻女的黄鹤将男孩寄养在巢湖一个远亲家里。他常去探望。一日，当他来到久未涉足的苏州"家"中时，他只见闺房已紧闭。堂屋桌上有三根足赤金链。还有一封印着泪痕的信。"黄鹤兄，别来无恙。您是一风流之士，又是一师之长，与您结识殊感荣幸，知悉你家外有家，处处风流，庆幸之外，又觉切齿。小女生下后，长得与你毕肖。每看一眼，我的心头就是一刀。小女子实属无奈，将你的骨肉卖与一无后艺人。她改名阿凤，颈后有一刀痕，是她三岁时无人看管，跌在三弦尖角处所致。曾蒙赠金链三根，谢谢你救了燃眉之急。今奉还。本来，卖艺不卖身是我立世之本。三根金链宛如三根绝命的绳索让我月不白，身不清。如今，一拍两散，君自保重。"黄鹤一拍桌子，仰天长叹："早知今日，何必当初。"

又一批恶鹰盘旋在不屈的古城上空。中华雄鹰起飞迎战了。一声炸雷凌空掠起，整个院落都在簌簌抖动。阿凤不放心病重心衰的黄师长，推门而入。如豆的灯下，黄师长怔怔地坐在床沿上，手里持着一个褪色的信封。他的目光呆滞。手，簌簌抖着。猛地，他的眼里射出一道愧疚的光。"阿凤，我对不起你。"他跪下了。如云一惊，霍地冲出门外。阿凤接过信纸，细细地读起来。她的手蓦地伸向颈部，她摸到了一道刀痕，真的，她又摸了一遍，刀痕仍在，慢慢地、慢慢地、这一刀痕漾成岁月长河的一簇凄楚的浪花。她向黄师长投去一瞥。这一瞥里有雷，有电，也有恨，深切的恨。她清楚忆起当黄师长走近她的时候，她千般拒绝，万般冷淡。此刻瞥见黄师长苍老的脸上满面真诚忏悔时，她心软了。

"阿爹，你为啥不早点告诉我。"阿凤扶起脸色苍白双手抖得不停的黄师长，含泪问道。

"阿凤，这是我心中的一道罪恶之痕，揭，是无法忍受之痛，不揭，是一世之痛。阿爹好难呵。"

就在这时，巷口传来一声惨叫，如云被奔驰而来的日本马队抓走了。哒哒哒。夜空中，我方应战的雄鹰向恶鹰扫去了一条火龙。恶鹰冒着浓烟，一个倒栽葱，滚落下来。

五十六

当血红的晚霞吞没姑苏西部峰峦最后一抹苍绿时，虚白呆呆地立在一座草棚前。这就是他与天芸的新房。已是江抗二纵支队长的杭晓，平江大学原学生自治会主席，一个已掠雷电，沐风雨的如苏青年，对于两位好友的到来表示热忱的欢迎。杭晓与天芸幼时都在平江水巷长大，一个临河的姑苏小巷。仅数日，他已察觉出这对来自平江红楼青年心中的不同波涛。杭晓的母亲住在小巷一隅。舅舅只有这么一个好学聪颖的外甥，他出钱资助这个特别喜好古典文学的外甥进入平江大学学习。杭晓天生一副热心肠，连江传昆都很喜欢这个细伢子。一次，

他摔倒了。杭晓一阵风奔过来，将他从地上扶起，蹲下，将身重体胖的江老伯背起来，张罗着让他住进了病房。阿芸更是佩服他的文笔。他是校学生自治会校刊"一支笔"。他还能演话剧，浑厚的男中音，将松花江畔游击健儿演得活灵活现。他还有一个不为人知的身份，他是平大地下党负责人。当阿芸前来投奔他时，一个突袭浒墅关，阻断鬼子铁路线的绝密战斗计划正在纵队高层酝酿着。杭晓就是这个绝密计划的核心执行人之一。杭晓是个敏慧人，他有点后悔了，这对新婚夫妇对于战火中的艰难惨烈有着不同的认识。"虚白，我们这儿是提着脑袋与鬼子干的场合。"虚白操着手，静静地观看着西下的夕阳，面无表情地听着杭晓发自肺腑的话语。倏忽间，西下的夕阳幻成了一个通红的火球沉入了地心。

当晚，新婚夫妻爆发了第一场争吵。天芸在整理虚白皮箱时，发现了十根金条。她惊悚起来，那是阿爸的全部家当。她当时亲眼看到，虚白曾将金条塞在父亲手中。"阿金，这是怎么回事，你的心未免太黑了。""心黑的是编造谎言，诱我当维持会长的那位老先生。"金虚白一字不让地反击道。"你也是一个伪君子。""这个也字加得好。"虚白的脸上掠过一丝冷笑。"我肚里有了，怎么办？""到时再说，战事这么紧，过一天就对自己说地球魔鬼让我又存在了二十四小时。""讨厌，你这个混账东西。"天芸恨恨骂道。虚白并不回话，他的光滑前额已被山里的太阳晒得黝黑。他是一个很会为自己算计的人，他以为婚礼一结束，天芸与他就会返回苏州。他没有想到要投身一个血与火的事业。

清幽的月光洒入茅舍，山里的夜风掠来阵阵寒意。他想到降生于世时的富贵，家道中落时的清贫。他也想到大明旅社摇晃的大红灯笼，旅馆铁门上的阴森枪洞。他轻轻翻了一个身。天芸睡熟了。他向这位委身于他的女大学生投去无奈的一瞥。她说得好像也对，铁蹄下的老父亲何以为生？他悄悄打开阿芸的皮包，将五根金条塞到包里。他立起身。他的脑海里掠过这样一个画面，回到姑苏东山，他用这笔启动资金开一水果行，然后将天芸与孩儿接到东山，过一种田园牧歌式的宁静生活。他也知道，只要江传昆一息尚存，天芸就不会听从他的任何安排。

天芸，再见。他向月光下熟睡的妻子缓缓投去最后的一瞥。一阵山风将他下山时摇摇晃晃的瘦长的身影掠到路边。

其实，草丛里早有一双锐利的眼睛盯着他的一举一动。一个身穿黄制服的人在他下山时截住了他。这人就是杭晓。"天芸有病，我去村卫生所拿点药。"金虚白嗫嚅起来。"记好，你血脉流淌里的是姑苏人的血液。"杭晓盯着他慌悚的双目，厉声说。"必须记住，否则你会后悔的！"杭晓的眼光燃着火焰。

松涛阵阵，齐声呐喊，金虚白只觉得双膝一软，差点跪倒在地。

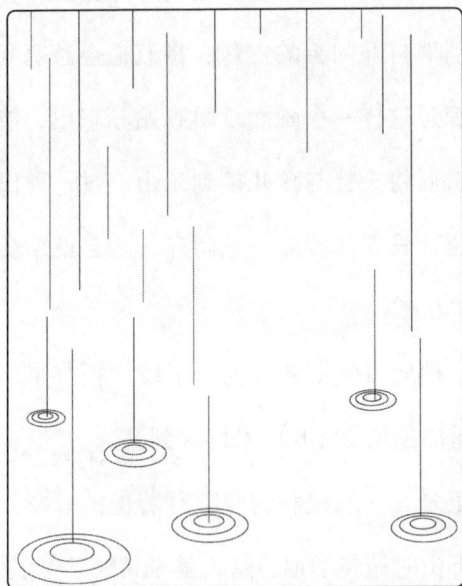

第八章　灵魂变奏曲

五十七

水巷深处，探出一张复仇女神般的面孔。她头裹花蓝布头巾，黑口罩遮挡了眼部以下的面庞，一顶黑色的鸭舌帽压住了眉心，黑色的皮夹克、黑高筒皮靴，一双乌亮的眼睛闪着警惕的光。她躲在一棵枝叶繁密的树后，屏住了呼吸。

近几日鬼子下乡扫荡时，撞到了大莽的枪口。呼，呼，呼，已为四纵一员的大莽举起枪，盯着鬼子的巡逻艇开火了。没料到，又有一艘恶舟从右侧登上了阴山岛。大莽与他的铁兄弟被俘了。竹心在青青芦苇丛里泡了三夜。

鬼子兵在望远镜里看到这样的镜头：一位扎着双辫黑眉目秀的姑娘，端着沉重的枪托，掩在一棵树后，不断校正目标，眉头一松，一颗子弹飞出枪膛。她对准的目标无不应声而倒。鬼子中队长翘起仁丹胡子，想出了一个毒计。烧，狂怒的鬼子将阴山岛烧成了人间地狱。

他们没想到，太湖纵队的精锐也登上了阴山岛。一阵弹雨让鬼子兵领略了太湖儿女的铁拳。

次日天明，天剑发现竹心不见了。

近了，更近了，一个戴礼帽，年近五十的一脸官气的瘦长高挑的日本军出现在她的眼前。竹心认出了。就是他领着一帮恶狼绑走了大莽。莽舅，我来了，她在心里急切呼唤着。

就在这个东洋鬼子挥挥军帽，急急登车的关键时候，竹心一个跃

步，飞到他的面前，对准他的前额就是一枪。她又向车内扫去一瞥，一个面孔阴森的中年人惊恐地望着她的乌黑枪口。竹心又是一枪，竹心跳入绿波荡漾的护城河，拼命地向前方游去。她知道城门紧闭是瞬间之事。游着，游着，她心里一阵喜悦。这是一个少见的浓雾遮日的深秋。雾幕下，伸手不见五指，去哪儿呢？天剑曾告诉她，阳山岛四周环水，是水上游击的最佳地点。她还听说，那里有许多浪里白条，枪法一流，曾打过恶仗的太纵兄弟。天剑已派了一列游击健儿在阳山岛水域等候竹心。

竹心回来了。她紧紧地，紧紧地抱着前来迎候的阿蓉姐。家。她在心里呼喊着。漫山的竹林响起雄浑的回声。

五十八

已成日军跑马场的平江大学大草坪上，急急走着一个身穿咖啡色风衣，神情黯淡的中年男子。

他是从上海撤退至苏的邵氏兄弟之一，邵一舟律师。他有一好友与汪伪李士群一班人等过从甚密。他出任了苏城维持会会长。不料，他刚上任，一位太湖侠女连发数枪令苏城日军大佐当场送命的消息传遍苏城。重伤者，就是毕业于日本帝国大学商科，现任苏州商会顾问的顾大悲。顾大悲的寓所就位于平江大学后门的一青青小河旁。邵一舟与顾大悲私交甚笃，闻讯后，他只身一人前来探视。他立在石拱桥上不得不止步，但见周边布着岗哨。顾大悲让自己的命运与这些东洋鬼子纠缠在一起，一周未到就受到了惩罚。邵一舟闻讯后整夜未眠，他感到他必须从浊水里抽身。邵一舟是一个精明人，他想出一个主意，一个一般人想不到的绝妙主意。

他唤来一帆。一帆仍在报社供职，不过今报已改称平报。一个留着仁丹胡子的东洋浪人成为平报的太上皇。数日前，当几颗正义的子弹射向吉田大佐与顾大悲时，驻苏的日军严密封锁了消息。但是平报的上上下下都知道这个骇人听闻的枪杀案。一帆的心提到了嗓子眼，兄一舟会不会是下一个顾大悲呢？他已经后悔当时没有力劝很有主见的兄长不要跳进这个火坑。猛然，宅院里传来一个女子的哀号。邵一舟的心悚然一惊。他的眼光落到石拱桥壁一块大青石上。青石上斑斑血迹依稀可见，他把眼光再挑向远处，一幢小楼已然在燃烧着，他的心怦怦跳了起来。他与弟弟一帆就是在这座小楼上呱呱坠地的。他的视线模糊了。小楼已烧成灰烬，这难道不是一个凶兆，将命运之舟系在魔鬼战车上，终有一日会化为灰烬，邵一舟心中拿定了主意。石桥周边已经处于强制警戒状态。日本兵三步一哨，五步一岗。踏踏踏，一支马队从平江大学操场昂首出门扬长而去。他止步了，索性坐到石拱桥上，陷入深深的思考。

"帆，别无他路，"一舟两眼射出寒光，"只好上演一出奇特的苦肉计了。"

入夜，一个惊人的消息传遍苏城。刚任维持会长仅一周的邵一舟

大律师晚上赴宴被人设局投毒命悬一线。一辆急救车风驰电掣般驰向医疗急救中心。

几日后，一个黑星夜，几十里火光烛天，鬼子兵与伪军修筑的竹篱笆被常浒纵队的数千名精兵强将烧得一干二净，浒关的锃亮铁轨被拆卸一空。沪宁铁路三日不通车。

五十九

忆梅诊所的窗台上放着一把染血的三弦。水根脸色苍白，怔怔地凝望着这把三弦。想不到望梅表姐是这样一个烈性女子。那天，一个日本宪兵在一个脸色煞白的翻译陪同下，要她为鬼子登台演唱，她一口拒绝了。日本鬼子恼羞成怒，顺手给了望梅一个巴掌。长脸翻译冷笑一声，"敬酒不吃吃罚酒，大美人，登台亮个相吧。""好，那姑奶奶就唱，一只东洋狗，喝够奴才酒。"望梅冷笑一声，亮起了脆嗓。

"放肆。""这是姑苏大地，姑奶奶的家，要唱可以，你得坐第一排洗耳恭听，敢吗？""再放肆，我就不客气了。"

望梅立在院落中央，眼光如炬，自从梅李沙滩虎口脱险后，她回到了阊门，她的两位好友，绣友顾梅与评弹搭档阿菊都以一种出人意外的方式悲情离世，聪明的望梅也关上了爱的心窗，她觉得她最对不起的人是阿伯，是她将阿菊引进到伯父本来宁静的生活。如今周边一片废墟，独存这一片梅林，今年梅花稀稀落落。望梅心里沉甸甸的，她又忆起顾梅对她的千般好。

忽然，鬼子兵与怒气冲冲的长脸翻译耳语起来，两人交换了一下眼神，悻悻走了。傍晚，长脸翻译一人前来。"请你即刻到春在楼，是高层特邀堂会。"望梅脸色顿时煞白，这种堂会业内人士都知道，饭局一结束，灯光一熄，东洋禽兽就会扑上来。望梅眼里冒出了灼灼火花，她从花布衬衫里掏出一把雪亮的剪刀。她迎着夕阳站定了。猛地，她用剪刀绞断了头发。一缕青丝落在梅丛里。

望梅大笑起来。长脸翻译脸色难看，他举起相机。望梅冲上去，顺手就给翻译一记响彻云霄的耳光，相机落地了。望梅转身拿起三弦。

"呼"的一声枪响，望梅倒地，她捂住胸口，用三弦狠命地向长脸翻译砸去。

黄师长又一次病危了，他与水根是比邻，院落相连。阿凤满脸泪水地冲进水根屋里求救。水根与苏雨在黄师长屋里施行了抢救。黄师长脸色苍白，脉搏越来越微弱了。猛地，他坐了起来，指着窗外，哑声喊道，"枪，枪声。"苏雨一惊，他向窗外望去，望梅呼的一声倒在血泊中。水根一个激灵，拔脚向家中跑去。怒火满胸膛的水根正好与气急败坏的翻译撞个满怀。他用双手扼住了这个民族败类的咽喉。铁钳似的双手，曾经扳动机枪的双手，无影灯下动过无数次成功手术的双手。今天，正义的双手结束了一个民族败类的存在。

巢水根将昏迷中的望梅抱往屋里的时候，一颗燃烧弹落了下来。这座两家彼此相通的宅院成了火海。望梅的呼吸渐渐停止了。邻院，

一盏风雨中飘摇了几十年的生命之灯也即将熄灭。

六十

山寺月凉。秋风掠过青峰耸立的江畔。当苏雨搀扶着巢水根艰难跋涉在江畔沙滩时，迎面走来一个小姑娘。小姑娘背着一个大挎包，肯定很沉，她的肩上都磨出了几个大血泡。她站住了。

"舅舅"，这一声高脆的呼唤，宛似一道刺破青天的沉雷。"阿云，你怎么也孤身到了这儿，雾锁大江，这浩荡大江可是咱们绝命的绳索呵。"水根心情烦躁地说。如云扬起脸，眉毛忽地一抖。"别看鬼子闹得欢，东洋鬼子想一口吞下大地球，真是春梦一场，十里虞山还是咱们华夏儿女的天下。"如云眼里是满满的自信。

一阵杂沓的脚步声急速传来，一位小女子的欢声夹着江风送到如云耳畔。"如云，你就是孙悟空也翻不出我阿凤的掌心。"阿凤一步跨前，笑着抱住了黑瘦的如云。

当晚，阿凤悄悄扯开谢鹰下榻的房门，将黄鹤师长送给谢鹰的遗物，交到这位因肺部气肿只能坐卧的昔日警卫员手中。一封用正楷书写的长信，一把精工手枪，一串珍珠项链。信上写着："如果人生可以改写，我是世上最愿重写之人，没有之一。我有三悔，很可惜，我只能到天国向我欺凌之人致歉了。我毕业于军校，射击的专业技能不差，但是为了我那不值一钱的名声，将你诱出姑苏，在江南原野向你背部开了一枪。我自以为你见了上帝，我的那段不堪历史将就此消失。我常梦见你与那位参谋长。每次梦境后，我都要惊惧多日。阿鹰，我第一次听见如云弹唱时，我就听出她是你的女儿，你们父女的声音像极了。我有一个叫阿凤的女儿，一位我三生三世都对不起的女儿。我在命悬一线的时候与她相认了。阿凤给了我机会。当我知道她与如云以姐妹相称相处后，我心里的千千结才松了一点点。"谢鹰怔怔望着窗外。位于扬子江畔的这一家临时战地医院因为水根与苏雨的加盟实力大增。高院长与严主任忙前忙后，心里踏实了许多。

他继续读信："这支枪是德国军工第一品牌产品，给你防身。那串珍珠项链是我送给如云的小礼。"月下，谢鹰的脸色惨白。这位好色成性风流将军的忏悔录在他心海里没有激起一点涟漪。他向阿凤微微笑了一下，示意她可以离开。

他用抖得不停的左手从衬衫口袋取出一盒火柴。三页信纸如三只飞舞的黑色精灵被燃成灰烬。他将这支高级手枪藏在枕下，泪水滴了下来。他低头看了看这串珍珠项链，突然一阵恶心掠过心头。他挣扎着，慢慢踱向窗口，用力将项链扔出窗外。他似乎觉得黑沉沉的滔滔大江已吞没了这串罪恶之手摩挲过的项链。

他的胸口一阵紧缩，他知道死神也在向他招手了。如云走上婚礼高台上，应当戴上阿爸赠送的项链，他的嘴边掠过一丝冷笑。

六十一

三星庙里，一炷香扯起了袅袅青烟。阿蓉的眉心微皱着。她立于山庙庭院，静静地透过漫漾的山岚向外眺目。听说，天剑已成为太纵游击队核心领导，今晚将与苏城一神秘来客在此会面。近一阶段，一个叫高大莽的太纵组织核心人员被捕了，将其营救出狱是太纵迫在眉睫的重要任务。

月掩黄昏，山月映得三星庙内的竹林格外苍黄。这座庙宇掩映在一片幽深竹海里。只有一条小径通往东山小镇。阿蓉手挎一个竹篮，走到路口。她有点焦虑，竹篮里有一秘密情报，藏在竹篮底部夹层。

寺庙里残破的自鸣钟整整响了七下。每一声脆响都敲在她紧绷的心弦上。竹影里飘来一个颀长的人影。阿剑，她期待的阿剑如约而至。脚步匆匆。他的脸色苍白。"阿蓉，快转移，出了叛徒。这个软骨头。""谁？""金虚白。"阿蓉惊讶得说不出话来。

今春，当东山回黄转绿时，与天芸决绝的金虚白回到了已被日伪控制的东山。大明旅社早已改成了茶楼。丽老板回到了阔别十载的家乡，成了茶楼老板。茶社生意清淡，但丽老板孑然一身，日子倒也混得下去。

一个春末夏初的傍晚，茶楼大门被悄悄推开，闪进一个人影。"阿丽，见到你，恍如梦境呵！"是阿金，他穿一件破旧夹克，明亮的额头上的光泽消暗了许多。"阿丽，我的人生又回到了原点。"他的声音透着苍凉。阿丽，闯过人生血与火，雷与电的丽老板，冷漠地看着他，因为她听说这位过去的好友在苏城有过一段不堪言说的历史。更使阿丽警戒的是，阿蓉已是太湖飞虎游击队的一员。而这家茶馆是飞虎队员出没的安全场所。因为，阿蓉的丈夫出任了东山镇的维持会会长。这样的社会关系极利于遮隐阿蓉的特殊身份。

"丽姐，你我是生死之交，想当年，您一纸书信，我可是尽力相助呵。那年，您嘱我将谢鹰置于两难境地，我做到了，我让那个阿林做了谢鹰枪下的冤魂。枪杀案后，我坐了牢，我身上带的就是您所赠的绣花腰带。那位姓江的旧军人的女儿看上了我，不过至今我依然是守魂如玉呵。"阿丽心头一惊。"那位阴险的江社长还想诱骗我做苏城的维持会长，他跪在我面前，我拒绝了。"阿丽更是一惊，金虚白的眼里飘过一层泪影。"我回东山，一是寻根，二是放魂。母亲当年落水后被湖匪掳走。一晃，太湖月已照了她整整十载。每当东山红橘上市时，红橘上的露珠会是阿娘的泪滴吗？我常悄悄问自己。我已在东山三福寺寻到一席下榻之地，不会麻烦丽姐的。"说到这儿，金虚白立起了身。丽姐听着，听着，产生了一个奇怪的感觉，就是希望他一直说下去，本来年过三十的她觉得自己是人世间大舞台的孤儿。不过她生性豁达。她将人间的一切悲欢视为日月轮回。人间大舞台，演到哪儿算哪儿。如今国破了，家岂有不亡之理。

"虚白，人间大舞台，演戏也得挑角色。"丽姐微笑着说。"现在有一任务烦您再一次扮演一个特殊的角色，将那个高大莽救出来，可以吗？"金虚白一愣，点了点头。

六十二

一辆黄色吉普车在江畔伤兵医院门口吱嘎一声停下了。跳下一个头缠白布的高挑小伙，他的身上散发出浓浓的焦味。他的眉毛已被烈火吞没了尾梢，他还赤着脚。他利索地打开后厢，小心翼翼捧出一台德国进口的呼吸机。

站在院长室柳荫窗口的高院长一步跨上前，两人相顾无言。柳尘满面泪痕。对于苏城外科手术的这位顶级专家，柳尘一直是仰视的。呼吸机是伤员医院最匮乏的抢救设施，高院长在一筹莫展时，柳尘神一般送来了。

当汽油弹在邻家院落燃起冲天大火时，柳尘正在相隔百米的诊所整理带往伤兵医院的器械。机警的黄师长在烟雾蒸腾时向庭院爬移着，他看到一个硕大的储水缸，缸里还有浅浅的一层水，他挪移着，吃力地挪移着，然后，他向缸内跨进一只脚，再然后躬身，弯腰，一步跨前，他稳稳地跨入了水缸，水缸上架着透气的凉棚，他骤然感到呼吸顺畅了许多。他听见一声门响，心霍地提到嗓子眼儿上。他看见一张脸，是柳尘。他的骨肉，他的血脉。家外有家的他将柳尘寄养在巢湖远亲家中后，幼时他还常常探望，后来战火纷飞，他裹挟其中，探视就少了。再然后，他退隐苏州，与巢湖方面断了联系。柳尘一眼认出阿爹。就在这时，黄师长缓缓解开绑在腰间的一个香带。十个金灿灿的戒指露了出来。忽然间，他用手指向窗口，那儿，有一台呼吸机，德国进口的。他从胸口还掏出一个乌黑的家伙。枪。柳尘心里一惊。黄师长苍白的脸上浮漾出惨惨的笑意。"我生了你，却让你在别人屋檐下长成人。我多年的积蓄也只剩下了这一堆戒指，我好后悔。我有几个家，却没有一个家能让我放下残躯。""我们比邻若干年，我只知道阊门有一敬业的好郎中。却不知道他就是我的儿。""我的大限已至，生不能聚，死亦两散。十只戒指赠你，一台呼吸机送众人。还有……"一阵杂沓的马蹄声。"阿柳，快走，不，掉头，让我再瞅一眼。""你还有一个亲妹妹叫阿凤。"猛烈的敲门声，黄师长子弹已推上了膛，他的手稍稍有点抖动……手枪对准了正门。一声，又是一声，八格牙路，大门被踢开了。东洋鬼子，黄鹤的脸上掠过一丝冷笑。一张骄横的脸，脸上居然还挂着胜利者的得意。一颗子弹向这张阴惨惨的脸射去。倒下了。黄鹤开怀大笑。少顷，他向愣愣地立于一旁的柳尘挥手，"走，快走，后门。"当柳尘前来抱他的时候，他狠命地咬了柳尘一口。然后，用手枪直指自己的脑门。呼的一声，他知道用自己手中的子弹将残躯送往天堂是最理智之举。

高院长手抚这台血染的呼吸机，心里腾起了山呼海啸。阿凤冲到江滩上，将手中的纸鹤放飞到滔滔江面上。纸鹤越漂越远。夜色中，一个急浪吞去了漂落江心的纸鹤……

六十三

金虚白脖子上挂了一串玄式佛珠。他双手合十，坐在一个丝绸软垫上。他好骇异，丝绸软垫上每一根金线都像是一根绝命绞索。因为，他把谎言变成了血与刀。他名义上是东山镇维持会的书记员。但实质上已成为日本宪兵队的一名间谍。他的主要任务是监视苏城滨湖地区各乡镇的清乡异动与太湖游击队的活动情况。他与苏城日军宪兵司令部一个名叫佐藤的特务单线联系。一个月夜，他潜入苏城今报报馆旁的一个宅院。一次彻夜长谈改变了他的人生轨迹。

回到东山后，他的眼前总抹不去江天芸那张洋溢着青春气息的面庞。他思虑了一整夜，决定找江天赐聊一聊，看看天芸在下一步什么样的棋。漱兰开的门。整洁的庭院变成了日式风格，漱兰穿上了和服，头上挽起了高高的发结。"虚白，您……""想找天赐聊一聊，行吗？"漱兰眼睛骨碌一转，随即喊了一声，"阿江，有客"。"啥人？"一个警惕的声音。当他看见虚白警惕地瞪眼四顾时，天赐冷冷地请他落座了。他与江天芸争吵以至于一走两散之事，天赐并不知晓。他只知道江天芸与她的平江大学的一班同学踏上了西行之路。

虚白是何等精明之人，他笑起来："虚白今日前来是一偿夙愿。"他掏出了一块金表和一串项链。他又掏出了一根足赤的金条。"虚白工作已有时日，有了一点积累。稍稍想表达一下对兄长的敬意。"他的苍白脸上堆起了笑意。言罢，他留下了电话号码，微微倾身，飘然而去。

漱兰其实一直站在门口。她将他的每一句话都在心中盘桓着。她的生父佐藤一郎是有军部背景的工程师，母亲是一华人。自幼，她有以目代言的特殊性格，她特别爱看推理侦破小说。在京都大学心理系读书期间，她一眼就相中了眉目俊朗，性格温雅的天赐。她故作内敛含蓄与江天赐一拍即合。

一个惊天的消息令漱兰心里掀起波涛，一个密级的电报让她一宵无眠。其父佐藤毕业于帝国大学铁道系，将奉命前来考察苏嘉铁路。她知道生父佐藤曾多年居住在东北，部分东北铁路干线的设计与施工是他的精心之作。如今，太湖水域是苏嘉铁路的核心且不安全地段，她必须寻一极可靠的代理人保证其父的安全。望着金虚白的背影，一个魔鬼般的计划在她脑际成型了。次日，神清气爽的金虚白又一次潜入江天赐的阴森森的宅院。

这是一个北风呼啸的冬夜。漱兰，天赐，虚白三人神情默然地向苏城宪兵司令部急急走去。就给这一个冷清的姑苏秋夜，金虚白将太纵准备劫狱救出高大莽之事向日军宪兵司令部和盘托出。新四军打入敌人心脏的线人火速将情报传至太纵司令部。天剑将消息告知阿蓉后，当晚回到岛上的太纵驻地。丽姐一拍桌子，"金虚白这个混蛋让他掉脑袋的日子不远了！"

六十四

佐藤走出已成废墟的苏州火车站。他身穿一件皮风衣，黑色的。四方脸上架着黑框墨镜。一双烁亮的虎头皮鞋。一辆黑色轿车停在火车站破败的广场上。

大东亚战争的魔火已燃遍全球，四处出击的东洋岛国的资源已日渐匮乏。尤其是钢铁。钢铁号称军工之母。一次军方高层会议上，作为材料专家的佐藤列席会议并作了震惊四座的长篇发言。

"截断东亚大陆运输血脉，并将无数钢轨运回本岛。二次加工后，这些大陆的血管将流淌着这个病夫民族的泪河。"佐藤阴沉地环顾了一下阴森森的海陆空高层。他的声音有点沙哑，但字字透着杀机。"作为一名路桥专家，我将东亚大陆的干线分成三类。其中，我将苏嘉铁路列为一类绞索线路。"他干咳了一声，清了清嗓子，嗖地抖开一幅东亚大陆地图。他的双眼露出凶光。他说，"苏嘉铁路是那个不知天高地厚的所谓国民政府在淞沪会战时赶建的，最终，落败的还是这个腐败透顶的独夫政权。"回到家中，他向夫人撒了一个谎，说他要到苏州取一叠佛经。他一辈子都是在谎言中生存。他总认为谎言的重复就是对真理的迫近。他只有与漱兰在一起时，感到撒谎时心跳得有点慌。

他并不觉得他对不起那个被骗了的姑苏女子。那年，伪满铁路局来了一个会讲日语的书记员。她出身官宦人家，随父到日留学，她攻读了一个测绘专业。她清秀，随和。日久，他们相恋了。他隐瞒了一个致命的事实，他在日本岛上已有一窠。一年后，漱兰出生了。一个月夜，佐藤摊牌了。烈性姑苏女给了他一个响亮的耳光，连夜南下了。她栖身在姑苏一荒僻寺庙。她遁入空门。怔怔望着窗外，她突发一个念头，用血针写成一本血经，将她的惨痛人生经历告知女儿漱兰。

刚入苏城的吉田大佐三次悄悄潜入荒庙，见一披头散发女子用血染的绣针在一洁白的土布上绣字。见到吉田，她的眼光射出刀一般的寒光。他们两人长得太像了。尤其是那一双狡黠的狭长双眼。一次，她突然用绣针向立于一旁的吉田直直刺去。"放肆"，吉田尖叫一声，指挥刀向她砍去。姑苏女子怔怔地立在那儿，纹丝不动。"川芳由子。"吉田猛然一声叫起这位姑苏女子在日时的学名。姑苏女子的脸上蓦地漾起了泪光。"由子死了，她早死了，我是她的女儿，我叫漱兰，我生下来的时候，东北大地上突然开满了二月兰，上苍告诉我，每一朵兰花后都有张漱兰的泪脸。我傻，我真傻，我应当把佐藤这个骗子告到玉皇那儿去。玉皇佬肯定会为我做主，他会用鞭，用刀，将这个伪君子处以极刑。"

吉田手上的刀咣当一声落地了。当吉田将荒庙奇遇告知于佐藤时，这个伪君子关注的重点是血经。他阴沉的脸上掠过一丝冷笑，他不允许任何自身的卑劣过去流向现实的尘世。他要让漱兰保持一颗没有阴影的心。他猛地挥起了右拳。

六十五

阴森森的太湖薄雾里飘来了一叶双桨扁舟。这是一条以船为家的双橹扯帆木船。一株红得耀目的虎头香从船舱里扯出了袅袅青烟。青烟化成了悲泪，一位面孔慈蔼的老人在升腾的烟雾中将历历往事化成几个镜头。

她已经在这条破旧的木船上生活了整整十载。那次意外落水时，她记得一只有力的粗手将她的背部猛地一拧，她一滚，头碰到硬邦邦的船舷上，鲜血汩汩直流。她用舌将血滴舔入口中。她昂起惊而不惧的头，一双怒目直视这个汉子。这是一个粗壮的北方汉子，脸上的五官轮廓鲜明。北方汉子端来一碗喷香的小米粥。汉子脸上的线条柔和起来。"阿姐，我明早送你回转去，你今天睡舱里，我数星星。"她心中一愣，一个规矩人。明月悄悄升起，她步入舱中，挺整洁的一张铺。一双绣花布鞋。还有一柱虎头香。一张合影映入她的眼帘。新媳妇梳着髻，齐齐的刘海，一双俊目弯弯的。她睡不着了。她拨开舱门，愣住了。舱沿窄窄的，北方汉子叉着壮腰直直地立在船帮上数着星星。他勾起了乡愁。他一转身，与虚白娘对视了一下，笑着说，"委屈了。"虚白娘心里一热，竟无语了。谁知，当太湖月刚漫过头顶时，一阵排炮般的枪声将虚白娘惊醒了。汉子脸上淌着虚汗。"不好了，遇上纠查队了。只有一条路，奔阴山岛。""跟你走，就是上刀山也跟你走。"虚白娘声声掷地。

后来，她曾数次回到东山，家中已空无一人。据乡邻告，虚白蹲了号子。这位泪流满面的娘子绝对没有想到她的独子虚白竟在烽烟四起的战火中变成一颗射向苦难同胞的子弹。

六十六

水陆并进，日寇的魔掌伸向虞北。战时伤兵医院一派后撤景象。去湖区探路的阿凤与如云刚刚驾舟到达澄湖，一队肩扛冲锋枪的鬼子兵立在巡逻艇上，枪口直指浩浩莽莽的芦苇丛。波涛滚滚的湖面上还扎起了密密实实的竹篱笆。

"先撤山上，"高院长深知化整为零是唯一生路。去山上探路的水根与苏雨迟迟未归，高院长心里堵起了一座墙。

今天是八月十五。一轮秋月，妩媚而明丽的秋月在云絮中疾速移动着。谢鹰头痛欲裂，几次注射止痛吗啡。突然，病房里传来琵琶声响，如小河淌水，又如珠落玉盘。"今朝中秋，我俩两姐妹给伤员兄弟献上一曲开篇。"是如云的脆甜声音，谢鹰坐起，披衣，踱到窗前。"姑苏月，花间泪。"谢鹰看到的是一张倔强的面庞。"姑苏月，人间鞭。"如云的眼里喷出了烈火。"泪成河，吞没东洋小赤佬，鞭如电，东洋鬼子化灰烬，化灰烬。"猛地，天旋地转，谢鹰脸色苍白，直挺挺地倒了下去。就在这时，一颗红色信号弹从伤兵医院大门右侧缓缓升起。信号弹的发射者就在离医院不到数十步之处蹲伏着。他立即觉察到，伤

病员之中潜入了特务。

一阵震耳的爆炸声如炸雷般响起，谢鹰缓缓睁开眼。他的眼睛睁得很大很大。他凝思片刻，欠起身，挪步到了窗口。他看到一张熟悉的面庞。是阿多，就是他冒充伤兵，潜伏到了医院。又是他，乘大家聆听评弹开篇之际，悄悄溜出医院，在草丛中发射了红色信号弹。"站住，阿多。"谢鹰猛地喝道。

阿多不禁哆嗦起来。大千世界，无巧不有，他在这儿竟然碰上了谢鹰。而且就在他导引恶魔向这家伤兵医院伸出魔爪之时。他一个跨步跳到窗下，喊道，"阿鹰，快跳下来，飞机马上就要下蛋了，我在附近已做好一个掩体，快，快。"

"阿多，过来。"谢鹰的声音怪怪的。阿多迟疑了一下，眼睛骨碌一转。他止步了，然后撒腿向一草堆奔去，那是他精心制作的一个掩体。谢鹰双手颤抖着。"败类，民族败类，我叫你到上苍那儿领败类奖。"谢鹰对准这个瘦小身躯的后背"呯"的一声开了一枪。阿多倒在掩体门口。

谢鹰冲到医院大厅，"高院长！"他大喊一声，然后一把牵起高院长冰冷的手，向掩体冲去。就在这时，恶鹰扔下了一颗汽油弹，伤兵医院成了一片火海。火海中，有一片绿洲。富有战场经验的高院长，在不让任何伤员知道的情况下，挖了一个地下防空洞。这个洞深二米，长三十米，有数个天窗。在严主任的指挥下，伤员有序地进入防空洞。高院长突然发觉谢鹰的手凉凉的。谢鹰将那支锃亮的手枪塞进高院长宽厚的大手之中。高院长微笑着，用手捏了捏尚有余温的枪把。夕阳如火，一个瘦小的身躯被挂到残破的墙柱上。那是阿多，一个灵魂落地的败类。谢鹰躺在掩体里，隐隐听到医院防空洞又传来琵琶与三弦的叮咚声响。两位姑苏评弹女先生的声音在静夜中回荡。"姑苏雨，一捧星，蓝蓝天上数不清"。这是如云清亮的声音。"姑苏雨，恨如鞭，虞山脚下抽恶鹰。"

阿凤毕竟是苏坛弹词高手。她字字苍凉。地面上火种未灭，阿多，一只恶鹰，被钉上了日月的耻辱柱。谢鹰眺目窗外，残阳如血。他心里卷起了狂潮。自己已命悬一线。眼看着要成为伤员后撤最沉的包袱。他多想再见一见自己的骨肉，然后，悄然离别这战火相搏的人世间。又一颗汽油弹坠地，腾起了熊熊烈火。他抓起一把安眠药，吞下。他吞下的不仅仅是白色粉末。他觉得吞下的是一个混沌的世界，他吐出的是一个灵魂的安息音符。高院长用大手一把撬开谢鹰的嘴巴，迟了，谢鹰走了，眼角上挂着两滴清泪。一个血与火的肃穆葬礼。谢鹰早已准备好一张遗照。照片中的谢鹰风华正茂，一双明亮的眼睛直视着前方。这是他与苏秀的订婚照。他在从姑苏城撤退至虞山前的一个晚上，用颤抖的双手将这张珍藏了二十年的照片翻了出来。照片中的苏秀深情地向他笑着。那天，天多蓝呵，好似一片云海。谢鹰撑一独橹小舟，苏秀坐在船头。云后退着，泛着金蔷薇色的微光。那天也正好是中秋，到镇上拍照回来，月儿笑吟吟地蹦上了辽阔的巢湖上空。苏秀买了一段红绸。"我要阿鹰有一个最美的新娘。"苏秀向他嗔笑道。"真讨厌，

阿鹰长得那么俊。"那时，谢鹰记得，他大笑起来。芦苇丛里，一群野鸭飞了起来。阿鹰掏出一支雪亮的手枪，眯起眼睛，长长的睫毛猛地一抖，"呼"的一声枪响，一只野鸭坠落湖心。谢鹰得意，傻乎乎地笑，一个猛子栽进了汹涌波涛。"阿秀，婚宴上多了一道佳肴。"阿秀顿时变了脸色。阿秀的眼里射出了愤愤的光。"呸，阿鹰，这个婚我不结了。你这个杀生的凶手。"阿秀呜呜地哭了起来。阿秀是巢湖边善良的鸭妹子。她养鸭，赶鸭，爱鸭，连那些扑腾腾展翼的野鸭她都爱。一次，一只野鸭落到她的肩上，她一瞅，心疼得要命。这是一只受伤的老野鸭。她把这只野鸭圈进栏里，单独喂养了整整三个月。一个秋日，野鸭又展翼了，在她的小小竹筏上空兜了好几圈，才不舍地离去。婚礼照常进行，但这一声枪响确实不是好兆头。谢鹰人生中的几个悲惟的长镜头都与震耳的枪声有关，都与染血的子弹有关。一日，当他气喘得不行，生命的节律变得是一种沉重负担时，他曾举起枪，他想用一种最决绝的方式了断自己的生命。但一想到阿秀那张善良纯朴笑意总挂在嘴角的脸时，他手软了。她是那么秀媚，他总不能破着脑袋瓜。他们还要互通衷曲，还要过日子。还有，如云还在身畔。这个姑娘简直就是阿娘的化身，那齐齐的刘海，匀称的身段分明就是还了魂的阿秀。她还多了个才艺，能弹擅唱。谢鹰常常闭眼品赏女儿弹唱的曲儿。他觉得如云的沧桑唱腔里有巢湖的水波，太湖的碧浪。她不是在唱，而是用心在吟，在叹。她已经历了母女死别，她的唱腔里有一股雄壮之气。他觉得这太不简单了。"如我。"他在心中悄悄说。

次日，当高院长一行向谢鹰拜别时，如云泪如雨下，哭跪在青青虞山北这一隅碧血染红的土地上。

六十七

阴山岛湖面上飘来歌声。竹心身穿皮夹克，左右插袋里各插一支左轮手枪。她回到山中宅院，空山里回荡着她的足音。

她踱到窗前。蓦地，一叶小舟泊岸了。解缆，系船，登岸。一个粗壮汉子背着一个面相白嫩的中年妇女涉水登陆了。这个壮汉有着粗短的浓眉，两臂肌肉突起，古铜色的脸上黑眉微扬。他喘着气，四顾了一下，终于发现通向山腰的小径。他抬头一看，乐呵呵笑起来。"山中仙屋，陈某人来也。"他噔噔地向上再跨了几大步。山腰上，"胞弟竹林之墓"一行深黑大字跃入虚白阿娘的眼帘。记忆的蓝天漫起一角。虚白与阿林是东山西乡小学同桌学友。一对无父的苦命伢子。橘林，山崖，湖畔都留下两位无父悲苦少年浅浅的足印。壮汉瞥到这个姑苏娘子眼里不断涌出泪花，愣住了。虚白阿娘双脚缓缓落地，她的脚红肿得宛如一赤红蟠桃。她立在墓前。"阿林，你住得好清冷呵，虚白会来陪你的。"虚白娘悲声开了腔。"你肯定记得，小学三年级时，虚白摔了一跤，脚面红肿得像涂了蜡，你背着他上村里小学，一背就是一个月。每天，你们两人的脸脖都是咸咸的，你淌的是汗，虚白流的是泪。""还有一次，虚白被村霸儿子欺负了，你冲上去就给那坏小子一

巴掌。老师吓坏了。你拍拍老师的肩说，你告诉那个小子，阿林的舅舅叫大莽，他等你阿爹去比拳头呐。"虚白娘用白嫩的手拭去墓碑上的浮尘，她的独养子虚白在人间是沉还是浮？她一愣神，不敢往深处想了。她不知道，她的独养子金虚白是阿林生命的杀手。那年秋天枪击案中，虚白其实认出了阿林，头脑灵活的他，为了完成丽姐交待的任务，故意使了一个眼色，阿林也是聪明人，两人既不说话，更不相认，可悲的是，当大莽子弹飞来时，虚白将阿林猛推了一下，让好友阿林成了枪口冤魂。猛然间，坟后传来一阵脚步声，一张满面泪水的脸庞映进虚白阿娘的眼帘。这个姑娘长得多像阿林呵！"阿娘，我是竹心""心丫头，你怎么流落至此，阿林怎么会……"虚白阿娘已泪流成河，说不下去了。当晚，阴山岛的山腰宅院里又升起了炊烟。壮汉感慨至极，"一次无心救人，终得一家团聚。"他与虚白娘对视一笑，缓缓说道。他举杯邀月，一仰脖，将一大碗白酒一饮而尽。从此，鬼子的巡逻汽艇被阴山岛上又一据点射来的冷枪频频击中。壮汉的射击技术不在竹心之下。原来，他是军校毕业生，混战落败后，隐入江湖。他的俊俏娘子耐不住寂寞，与一后生私奔了。他四方打听，终于在东山镇找到了他们的栖身地。他一枪打残了那个后生。然后，夜奔至太湖岛上。虚白娘一直纳闷，这个精壮汉子面粗心善，说话太文气了。竹心其实也隐约知道金虚白与阿林的殒命有关。她考虑再三，没有对虚白娘说出实情。因为那天，金虚白是无意，还是有心，她尚无法断定。

一日，天剑亲临阴山岛山巅考察。丽姐与阿蓉分列左右。他们三人站立在阴山岛最高处。三人兴奋极了。三万六千顷太湖变成三万六千支金光闪烁的利箭。秋风起了，将湖面掠成了一匹波光粼粼的锦缎。

六十八

漱兰随手关上了门。义父佐藤给她发来密电。她被派往平报任职，在苏城这家日本喉舌辟一专栏。

庭院里，一株日本早樱开着惨白的花朵。春风掠过庭院，樱花花瓣纷纷下坠。蓦地，她的嘴角露出一丝冰冷的笑意。"樱子，笔名就叫樱子，谁叫你是大和民族的一叶花瓣呢？"她将化名樱子入职平报。自从吉田大佐被刺后，恐惧攫住了她。入夜，一个披头散发的姑苏女子，她的阿娘常常闯入她的梦境。

"兰儿，娘恨山、恨水、更恨生下你。""兰儿，你身上淌着姑苏的血，你不能伤天害理，更不能助恶害民。""兰儿，天堂终有相见之日，如你手上有血印，娘要你朝东跪下。"当吉田大佐生前将荒庙奇遇告知她时，她惊恐地想，阿娘在写一部什么样的血经呢？

一辆黑色防弹轿车停在水乡大镇僻暗巷口。两个身穿皮风衣的客人缓缓下车。两部摩托车上跳下两个手持自动步枪的士兵。四人踏上一条通往九十五号碉堡的土路。

夜幕刚落。湖畔，萤火虫时明时暗。金虚白第一次与佐藤晤面就

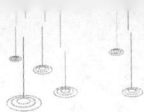

惊讶地发现他的脸型与他记忆中的一位女子奇异地重合。佐藤身材瘦削，瘦精精的长条脸，狭长的眼睛，眉梢上扬到额角，薄薄的嘴唇，一讲话，目光中自带一丝凛冽的杀气。漱兰瘦精精的身段仿佛是这位路桥专家的化身。

金虚白闯荡江湖多年，他笑了，暗暗地，在心里。他还记得赴漱兰家宴的那个夜晚。落座后，佐藤的眼睛仿佛探照灯似的一直盯着他。淡黄色的光影里，金虚白正襟危坐。佐藤先夹了一块日式料理，缓缓说道，"敝人手艺一般，请多包涵。"只见漱兰又端上一盆鲜美的野鸭汤。"这是敝人下午在太湖射杀的，敝人的枪法可是百发百中呵。"虚白的手不觉抖动起来，他听得出佐藤话语中的杀气。他觉得佐藤的眼眸发着绿色的幽光。

"义父是搞工程的，捕猎之事，偶尔为之，虚白，请。"漱兰立起身，向虚白敬了一杯法国葡萄酒。她头一仰，不经意间悄悄向佐藤瞪了一眼。"听说虚白多才多艺，中国功夫了得，防身之术，可是乱世之精要呵。"佐藤适时地转了话题。"天赐兄，现在何处高就？"金虚白仿佛是自语。"大东亚通讯社聘他当分部主任，与会了，走时，阿江还让我向您致意呐。""哦。"虚白面露喜色。"天赐兄在读大学时就是一枝铁笔杆，祝贺天赐兄更上一层楼，阿兰姐，我敬你一杯。"佐藤脸上露出不快的神色。

"大和民族有一特性，那就是为自己，也为别人保持信息的封闭。""大和民族还有另外一个特性，夫妻之间可持不同的政见，但当灾难降临时，政见一定让位于国家利益。"佐藤说着，双眉一抖，立了起来。"金虚白先生，听说你的新婚夫人不在苏城。那么，你在苏城的一切活动对她而言是永远的秘密。能做到吗？"佐藤的右手重重地按了一下虚白的左肩，铁钳般的手掌，虚白只觉得一阵剧痛从左肩放射到全身。突然间，佐藤仰头大笑起来。笑声刚停，佐藤拎起虚白，仿佛捕猎了一个狡猾的猎物。佐藤狂喊起来，"金先生，我要你宣誓，永远效忠于那个优秀的民族，用你的心，你的魂，永远，永远。"他醉了。金虚白惊出一身冷汗。漱兰仿佛习惯于她的义父的醉态。"老头子的醉态真是蛮可爱的，你的任务是做他的一根拐杖，一根忠诚的拐杖，懂吗？"漱兰悠悠说道。"明天，你得陪他去南太湖九十五号碉堡参加一个重要会议。"

　　第二天，会议刚开场，佐藤拿起厚厚的讲稿悠悠站了起来。突然之间，一排红色信号弹嗖地升到九十五号碉堡上空，随即排炮般的子弹火龙般袭向黑鹰似的砖石堡垒。太湖铁道游击队夜袭佯攻半个小时后胜利撤退了。

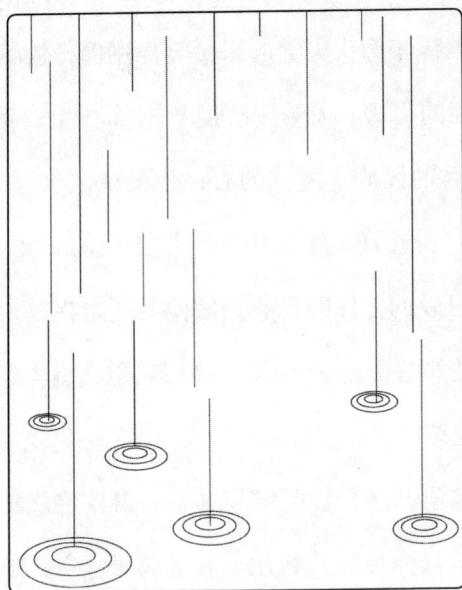

第九章　亮　剑

六十九

大莽从昏迷中醒来。辣椒水，电击棒，老虎凳，层层酷刑加码，他虎牙一咬，都挺过来了。晦暗的天窗上，一只蜘蛛在缓缓爬行着。一簇云影从铁栏杆隙缝处照映入屋。塞进一张簇新的报纸。《平报》。大莽定睛一看。他的脸色顿时变得苍白。

一则长篇战时报道映入眼帘，报道称，一位太湖女狙击手被新四军湖纵正法。报道还配有照片，一双灵动亮眼掩在小女子漆黑的浓眉下，短发齐耳，浅浅的酒窝，抿紧的双唇。是竹心，就是竹心。她的双手被缚在身后，嘴角还有血迹。她穿一件厚皮黑夹克，是的，竹心从小就喜好扮成一个假小子。大莽酷刑中，牙都快咬碎了，没留一滴泪。可是，他在读《平报》这一则消息时，眼泪却扑簌簌滚落下来。他屏住呼吸，读了下去。"这位太湖女侠在行刑时，用诈死骗过了四纵的枪手，历经艰险，现已弃暗投明。""为表彰女侠这一义举，其舅高大莽即将获释出狱。"

这是真的吗？高大莽把报纸贴到了胸口。竹心现在究竟在何处？她怎么到了四纵控制的核心地带？她又怎么与四纵闹翻，到了被处决的境地？她又怎么能绝处逢生，用诈死将生命之灯重燃？

一个多雾日，阴山岛被浓雾吞没了。一支太湖游击飞虎队悄悄上了岛。天剑猛一愣神，上一次登岛时，他巡视了山林里的洞洞穴穴。他发现一座山石垒起的石墓是绝好的制高点。石墓旁还奇异地留有两

穴。左侧有一羊肠小道。右侧则是嵯峨的石壁。阴山岛之石是一奇异的钟乳石。铁火钢弹,百射不穿。阿蓉号称太湖一丈青,她也是第一次见到如此险峻山形。

"小鬼子,你们的清乡梦应当做到这儿来,侃太湖阴山岛就是你们的太平间,"阿蓉一抹汗,高声嚷起来。汹涌的太湖水宛如碧生生的江潮猛刷着湖心的岛礁。哗啦啦的水声似有一种特殊的魔力,只见阿蓉刷地脱下外套,朝阿剑手中一塞,脱下鞋,光着脚板,沿着陡峭的羊肠小道狂奔了几十步,然后,一个跃身,从十数丈高的坚石上腾空,双手前掠,如一道绿色的闪电飞身入湖。"一丈青,现在不是你逞能的时候。"天剑一脸的严肃。阿蓉抹了抹脸上的水珠,仰头大笑起来。"天剑司令,绝处寻生还是需要实力的。"

山林中有一开阔地,有一排简易房子,屋子前长着一排凤仙花,只是空无人影。天剑思忖着,这处开阔地可作为太湖四纵军训场地。月下,铺一草席,支起一灶,"太湖黄埔一期"就可开营了。但是,那一排神秘的土砖房子,那一座神秘的石墓,特别是石墓旁的双穴似一串问号挂虑在天剑内心深处。一到晚间,他就托腮深思。

所以,他又一次登上了阴山岛,还带上了阿蓉与丽姐。登岛后,当阿蓉笑着嚷着从十丈高的悬崖上飞身一纵时,天剑万分惊悚地发现,石墓旁的一穴又隆起了一墓。石碑上用红字刻印"竹心之墓",石碑大得出奇,"舅父高大莽立"。

天剑瞬时懂了。近日,《平报》频频刊登太湖女侠弃暗投明,其舅父高大莽获释的消息。昨日晚间，天剑拿起报纸，冷笑三声，《平报》不说谎，地球就停摆了。他想，竹心这位双枪女侠绝地不会因这样的方式自正清白。竹心肯定还活着。竹心还在岛上吗？高大莽呢？他的照片，那些与鬼子兵频频举杯的照片是真还是假呢？他无法作出最后的判断。但是，直觉告诉他，大莽绝不会背叛巢湖水，不会背叛姑苏月。上一次，由于金虚白的出卖，将高大莽劫出宪兵司令部的计划不得不中止了。太纵的纪律严明，阿蓉深知此事的来龙去脉，她没有详告丽姐，她只告诉丽姐"金虚白名符其人，白透了心，黑透了魂。"丽姐一听全都明白了。

战火在燃烧，一个黑星夜，竹心将住在湖心岛上的两位亲人送返东山。虚白娘紧紧地抱住她，像抱着自己的亲骨肉，她泪如泉涌，"今世，我们是好母女，来世，我们依然是好娘俩。"她取出一双绣花鞋塞进竹心冰凉的手中。"竹心，做新娘子辰光，穿上这双绣花鞋，这是娘在阴山岛上为你绣出来的，穿上它，娘就跟你一辈子了。"她将竹心抱得更紧了。竹心的心里涌起了苦涩，这么好的娘，怎么会有一个黑了心肠的儿子。

回阴山岛后，竹心思考了三天三夜，想出了一个绝妙的好主意，她决意将自己的身，自己的魂交付与太湖这一碧生生的苍凉小岛。竹心将林儿的墓穴改装成一个小型碉堡，活动门可转移360度，每一角度都可射出火龙般的复仇子弹。她笑了。但当她瞥见石碑上已蒙尘的一行字时，屈死的阿林面孔又浮现她的眼前，她心如刀绞。她强忍夺

眶的泪水，泪水还是扑簌簌掉了下来。

七十

姑苏城西有一名刹枫江寺，一位古代诗人的夜泊咏叹让其名闻遐迩。冬日，哀怨的钟声使古刹罩上了神秘而又迷离的色彩。黄墙，翠柳，方顶造型的塔楼被罩在暮色四合的夕阳里。两部轿车泊在枫江寺正门口。一列刺刀上膛全副武装的东洋士兵笔直地站在轿车两侧。江传昆与佐藤的第一次会晤就选在藏经楼一间密室里进行。

当佐藤选择枫江寺作为密会地点时，这位已经出山的苏城神秘旧军人心里一惊。他站立窗前，宅院右侧，一幅江枫渔火对愁眠的石刻国画映入他的眼帘。阊门宅园相通的别墅落成时，枫江寺住持，一名诗书画均擅的僧人前来道贺，他说的第一句话就使他惊惧不堪。"此处不宜筑园，它背依一山，唤作落凤坡，君为人间龙凤，现已闲居，可谓凤已折翼，前傍一河，名为不归溪，水畔，枫树成林，倒是一好兆头，也许时运会倒转。"僧人思索，双手合十，忽然，他面有喜色，附耳告诉怔怔立于庭院花架下的江传昆。"我有一友，为东山名匠，他专擅国画写意石刻，可请其将唐朝名诗刻印在金山石上，正对落凤坡，压其邪气，然后填溪成路，园子右侧筑一向阳池塘，叠山垒石，上面造一戏台，上书一匾传昆，不过，传昆二字，我意您得献出墨宝。"僧人说到此，瞄了这位城府极深但两鬓已灰白的老友一眼。江枫，江枫，江传昆心里一惊。他清楚记得，在水波滔天的巢湖之畔，在茅舍黄灯下，他曾在当地报纸上，用江枫这个笔名写过数篇运雷载电的犀利文章。他的眼睛有点湿润了。他去过江枫寺，见到江枫两字，如见故人。他将脸依偎在诗碑上，然后将手掌撑成一把小伞缓缓罩在江枫两字上。

佐藤看中的显然是江枫寺的军事价值。它前扼京杭运河，后控苏福公路。佐藤建议在此打一次伏击战。

秋阳下，一个瘦小女子登上了塔楼。是漱兰。她尖瘦的脸上露出狡黠的笑意。她戴上了一顶军帽。她用高倍军用望远镜全方位扫视，一个举止似乎失常的疯女人进入她的视野。她觉得见过这个女人，呵，是藏在佐藤一个公文包照片里的女人。她怎么这样憔悴？她思索起来。她知道这个女人的真实身份了。她在心中扬起了万丈波涛。她一咬牙，决定让这个惊天秘密延续下去。

七十一

江传昆刚一迈入宅院，一纸电报令他如雷轰顶。他于空军服役的长子天良，在一次空战中不敌围剿他的数架敌机，身负重伤。

他的长子天良学业精良，身材匀称，宽实的肩膀，一双明亮的双眸闪着清辉，再加上一副极富磁性的嗓音使得他成为空校的白马王子。谨慎得近于病态的这位苏城维持会顾问对所有的亲友屏蔽了长子天良的行踪。"一名普通的民航小驾，混口饭吃吃。"问紧了，他就神

秘一笑，"老朽了，大概混得勿灵，久无音讯。"老二天赐都蒙在鼓里，他只以为阿哥是一民航驾驶员。

江传昆一宵未眠，他从宅院踱入园里。扑进眼帘的是那一块门廊诗碑。他低声诵读起来，"月落乌啼霜满天"，他哽咽了。一个秋霜满地的肃杀黄昏，他牵着天良的手走在通往平门火车站的残破街道上。一个行乞老者向他们伸出颤抖的双手，天良弯下腰，将一叠钞票塞进老者瘦骨嶙峋的手中，老者热泪纵横，竟然跪下了。"阿爹，多保重，一点小心意。"天良颤声说。江传昆发现天良的眼眸里竟然汪着一滴泪。

"江枫渔火对愁眠"，江传昆的心里急速掠过这样一个画面，在淞沪大会战中，他天天颤抖着手，一页一页翻阅当天的报纸。他特别注意空战的消息。一天晚上，中秋月明，他竟然跪倒在秋水荡波的假山一侧，烧起一炷高香。飘起黄叶的秋日，他见到了下肢已被截断的天良。天良的眼睛还是那么清亮。他亲了亲阿爸的面颊。"阿爸，我还有手。"他的眼里其实也有泪。江传昆看看自己的手，他的心激跳起来。这只手干净吧？他的心里涌起一层浪花。他头一晕，差点栽倒。天良不知道，他是家中唯一灵魂干净的绿洲。

所幸的是，他的悲摧命运让这位一辈子都在利益天平上算计的精明阿爸有了一点良心的自省。不幸的是，一个良心与利益经常纠结在心中，盘恒在脑际的自私者是无法在心灵里开出洁白花朵的。

七十二

残阳如血。在姑苏城中心，亚细亚美容院悄悄开张了。

《平报》辟一专栏，倾情祝贺。江天赐撰一特稿《优雅的灵魂也需用优美的身形加分》。《平报》还刊发了佐佐木院长的致贺词。"敝人毕业于京都大学医疗系，后又从名家自学整容学。如今女士对芳容的珍惜已臻空前，佐佐木愿助一臂之力。本人还有一特长，愿为东亚圣战中下肢缺失者安装义肢，收费低于大陆所有同行诊所。本人对姑苏大地有特殊感情。京都有一寺庙据说是仿寒山寺而建。本人在寺庙中度过幼时岁月。祈上苍降福于亚细亚大地。"

春日的京都早樱一片粉白。已是京都大学法学系二年级学生的江天赐在一次篮球赛中结识了医学系的佐佐木更三。当佐佐木得知这位高挑中国小伙来自江南水乡姑苏时，他顿时弯腰一个深度鞠躬。"鄙人对贵家乡寒山寺殊为久仰。"他又是一鞠躬。"本人所居寺庙据云是仿寒山寺而建，本人在小寺遮风避雨十余载，今朝相逢，实乃天意。"说着，他又弯腰第三次向江天赐虔诚一拜。这位谦谦君子很得孤身在异国求学的姑苏小伙子的好感。

一日，两人同在一郊外赏樱，蓦地，一瘦矮女生前来。江天赐无意中投去一瞥，一个相貌平平的东洋女生。佐佐木大手频招，"漱兰，千里之外，巧遇一姑苏老乡，您得谢我。"说着，他将江天赐推到樱树下，漱兰精瘦的脸上漾起笑意。

　　她记起了，有一次，在人潮涌动的京大饭厅，漱兰洗碗时，天赐悄悄立在一旁。漱兰无意间向他投去一瞥。她的心怦怦直跳，映入她眼帘的是一张充满青春气息的俊脸，雪白的前额泛着明灿灿的光泽。漱兰故意将碗筷刷洗得很慢。天赐羞涩地立于一旁。那么纯善的眼神，连呼吸的气息都那么均匀。漱兰一宵未眠。想不到在这儿，在花雨缤纷的樱树下，与小伙子又邂逅了。还是老乡。"母亲大人亦是姑苏人士。"漱兰眼一垂，低声说道。天赐惊喜得说不出话来。"走，到清酒屋去，我做东。"佐佐木大手一挥。

　　漱兰的沉静与温婉给天赐留下了极好的印象。谁知，当佐佐木得知两人已开始花前月下时，一个晚上，在一家清酒屋里，三杯酒下肚后，佐佐木猛然一把将天赐拖到身边，附耳说道，"你那个老乡有血光之灾，碰不得的。"漱兰依旧如坐春风，依旧沉静温婉。一日，天赐高烧，她三夜未解衣，用冰水袋枕在天赐的额上，又端来了豆花，一口口地喂。江天赐流泪了，自幼母爱就远离了他。不过，在交往中，江天赐也领教过这个矮女子的杀气。一日，当江天赐小心翼翼提起她的姑苏生母为何戴发修行时，漱兰两眼一瞪，冷笑三声，"你那位老爸，德不高望不重的江师长步枪子弹的不凡故事，早就在姑苏坊间传开了。""尽人皆知，唯有你这个孝子例外。"她又恶狠狠地加了一句。

　　"好看的皮囊必须装有一个服从的灵魂。"就在江天赐反复掂量这句话的真正内涵时，漱兰又像观音附体似的，悄悄推开了门。"您这好看的皮囊下面就有我求之不得的灵魂。亲爱的，再到清酒小屋小酌三杯，樱花下的拥抱，让我们的体温彼此交融，这还不够，远远不……"她泪眼涟涟，胸脯急速起伏着。江天赐无力地闭上眼，他原谅了她。但那颗带血的子弹的故事怎么会在姑苏坊间尽人皆知呢？父亲少语，他对父亲知之甚少，他只知道有一个叫谢鹰的白眼狼，与父亲有过一段不堪回首的过节。

当他奉子成婚时，他的父亲将他们小夫妻秘密安排到平报报馆傍河的小楼时，他隐约感受到曾经沧海难为水的老父此举的深意。第一个踏进亚细亚美容店的是漱兰。她一惊。吊灯光影中，南北墙柱上挂列着十数盆香味四溢的翠青兰花。"不好看的皮囊经过大师之手也会绽放出玫瑰般的光彩。"漱兰眼一眨，悠悠说道。

漱兰脱下银狐皮大衣，向京都大学昔日同窗投去意味深长的一瞥。

七十三

黎明时分，琥珀色的光线漫过阳澄湖如锦的湖面。芦荡深处，一家江抗卫生所里，一个白胖女婴呱呱坠地了。

天芸无力地闭着眼。杭晓晶亮亮的眼里满是喜悦。他清楚地记得，那天清晨，当天芸发现虚白灰溜溜地离开她，像一只惊恐的兔子溜回苏城时，她点着火柴，嗖地把一封信烧成灰烬。"我要让自己的眼睛干干净净。"天芸望着洞外的蓝天，愤愤地自语，"金虚白不辱其名，真是一虚二白，这封信是一个骗子的灵魂出卖书，也是一个伪君子的终

场演出单。"天芸声音颤抖着，有点哽咽了。这位一夜之间白灰了鬓角的女大学生冷笑一声，继续说，"他蹑手蹑脚爬下床，扯起笔，就着油灯，唰唰写下这封信，然后包进五根金条，再然后，吹熄油灯，一骨碌溜出洞外，我全清楚。我曾想挽救他，但直觉告诉我，一个人的灵魂有一总开关，从他退还阿爸金条、又悄悄拿走这一场不齿闹剧中，我觉得这个伪君子的灵魂已经生了锈。有时，除锈之难，要付出惊天代价……"杭晓无语地，怔怔看着天芸。"肚里这个孩子是男是女都叫江抗。"天芸声音坚定地说。

天遂人愿，就在天芸临产前夕，高院长，严主任一干伤兵医院的医务人员与江苏抗日纵队司令部一班人马会合了。朝霞，明灿灿的朝霞普照在阳澄湖上。小江抗的第一声啼哭送给了黎明，如火的黎明。

鬼子巡逻艇日夜出没在浩瀚的湖面上。但芦苇深处，仍是江抗健儿的家。不幸的是，一个叛徒的告密，让芦苇丛中飞起了枪林弹雨。

月笼梅李。大陆书场已一分为三。左侧，数株红豆杉掩映着一个整洁的小诊所。中间拾级而上，通往新开设的望梅书场。右边青砖小筑里设一照相馆。其实，照相馆是一江心跳板，盐阜总部的伤员南下与新四军总部后勤人员采购物资与交换情报均在暗室中进行。诊所下有一长长暗道，直通梅李江畔码头，伤员过江后，直接由暗道运往密室中的手术台，立即施以手术。这是高院长想出来的绝妙好计。

大陆书场傍着一条杨柳夹岸的大河，直通波涛滚滚，芦荡千亩的阳澄湖。照相馆内室，杭晓面色凝重。江抗纵队最近在浒墅关将有一个大动作，拆轨数千米，火烧太湖黑篱笆，配合江南茅山新四军在日伪心脏燃起通天大火。

暗室里，两双大手紧紧握在一起。当杭晓直视这位老战友时，心里咯噔一下。"老夏，听说你被捕过。怎么出狱的？能向组织详谈吗？"杭晓的眼光如利剑。夏坚也曾是一名时代的弄潮儿，医科大学毕业后，他先在苏城开一诊所，为地下党支部委员，后北上盐阜任部队团职。一次南归时，被叛徒出卖入了大牢。在苟全生命与坚守信仰之间，他可耻地选择了前者。

暗室的门被推开了，高院长探首一瞅，昏沉沉的光线里多了一个人，他惊异地睁大了双眸，是夏坚，他昔日的学生。高院长有着丰富的社会生活经验。他一言不发，默默地退了出去。夏坚也认出了他。夏坚拿出纵队的介绍信，上面有一个领导者的亲笔签名。

"今晚，我陪你到常熟，梅李是小地方，药店小，货不全。我在县城有客户，招待不会差。"说到最后两句话时，杭晓的双眼直瞪瞪地盯着夏坚。这是关键暗语。夏坚这时应当一拍他的肩头，说："人在江湖，四海为家，跟你走。"夏坚却呆呆地立在那儿。杭晓有数了。杭晓的背上涌出了冷汗。一位纵队的领导将在近期由盐阜赴梅李伤员医院动手术。这是那班强盗心中的一条大鱼。杭晓黑亮的眼眸陡地一闪。他在心里一阵冷笑，"钓鱼者先上钩，你这个民族败类恐怕活不到明晨。"他用手捏了捏藏在裤袋的左轮手枪。

"夏兄，意欲何往？"杭晓问。"落脚在贵处，方便吗？""大陆

书场落脚，代价不小，本人只是小掌柜，大经理外号铁公鸡，断不会做赔本生意，夏兄，不介意吗？""真想聊聊，回到故里，总会有说不完的话的。"

"夏兄，人生本来是有回头路的。"杭晓一字一顿，字字直往夏坚心里钻。

出了暗室，杭晓向立于两侧的水根与苏雨眨一眨眼。两人立时冲到门外。通往诊所的门被立刻关闭了。

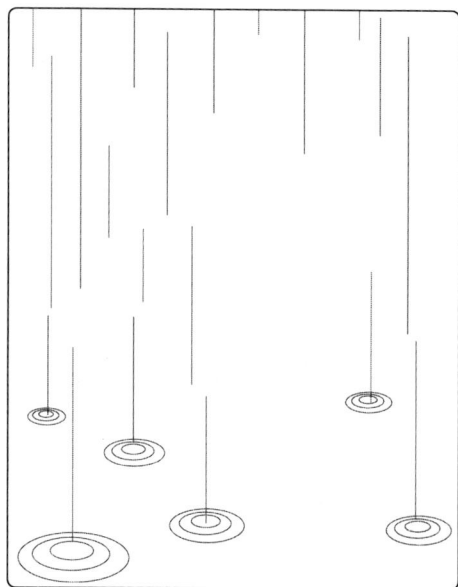

第十章 血 经

七十四

月落乌啼时分，漱兰步出了亚细亚美容院。她向行人寥落的街头投去傲然的一瞥。仿照她倾慕的一知名东京歌舞伎，她真的换脸了。鹅蛋形的长圆脸，高挺的鼻梁，迷人的小嘴，再加上高耸的发髻。她真的能加入大和民族贵族大家庭吗？

一想到江枫寺高倍望远镜头里那个披头散发女人阴惨容颜时，她的心里像怀了一头小鹿似的激跳起来。

回到家中，正在灯下伏案编稿的江天赐怔怔地看着她。近一周，太平洋战争爆发。大东亚通讯社通稿骤增。江天赐接到总部命令，要日发一稿，报道江南大地，尤其是姑苏太湖地区清乡动态。他在灯下仿佛看到一个东京闹市歌舞伎飘然而入了。动作轻灵，手持一飘香扇面，声音也是轻轻的。只有瘦削的双肩让他一眼就认出小别一周的妻子。

"换一张脸需要一周，换一颗心需要多长时间呢？"她轻轻自语，但她那狭细眼眶投射的光直直射向了天赐。"我改变了上天所赐的容颜，此举，会遭雷劈吗？"京都大学心理学系毕业的漱兰经常用恶恶的双关语测量天赐的智商。天赐自有回话的技巧。"忙着呢，谁有闲暇抒情？""我会抒情吗？ 我闲吗？"漱兰愠怒的声音传到天赐耳中，他抬起头，看到一张粉白的脸。五官精致多了，可是眼眸里阴冷的光，蕴含着逼人的杀气。

"明日，我要去江枫寺东边的一个破庙，看望一个心灵破碎的人，你去吗？""我，这……""姓江的，我要的是'去'这个答案。"
漱兰怒喝一声。

次日凌晨，一个残破的庙里，血经之谜被破解了。一道杨柳夹岸
的清水河将黄墙斑驳的百年古寺围上一根凄清的腰带。"超岸寺"三个
大字依稀可辨。一辆马车停在寺庙门口。一位粉面高髻，身着锦缎和
服的女郎在残破的庙门口举手叩门。

忽然，一首熟悉的古筝声传来。古寺，古筝，怪异的是庙前弯立
着一棵飘着如雪花朵的樱树。女郎怔住了。这是离魂曲。猛然间，庙
门被风掠开，探出一张脸。这张脸略施脂粉，双眸射出令人惊悚的光。
"阿兰，我要你跪下，双膝齐跪，三生三世都不准站立。我恨，恨天，
恨地，更恨生下你。"阿娘的双眸定定地望着她。阿娘的如梦呓语成了
漱兰的终身魔咒。此刻，漱兰庆幸自己换了一张脸，阿娘认不出她来
了，真的。阿娘在日本读书时有一好友名叫芳子。她有着一张长圆脸，
高高的鼻峰，惹怜的樱桃小口。大学毕业后，一次车祸让芳子香消玉
殒。姑苏女子的手颤抖起来。是芳子的女儿吗？她再投去一瞥，这个
姑娘脖子上还挂着一根翡翠项链。分手的那天，天，瓦蓝瓦蓝，风，
轻轻地掠，轻轻地吹，两位同窗四年的女友抱头痛哭，泪水滴在早稻
田大学翠翠的草坪上。中国姑娘从小粉包里取出一根玉翠项链套在芳
子嫩白的脖子上，因为，明天她就要乘海轮返回大连。后来她们鸿雁
传书，互问安好。三年后，噩讯传来，芳子因车祸丧生。一记响亮的
耳光结束了东北黑土地上姑苏女子的一段凄楚婚姻，她南下了。其实，

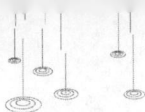

多年的佛门生活并没有让她的心平静下来。孤寂的黄墙生涯使她的恨深植心田。她的血经的书写又使她日日耽于惨痛的往昔。见到宛似芳子女儿的这位东洋妙龄女郎，不堪回首的往昔潮水般涌来，她的精神仿佛崩溃了。她两眼发直，一把将漱兰抱在怀里，抽泣起来。

"苍天知道我命苦，谢谢芳子在天堂帮我告了状，芳子派她的女儿来拿血经，我可高兴呐。""马上，佐藤这，这个吸人血不吐骨头的恶棍就要现原形了。我好可怜我的阿兰，她的娘疯了，恶爹又要被玉皇大帝收去砍脑袋。"她把漱兰抱得更紧了。"回去告诉芳子，这本血经要保存好，它是我的命，我的魂。"滚滚的泪滴滑落到漱兰光滑的脖子里。"还要告诉玉皇大帝，请他老人家也把我收了去。不过，我与这个伤天害理的恶棍生不同床，死不同穴，求您了。"她缓缓推开漱兰，单膝跪了下来。

她的精神仿佛错乱了，她将血经从怀里抽出，啪啪两记，左右开弓。她将十数页的纸片卷起来。漱兰接过经卷，悠悠回了句："老人家，望您今生平安，来世静好。"

远去的嘚嘚马蹄声，仿佛是两颗不平静心灵的回响。

待漱兰离开走远后，机警的"疯女人"迅速步上佛堂打开了发报机，她泪眼一眨，冷笑一声，然后古寺上空顿时响起有均匀节奏的发报声。

七十五

月影东移。大陆照相馆地下暗室里一灯如豆。天芸经过三周的培训已成为业务娴熟的秘密电台收发报员。哒，哒，哒。红灯摇曳。这是一条紧急命令。来自盐阜总部。

"冷处理。"杭晓陷入沉思。他下意识地捏了捏裤袋中簇新的左轮手枪。"老板病愈。"这条消息让杭晓的眉心舒展了一些。又是一道命令。

"将计就计，送一猎物至贵处。"杭晓笑了，露出雪白的虎牙。"回电，"他向天芸指示，"一顿美餐，感谢。"

客房里，苏雨与这位贵客同住。隔壁书场传来琵琶的叮咚脆响。似骤雨敲窗，又如天河淌月。"姑苏雨，鞭豺狼，雨似箭，豺狼慌。"夏坚冷汗直冒。这穿云裂岸的高亢唱腔，他太熟悉了。他的家人中不乏姑苏城弹词界的名人。"姑苏月，亮堂堂，是人是鬼上苍量，夏坚可莫慌。"

夏坚两眼发直，门被轻轻推开了。"得罪了吧！老乡邻。"随着一声高脆的女声，嗖地闪进一个青年女子神采飞扬的面庞。"阿凤，老乡邻，怎么把场子搬到了江畔小镇？"阿凤柳眉一扬，"阿坚，你这位高级大夫，失踪了这么多日子，魂还安好吗？""我听说，你入了号子，安然无恙，怕是要高升了吧！"阿凤好像是在开玩笑。"恩师高院长在此替天行道，不才想助点微力。"

这时，有人敲门。"老夏同志，货准时到，望放心接货。"夏坚一惊，这是暗号，他随杭晓快步走到庭院红豆杉下。"去吹吹江风吗？"杭晓先开了口。"老杭，江上有鱼雷，当心踩上。"夏坚耸耸窄肩，眼睛骨碌一转，低声说道。"江上也有航灯，会识辨帆船颜色，贴膏药旗

的船只注定要破相的。""岂止是'破相',葬身鱼腹可能是最可爱的下场。"

梅李码头到了。几艘张帆大船泊岸了。刹那间,弹雨齐飞。木船宛似一簇簇燃烧着的红叶。鬼子兵上了船。一个矮足的东洋鬼子哗地亮出了刺刀。他睁大了眼睛:空船。几艘大船里堆着无数朵白色棉花。从苏城四面八方,日伪大部队向梅李江畔集结。浒关高地,一面大红旗趁虚直插碉堡角楼。

"八格牙路!"气急败坏的新调苏城警备司令官咬牙切齿咒道。几十里沪宁线核心地段的铁轨被一夜东风拔得干干净净。夏坚一个纵身,跳入波涛滚滚的大湖深处。梅李又安静了。月儿圆圆的。

七十六

九十五号碉堡里,刚上任的苏中警备司令山岛的高声训斥使与会者们均噤若寒蝉。一双双黑手伸向了风惨云怖的太湖湖中岛。

"统统的烧!"山岛眼镜后的发绿面孔放着寒光。他用哑暗的声音吼道。这个粗矮武夫的双眸闪射出绝望的神色。他毕业于日本某名牌大学汉学系。一个月黑风高夜,他来到古寺。他的毕业论文中多次提及这个名寺。当当当,钟声响起了。"山岛司令,夜深了。"他的副官提醒道。他神情肃穆地凝视着斑驳的黄墙,不远处,传来悲怆的古筝曲。他心里一惊,是离魂曲。他曾是一名狂热的古筝爱好者。琴音牵引着他，寺庙门前他收住了脚步。他推开古寺残破的门。他探首，驻足，琴音戛然停止。他惊呆了，弹奏者竟是他老同学佐藤的夫人，他曾参加过他们的婚礼。这个双目呆滞的出家人仿佛也认出了他。她猛一愣神，手一摊，哈哈大笑起来。"玉皇大帝好厉害，佐藤怕了，派了说客来向我求和了。"她边说边向前猛跨一步，左手直指山岛鼻尖，"告诉佐藤，我要他跪下，跪个三生三世，我已把血经送交玉皇大帝，你是玉皇大帝派来的吗？""手上染了血，灵魂会颤抖的。"疯女人提高了嗓音厉声说。

山岛的随伺副官猛喝一声，"疯婆子，不要放肆。""说，佐藤夫人，该说的都说出来，心里会舒坦的。"山岛悠悠地说。一阵持久的沉默，姑苏月下，一张苍白的脸上溢满了愤怒，另一张阴鸷般狭长的脸上写着幸灾乐祸。出家人猛地从胸中拔出一把雪亮的剪刀。山岛连连后退。副官一个箭步挡住了姑苏疯女人。

"这把剪刀是你好朋友佐藤的传家宝，那天，月真圆，阿兰来到人间后的第一百天，百日宴散后，佐滕悄悄拢好门，抱住我的肩，说，'倩倩'，我对不起你，其实，我在本岛已有家室。我们只能做露水夫妻，真的。""我气极了，顺手给了你的好同学一个耳光，他掏钱给我，我随手拿起剪刀，嚓，嚓，嚓，把一堆日币剪成六月飞雪。他冲上来，把我的头发揪下一大把……""临走时，我什么也没有拿，只带走这一把剪刀。我把他手上的脏钱剪个精光，也把这个骗子的灵魂剪得粉碎。剪子成了我最知心的朋友。剪子在我流泪时，它都会闪

闪发光，追在我后面陪着我。真的……嚓，嚓，嚓，听，我的宝贝剪刀又响了。"当当当，钟声摇碎了无语的姑苏月。山岛思考有顷，然后掏出一张名片。副官小心翼翼递到疯女子手心。"佐藤夫人，不，阿倩，我们是故交，望收好。"他看了一下腕表，表情凝重地缓缓说道。然后，他对副官锐，"收下佐藤长官夫人的利剪吧。""放在胸口，会生事的，尊敬的夫人，我没说错吧？"他的脸色陡地一变。

当当当，夜色中，疾雨般的古刹钟声敲碎了江南月。

七十七

阴山岛上，一挺重机关枪射出一条火舌。石墓仿佛是太湖一双旋转的双眸。天剑持枪立在悬崖绝壁边上。料峭的春风掠起他的浓密黑发。他戴起望远镜，举目远眺，心情异样沉重。

一丈青阿蓉的飞天身影成为太湖一景。她能够爬上桅杆，嗖地飞出去，一手抓牢另一大船的冲天主桅，然后哧溜溜滑到湖心，再然后，跃到另外一艘小船船首，点亮虎头香。"阿丽，我还能飞天绣花。"说着，她一个大鹏展翅，飞到空中，笑着嚷着，稳稳落到惊出一身冷汗的阿丽身旁。碧生生的太湖浮萍更是她隐身炸毁敌船的好屏障。

"阿蓉，舍命精神可嘉，鲁莽轻敌不妥。"天剑眉毛一挑，严肃地说。"是吗？"站在一旁的竹心笑着轻声反问。"日本鬼子把你亲舅绑上了汽艇，作为靶子，你知道吗？""真的？"竹心顿时泪流满面，

"我们在苏城的线人告知的。"天剑在手上描了个江字。阿蓉惊得倒退了两步，当她跃上汽艇时，一个虎头画像映入她的眼帘。她还看见一个被绑着的高大汉子。竹心一把抓住天剑的大手。"竹心，鬼子的这招注定要失败，全水域的火力已接到通知，首先是避开这艘汽艇，如虎艇落单时，我们准备了二十只独木舟，把汽艇揍烂，将大莽救出来，到时，一丈青的腾空术与阿竹的神枪手就会有用武之地。"一丈青狠狠给了天剑一拳，"傻小子，为啥不早点告诉我？"天剑眨了一下眼，"好个阿蓉，你还会倒打一耙。"说罢他还附在阿蓉耳畔低低说了一句，"从现在起，太纵的一切消息要对一个人屏蔽。""啥人？""你的枕边人。"

阿蓉仰天大笑。"他是一只啥颜色的萝卜，十年前我早就知晓了。""我们只是两只同林鸟罢了。"阿蓉眼睛突然湿湿的。

真巧，太湖湖面上一对海鸥掠翅分飞了。

当两道蓝色闪电跃上虎头号汽艇时，被五花大绑，缚在甲板旗杆下的大莽的嘴角上泛起冷峻的笑意。他出入湖岛山林时，常笑着说，"砍头只当风吹帽。"他又说，"来世还到阴山岛。这花、这风、这鸟叫，真好。"

正当他冥思时，一张熟悉的面庞，朦朦胧胧地掠过他的眼前。他吃了一惊。青年女侠银盆似的大脸，两只大眼定定扫向他，一对浅酒窝嵌在鼓鼓的腮边。她的身边还站着一个人。

"呼"的一声枪响。汽艇剧烈晃动起来。舱里跳出一个高挑瘦长的身影。一手解绑，一手拿枪顶着他的脑门。他昂起脖子还想让眼眸

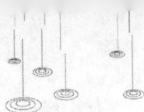

多扫扫那两道蓝光。

高大莽被绑着登岸时，向穿着警服的金虚白狠狠瞪了一眼。

七十八

天良立在窗前，他拄着双拐，胸脯急速起伏着。江传昆每日均与这一失去双腿的儿子促膝长谈。

一日，父子俩站立于门厅诗碑前，聊了起来。"阿爸，这位工匠的颜体如金戈铁马，真有气势，您瞧，这钟声两字刻得多有韵味。"传昆长叹一声，"钟声犹在，斯人远去。"不久前，日本侵华高级军官到处寻访这位石刻高手。一个黄昏，这位石刻高手被找到了。他被"请"到日军司令部。但他坚拒为这位侵略者刻碑。刚出门，他就一个猛子栽入门前的槐树掩映的小河。他的头撞到了河中的碎石上，河水被鲜血染红了。

"一位忠良之士呵。"天良感慨极了。他伸出手，轻轻拭去家院门墙诗碑上的纤尘。他忽然转身，对老父亲说，"我们江家人要对得起这鲜血染红的钟声。真的。我们不仅要对愁眠，更要到客船。"江传昆心里一怔，在手心里写了一个字。天良愣住了。老父在手心里写了一个"密"字。老父又在手心画了一个圆心，圆心上荡着一叶小舟。天良懂了，利用这两位至亲与日本宪兵队的特殊关系，将情报汇报到太纵。

其实，天良彻底误会了江传昆的真实意图。江传昆所写所画意在坐等形势变化，做一"双面人"。一个电报传来，他愣住了。日方希望他立刻打入太纵内部，成为日伪军方的线人，他思考了三天三夜，最后电复"可"，从此，他开始了扮演"两面人"的生涯。

天良一改对兄弟天赐的冷漠态度，漱兰也感受到这个大家庭给予她的迟到的温暖。当然，在她的内心深处，她依然高筑起一道"防火墙"。有时，她故意透露一些军方消息，试试江家人的"忠诚度"。

天良精通日语与无线电发报。他在江传昆的授意下与天剑有了联系。这一次，日魔将大莽绑于虎字号汽艇，企图一举突破阴山岛防线的情报就是天良发出的。这一阶段，天良索性邀请天赐家人住回阊门别墅。他对那位弟媳的宝贝儿子，一位"小可爱"也频频示好。

"笨蛋。"光影下，漱兰的脸拉得长长的。她的声音里满是轻蔑。谁？一家人不安的脸上写满问号。"他，义父佐藤。""又挨上峰训得狗血喷头，阴山岛的问题不仅没有解决。还损失了三艘高级巡艇，山岛一怒之下撤了本田大佐的职。""顺带，还大大数落了义父一顿。""这个消息确否？"天赐问道。漱兰脸色一变。"本公主的消息何时有假？"她的眼光透着轻蔑。

"阿兰是苏城的万事通。天赐你比不上的。"天良笑着说，又给漱兰夹了一块她最爱吃的日式点心。"敌人两腿有疾，否则，真想见见您的义父。"

月牙儿穿行在天幕，将清辉洒在江南水乡这一隅凄清土地上。

金虚白默默地坐在灯前。他觉得人生如梦特别契合。月凉如水，

如水的月华披在他瘦精精的肩膀上。那个风流倜傥的小伙子悄然远去了。额上密布着的皱纹宛如岁月老人的无情足印，他两眼凹陷，神采尽失。失去的还有家。老母早已年过不惑，下落依旧不明。天芸与那个未曾谋面的孩子还好吗？警报声鸣叫着，刺刀上膛的嚓嚓声，声声入耳。他披衣走到窗前。一个人影。砰砰敲门声。"虚白，是我。"一个焦躁喑哑的声音。

虚白望望窗外，如弦的新月，似一弯新镰，孤悬在蓝蓝的天庭。

当他在青青虞山简易竹棚里，向新婚的娇妻天芸投去最后一瞥时，他曾安慰自己，天芸是个小公主，她怎么可能献身血与火的事业？更何况，一个小生命，他的血脉已在她的腹中躁动。但是，天芸如此决绝地离他而去，这是他万万始料未及的。更令他觉得离奇的是，他与昔日的对手阿康站在同一战队，浑身冒火地联手对付一个村姑阿蓉。

"请进。"虚白的声音透着威严。

"简，简，简要汇报一下。"这个金店小老板徐阿康说话极无条理，有时三竿子打不到一个要点上。徐阿康掏出一个发灰的破笔记本，生硬地读起来，虚白静静地听着。"最近村上来了一对阴山岛渔民，可娘子白嫩嫩的，真叫人生疑。"他嗫嚅起来。"多大岁数？""约莫五十岁，可面相白净得出奇。"有一句话，他不敢说，娘子的面相像极了眼前的这位顶头上司。虚白心里咯噔一声，他静静地问道，"这位嫩白娘子的丈夫是不是一个粗壮大汉？""一座黑铁塔，不过，一开口，挺文气的，他们就落脚在大槐树旁的破庙里。""好生监视，不许他们离开破庙半步。"金虚白的脑海里迅速掠过十年前母亲落水时惊悚的一幕。他打开抽屉,一张照片跃入他的眼帘。这是一张发黄的全家福。父亲戴着一副玄色眼镜,穿着长衫,阿妈多美呵,白嫩的鹅蛋脸上挂着浅浅的笑,抱着虚白,真像虎丘山下的一朵春茉莉。对,背景就是虎丘剑池。他将照片贴在滚烫的面颊上。这个黑铁塔是何身份?他心里五味杂陈。见到徐阿康,他就像见到一条泛着污水的小溪。又是他,在这个黑森森的恐怖之夜,将失踪十年的老母的踪影带进他的已经充满火药味的生活。更加令他恐悚的是,他曾经在最落魄时于庙中度过了三载,那对阴山岛飞来的不祥之鸟竟然也栖身于此。他还记得他将一个祖传的宝物,一把精美的檀香扇放到破庙的一个祭坛上。他还将母亲的一缕青丝绕在扇柄上。每临父亲忌日,他都要跪拜在祭坛前。他在夜里做了一个噩梦,母亲一把将檀香扇的青丝扯下来,怒气冲冲向他奔来,一顿恶骂后,母亲将青丝扯成个绞索,套在他瘦削的脖子上,他大叫一声,醒过来了。

他用手摸了摸后脑勺,那儿,竟然有血印在月色下闪着凄清的光。

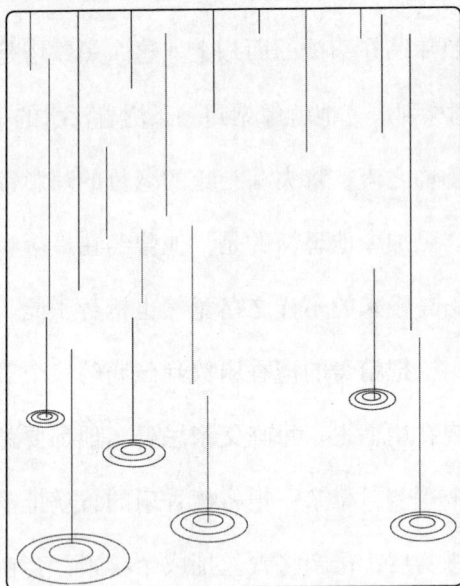

第十一章　闻门梦碎

七十九

严频拉开窗帘，猛地跳下床，发出一声叹息。就在这关键时刻，巢水根不告而别，离开了陆军伤兵医院。苏雨捏起了拳头，"这个小子，临阵逃脱，欠揍。"

昨夜，天幽蒙蒙的，静静的虞山披上如水银网。满脸倦容的巢水根啪地推开竹门。伤兵越来越多。燃烧着的冲天曳光弹宛如魔鬼吐出的长长火舌。他的心飞向了小桥流水的姑苏阊门。他的妻儿，他的老母已从避难乡村返回破破的阊门老街。水根无力地闭上了倦目。他告诉苏雨，他将翻山到小镇采购一些外科器材与药品。

"阿雨，我们抱一抱吧！"他的脸色骤然苍白。"水根，你发寒热了吗？"阿雨关切地问。"不，我怕此行……"他哽咽得说不下去。苏雨伸出大手，他的眼睛也闪出泪光。

突然，巢水根从口袋里掏出一张与儿子冬冬的合影照。照片里，水根的儿子冬冬刚满七岁，一双黑亮的大眼瞪得溜圆，他的手里拿着一根打狼棒。棒下，一个鬼子兵，绒布做的小鬼子高举双手讨饶。

"水根，虎父无犬子。冬冬太可爱了，连我这个阿雨舅做梦时都常常惦着他。""我想冬冬，真想。"水根动情地说。

"水根，船破就意味着家亡。"苏雨眼里冒出了火光。水根一怔。阊门的青石码头常年系着一条单桨木船。水根常常外衣一扔，跳上船，奋起双臂，小船箭似的穿进水巷深处。他走的时候，用雨篷遮好小船。

他还用桐油把船身漆得黄黄的。他想起了那个破旧的竹摇篮，水根落地时，家里一贫如洗，祖上传下的黄竹摇篮曾"摇"老了三代人。冬冬落地时，摇篮也老了。一次，胖胖的冬冬用力一噔，霍地，摇篮散架了。冬冬笑着流出了泪水。胖小子顺手拿起小绣花鞋就往嘴里塞。水根冲上去，把绣花鞋抢到自己手中。冬冬捏起拳头在空中挥舞着用力反击。一帧帧胖小子的可爱照片幻成了一根绳索把他从青青虞山拉到阊门老街。他在翻越山头时，一抹西下斜阳将他瘦零零的影子映成一棵枯萎的树。

八十

阊门古庙传来一声巨响。光影里，徐阿康长脸一拉阴险地笑了。是他，指使一个村痞向庙里扔进一颗手榴弹。

"阿魁"，阿康神秘地眨眨眼，向长着一头蓬松长发的村民唤道。"山神庙泥菩萨肚里藏着一个太纵大头头。皇军说这个太纵头头有隐身法，限在今晚炸他见阎王。"鹅头阿魁一愣，接过阿康手中的铁弹头，冲向破庙。咣的一声，他猛地推开破庙大门，对准高高在上的地藏菩萨扔过去一颗手榴弹。一声巨响。山檩崩塌。血。一条黑汉子被压成一具血淋淋的躯体。就在山檩崩塌的瞬间，黑铁塔般的大汉猛扑向瘦弱的娘子。他倒在血泊里。他身躯下的娘子得救了。徐阿康向庙里扫了一眼。"姓金的，我搬不动泰山，我捏得死山雀。"次日清晨，有人在庙前纵火，就在火舌吞没破庙前的刹那，一个衣衫不整，满脸慌悚的娘子爬到了破庙前的槐树下。一缕淡淡光影映亮了她的泪目。

"虚白。"徐阿康敲了三下门，眼睛骨碌一转。"啥个事体？"虚白昨夜无眠，他的眼前还晃着青丝织成的绞索，冷冷问道。"一场无名火烧了阊门破庙，那对不祥鸟估计已葬身火腹。"金虚白突然间冷汗直冒，他的双眼直直盯住阿康微笑的嘴角。他一把揪住徐阿康的衣领。"你是主谋？"徐阿康双眸一翻，仰天冷笑，"那对不祥鸟是太纵的探子，大火的纵犯是皇军，皇军说那个女太纵还有一亲生儿，是白皮红心萝卜。"他转身，对一高挑个儿青年，眨眼问道"小野长官是这样说的吗？""小野长官的确是这样说的。"芦杆儿瘦长的青年眼都不敢抬，低声应道。

金虚白松开手，猛然间，一声狂吼。"滚，通通的滚。"这声音被寒风掠得很远很远。

八十一

金虚白急急赶往阊门山神庙。阴晦的梅雨季，天潮，地湿，空气中夹着艾草的苦香，云缝中裂开了暗淡的光影。阊门在望了。金虚白看见大槐树下半卧着一个人：齐耳的短发，白嫩的脖子上挂着一个翠翠的玉如意。他的心怦怦直跳。人影忽地消失了。他睁大眼眸，掠掠微湿的额发。人影又闪现了。

　　大槐树下，躺着的人居然坐起来了。她转过脖子，眼光像两根铁钉凝视着来人。她的眼光闪出泪影。她跟跟跄跄向来人慢慢走去。脚步又停住了。她的心里掠过这样一个画面，小辰光，虚白被渔霸的儿子欺负了，不敢回家。她袖子一撸，跑到山林，找到他。娘俩冲到渔霸家，陡地放了个震天响，渔霸吓得关起铁门。娘俩笑着，一路小跑。虚白长高了，但怎么变得这样苍老，肩也窄了。认错了人？虚白也收住脚步。他能清晰地看到这位槐树下的女子。那么白嫩，与他想象中的苦命老人反差太大了。身手还那么利索。哦，她摸了摸玉如意，玉如意上贴着一张全家福。

　　是阿娘，就是阿娘。阿娘的眼里陡地露出了失望的神色。虚白穿着蓝蓝的警服。她的眼眸定住了转动。虚白跑起来了。"阿娘。"他高声喊起来了，双手抱向风中站定的娘亲。"先生，认错人哉。我没有穿警服的儿子。"虚白愣住了，他悟出了话外之音，他一把脱下警服，扔到槐树下。阿娘微微一笑。金虚白猛地跑向前，然后搂紧了阿娘。泪水滴落在阿娘的脖子里。当徐阿康得知虚白娘火海脱险，母子娘十载风尘化成一道祥云时，他着实心虚了好几天。

　　精明的虚白娘始终把心中的问号压在心底。阿康的那句话，"皇军知道女太纵还有个白皮红心的儿子。"一直回荡在虚白的耳畔。母子相认带给虚白更多的是悬虑。阿娘慢慢地心疼起这个人世间宛如一叶孤舟的儿子。

　　大明旅社里阿林的绝望眼神，高大莽被活捉时的恨恨眼光，丽姐对他的冷淡面容，常常浮现在金虚白的恶梦里。

八十二

花幽山月。二月兰，漫山漫谷的垂着花瓣的二月兰，在湖风中腾起细语。

大莽沉睡在山中小屋已有数日了。他睁开双目，映入眼帘的是一支短枪。乌亮的枪柄仿佛还燃着火花。漩涡中打转的汽艇，直飞发动机舱的蓝色闪电，应声倒地的蓄着仁丹胡子的日本兵，身后嗖地飞来的一颗子弹，擦肩而过……一切恍如梦境。

一声惊喜的呼唤。竹屋里闪过一道蓝光。竹心的泪目中闪出笑影。她的乌黑亮发中插着一朵带露的二月兰。大莽凝望着窗外火烧般的遮月流云。门，轻轻被叩开了。探首进房的女子踮起脚尖。一步，两步。一个腾跃，竹心跨步到了大莽舅床前，紧紧握住大莽黑苍苍的大手，未开言，泪水洒落下来。

"没想到，真没想到，我还能活着见到大莽舅。那天晚上，当纵队领导批准我单枪救人时，我真的想到了与大莽舅手拉手葬身太湖。""只要干掉一个东洋鬼子，就值了。""干掉一双就赚了。""打拦虎头艇就是赚翻了。""月光下，我上了山腰林儿的坟前，对阿林说，姐这次救莽舅，你，你必须出力，答应我。风掠过暗暗的坟头，果真，坟前的槐树枝点了三次头。""我哭着给了槐树公公一个跪拜。"大莽一

个愣神，听得入迷了。"真巧，当阿蓉姐飞上汽艇时，一列海鸥从湖面飞过。鬼子兵还以为阿蓉姐是只掠翅的大黑鸥呐。""我刷地一枪，撂倒站在你身后的鬼子兵，我的身后，二十只独木舟织成火网，我背上你，跳到阿蓉的小木艇。一个鬼子兵在背后开了一枪。你身子一倒，子弹擦肩而过。我回首就是一枪。"竹心说到这儿哽咽了。"有一艘单桨木船被鬼子冷枪打中。"竹心说不下去了。大莽黑眉一抖。他咬紧牙根，手也颤抖起来。"竹心，别难过，四纵对我的恩，十辈子都报不完。我会用身，用心，用魂来报。"

窗外，一个身影掠过。"大莽，你大劫不逮，自有厚福。"一阵厚重的脚步声噔噔传来。阿蓉端着一碗热气腾腾的薏米粥，闯进竹屋。还有一块方糕。"这糕就叫得胜糕，太湖儿郎上战场前，只要尝了这块甜糕，没有不胜利班师回朝的。"又是一阵格格的笑声。"我飞上鬼子船艇时，故意激起太湖千重浪，鸥鸟围住我，把日本鬼子看呆了。""竹心左右开弓把鬼子打愣了。"阿蓉笑着把竹心一搂。阿蓉人高马大，大莽只觉得面熟。他猛地记起了大明旅社的一幕。阿蓉笑道，"谢鹰是我熟人。"竹心脸色陡地一变，厉声喝问，"这人在啥地方作恶，我正要找他算账呢！"

"据说，此人已上天堂。"阿蓉悠悠答道，"而且，他上天堂前最大的心愿是到林儿墓前烧三炷香。"

八十三

大火映红了阊门老街。狭窄的仁义里窜入个瘦零零的黑影。巢水根欲哭无泪。他用手拨开老槐树,泊在青石码头的乌篷小船已消失得无影无踪。青瓦小院,火影憧憧的小小院落飘着烈焰的尘屑。两位高堂落脚何处?妻子菊秀与稚子还好吗?

猛地,一个高瘦的中年汉子一拍他的窄窄肩膀。他一惊,抬头一看。"阿坤",他眼里涌出泪花,双手紧紧抱住这位中年人。

阿坤是他的近邻,冬冬最喜欢与这位瘦伯伯寻开心。"猴伯伯,抱抱我。"冬冬三岁时,小嘴一咧,大眼一闪,奔到阿坤面前,牵起他的手,边嚷边摇瘦伯伯的精瘦的胳膊。阿坤的眼里满是泪痕。他的嘴唇翕动了一下。水根感到心在下沉。阿坤终于开口了。他将水根拉到小巷僻处。"想不到,冬冬这么义气。"阿坤的声音里透着佩服。"阊门小学吴迪校长拒绝给孩子上日语课,一个宪兵队的鬼子闯进课堂,硬是逼着吴校长开口。吴校长的脸涨得通红。""就在这时,冬冬三步并作两步冲上讲台,小手一挥,用苏州土话问。""大家想不想学日语?""小伙伴喊成一条声。""勿想。""为啥?""我伲大中国,勿学东洋话。"教室里一片哄笑声,吴迪校长眼里涌出泪花。巢水根心里涌起一股热浪。"宪兵队的翻译来了,"阿坤的声音颤抖了。水根心跳得仿佛出了胸膛。"这个眼镜蛇走到吴校长面前,顺手就是一个巴掌,吴校长一个趔趄,差点摔倒,冬冬蹦到眼镜蛇面前,高喊,四眼狗,你是中国人

吗？""'眼镜蛇'举起文明棍……""别，别说了"，水根眼里满是泪影，他的呼吸急促了。"'眼镜蛇'居然被震住了。""当晚，一场大火烧平了阊门小学。""大火还烧平了阊门青石码头。"巢水根稍稍松了一口气。他的心里泛起深深的悔意。他对自己说，阿根，回虞山吧。但是，战局每天都在紧张变化着。临时医院随时会撤走。他用手猛敲脑袋。就在这时，一声"阿爸"的脆甜呼唤传到他的耳中。他的眼里漾起欢悦的神采。冬冬雄赳赳地向他奔来。还有菊秀。双亲呢？两老怎么了？他稍稍松了的心弦又嗖地绷紧了。

八十四

又是一年秋月明。平报编辑部办公室的纱门被秋风轻轻掠开。一只紫燕嗖地飞进明月生辉的室内。月影下，邵一帆怔怔地坐在紫绒沙发上，他的视线与燕子微嗔的目光对接。他惊悸地发现燕子眼眸里射出冰冷的寒光。

近几日，所有新闻到了邵主编笔下，只剩下虚虚的躯壳。他总能用生花妙笔，给所有新闻安上"大东亚共荣"蒸蒸日上这个虚假翅膀。阊门小学突遭日本浪人火袭，被烧成焦土。平报的标题为"阊门小学突遭太纵火袭，皇军奋战，卫一方圣土。"明明，阊小师生同仇敌忾，不让东洋教师入课堂。平报配图报道，名师潄兰入阊小课堂授日语课受空前欢迎。明明，太纵突袭成功，大莽获救。日伪顽被击一猛掌。

平报却欢呼焦土政策于太湖青山绿水奏凯，数百只太纵小舟化为灰烬。邵主编额线明显后移，瘦脸显得更长，常常在梦中骇然惊醒。他与江天赐过从甚密，但与漱兰刻意保持距离。一次，他与其兄邵一舟小聚。他几次启齿，要说出一个关于兄长身体的惊天秘密，但话到唇边硬是忍住了。

近数日，一舟的脸色泛青。一次，佐佐木与他相遇，眼里射出惊悚的光。佐佐木是一位肝病学专家。他从一舟的口气中闻到了腥味。他拍拍老熟人瘦削的肩膀，一鞠躬，然后，后退数步，轻轻说道，"有便到敝人诊所，好吗？"他又轻轻加了一句，"酒戒，大大的戒，必须。"一舟是姑苏法律界出名的酒神。

他向佐佐木深鞠一躬，伸出纤瘦苍白的手指，指甲泛着青光。只一个字"谢"。次日，他到苏城弘仁医院就诊。诊断书被藏了起来。薛少峰院长一个电话挂到一帆处。"一帆，令兄为肝部恶性肿瘤晚期。"通话刚结束，一帆瘫坐在沙发上。正当他头皮微微发麻时，门"砰"地被推开，一个矮女子噔噔闯进屋，她把黑皮包用力一摔，然后，桌子一拍，厉声喝道："江天赐写的悔过书，请阅，我是芳子，不是漱兰，贵报连基本新闻法则都充耳不闻，真太可恶了。""真实，真实，还是真实。"她用日语高呼。她猛地跨前一步，双手高擎，逼近这位已背出冷汗的主编。"佐藤长官关照，平报上不准出现漱兰二字，这是铁律，否则，崩了你。"说罢，她包一挟，昂首噔噔走出去。十载后，当古城的新生号角吹响后，这个民族的罪人被判了五年有期徒刑。执法

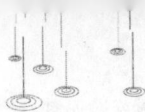

官就是她的生母倩倩，一位在抗日烽火中成长的新四军情报人员。

昏沉沉的灯光下，一舟坐在一帆对面，觉得这位不太沉得住气的弟弟的面庞上罩着一层不祥之光。猛地，一块窗户玻璃被击碎了。一个纸团被扔到沙发上。"平报是世上最可耻的造谣报。姑苏的寒冬即将过去，不要做东洋鬼子祭坛上的陪葬品。"

一帆惊慌地抓住一舟干瘦的手，仿佛这是根救命绳索，但顷刻间，他又触电般地把手缩回来。他的心有点颤抖了。一舟的心也被一种绝望攫住了。一舟知道珍珠港事件后，东洋狂魔在全球肆意播火，漫天炮火中，这个小小岛国在全世界拉起了无数根绝命绳索。他知晓全球政治生态。当一个疯子四处出击后，每一根绳索都会变成绝命枷锁。一帆猛地按住口袋中的诊断书。他要救，一定要救他生命中看得最重的兄长。他救得了吗？他真想跪下，求求上苍。

八十五

梅李成了一片火海。杭晓缓缓脱下军帽，眼眸流淌着不舍的光。南京陷落。祖国东南大地处处是血与火的战场。已无伤兵送往梅李陆军医院。日伪顽军与新四军四纵展开了殊死的水网大战。

高院长送别严频。在梅李码头，严频跳上轻舟。"高院长，我……"严频哽咽了，她真不知说什么是好。二十年前，刚从沪上知名护校毕业的扎着双辫忽闪着一双灵动大眼的北方姑娘，搓着双手立在弘仁医院院长室窗前。人到中年，刚从医科大学进修返院的高博士匆匆从院长室走出。不经意间，两人对视了一下。高逸长身玉立，身上透着一股儒雅气。哦，他看人时喜欢上下打量，眉尖挂着问号。严频微笑着思忖起来。严频一看就知道是个北国闺女，丰满的脸盘，灵动的双眸。粗糙的手掌干遍了农家活。试用一周后，高院长被这位北方姑娘的吃苦精神所折服。急救室里，她能连轴转三天三夜。对于那些有背景的白衣天使，她用高超的护理技术保持凛然的自尊。她一个人做了三份工作。三年后，她就成为弘仁医院急救室的护士长。她还喜欢做月老，尽管她自己一直待字闺中。

一日，一个小护士直奔这个话题。严频一边收拾手术器械，一边朗声大笑。"本人早就嫁为人妻，诸位，此问题不准再提了。"她的脸一沉。小护士们面面相觑，个个噤声。严频哈哈大笑起来。"穿上白大褂那一天，我就嫁了。我的嫁衣是白的，因为，我的那一位……"她在老家有一青梅竹马男友，一次患盲肠炎，腹膜穿孔，抢救无效，走了。她泪如雨下，哭完了，一咬牙，走上了学医之路。她真的把自己嫁给了医学。她逢人就说自己已成家了。高院长后来知道严频的身世，他一顿足，连连叹气，"唉，这个傻丫头。"

一位特地从盐阜总部南下接严频北上的新四军特派员紧紧握住杭晓的手，高兴地说，我们就是需要这样的拼命三娘，谢谢您。高院长高举着的右手突然放了下来。他将手伸进衬衣口袋。他掏出一幅画。一个撑着双拐的英俊小伙子手里擎着一柄锋利的手术刀。琥珀色的晚

霞里，一泓碧青的湖水载着一叶扁舟。船头，一位大眼睛的中年女性披着洁白的大褂。湖风掠起她的额发。"欢送严频阿姨回家。"画面上几个大字出自小伙子峻峰的手笔。

严频一愣神，猛地跨下小舟。她将画贴在脸上，一行热泪扑簌簌滚下。"我从北方大平原走到十里洋场，然后又走到了姑苏天堂。""马上，我就要回家。""一个大家，其实这儿也是一个家，我真舍不得离开……"她猛地扑向高院长。"弘仁医院给了我一个家，马上，我就要投入一个更火热的熔炉……"她哽咽起来，说不下去了。

八十六

月照中天。薛少峰对着清冷的月辉坠入了沉思。弘仁医院院长室几个大字幻成一把青色的菊刀向他劈来。他的心一阵颤抖。九十六号的神秘头头的暴亡在姑苏城内外引发了恐慌。

一日，日本浪人医生土肥突然出现在院长室。一个横壮的民间土医摇身变成弘仁医院总顾问。他永远肩背一把青锋剑。"院长阁下，见到邵一舟了吗？"他眉尖一耸，眼光透着杀气。"定他肿瘤三期，肝部。"薛少峰不觉一愣。"佐佐木大夫毕业于本岛京都大学，他的诊断会有错吗？"土肥的眼锋锐敏，他眼眸射出的每一道光束都令薛少峰背上透出寒气。他又逼近一步。"一个支那人，竟然对东亚共荣大业消极怠工，这能容吗？"他的真实目标令薛少峰骇异。"除掉一个异类，方法太多了。"他在院长室来回踱起了方步。"有时用剑,"他突然狂笑起来,"有时只要用智商。"他突然将双手摊开,自问起来,"不是么?"一阵夜风"啪"的一声掠开窗户,一阵令人恶心的夹竹桃花香窜进室内。

八十七

古墓一样的大和别墅坐落于阊门左侧,一湾碧水傍着一条幽僻的公路。一辆防弹车载着一行三人停在别墅前的桂树下。三人依次进入别墅豪华的大会客厅,款款落座了。

一位身形矮瘦的女子两眼四顾,她的眼神透着惶悚。"佐佐木先生,能透点风嘛?这儿,说实在的,气有点透不过来。"漱兰指指心脏,声音里透着不安。"芳子小姐,心脏的氧饱和度往往与心跳节律有关,镇静点,好吗?"佐佐木轻轻地说。土肥赞同地点点头。

别墅门开了,探进一个滚圆的球体。山岛司令的矮胖身材已到了极致:圆圆的脑袋,粗壮的腿,额上还架着一副粗黑圆框眼镜,皮肤也黝黑发亮。他的步伐极快,远观,宛如一个球体在快速滚动。其实,他心细如发。他深知掌控一个异国古城必须既有铁腕又要舆情先行。

"三位大和同胞,"山岛开了腔。"有一绝密计划,事关东亚战争全局。"他的眼光定定地落在漱兰的脸上。"芳子女士,家国有别,懂吗?""山岛司令放心,大和之箭正对我心,如有背叛,立即诛之。"漱兰猛地脱下外套,她的绿色羊毛内衣上绣着一支利箭,绿衣白箭,

直插心底。"我知道我来到人世间的缘由,我更知道自己的特殊使命,每天,我穿上这件绿箭毛衣,就是把我与大和民族的命运之帆勾连到一起,山岛司令,这样的灵魂,您该放心了。"

山岛司令冷笑一声,"有时,家与国也许会撞出惊天火花的。"这位眼光如鹫的宪兵司令话锋一转,"我一直对芳子女士绿衣颜色的持久不持异议的。"蓦地,灯光转暗。山岛掏出了一幅秘密地图,一幅苏嘉铁路详图。"接华中司令部令,十日内拆毁苏嘉铁路,所拆钢轨全部运往本岛。""佐藤大佐是一路桥专家,他已前往九十五号碉堡。"

"北拒四纵,南防太纵。"他猛地拍了下桌子。山岛立起身,"我方情报部门探明,有不明身份的无线电波在苏城上空游移。""就在阊门方向"山岛的怒目射出可怖的绿光。

八十八

姑苏天平山,正是红枫如火时,一部吉普嘎地在山门前停泊了。佐佐木与土肥步上了山道。深红、浅红、淡红、秋霜不经意间把山头染成一幅版画。

一向矜持的博士医生忽然活跃起来。"土肥先生,近来砷汞试剂的人体试验还顺利吗?""去你的,你还是回关东吧。一个小小的试验都搞不定,还要姓薛的凑热闹。"土肥圆眼一瞪,没好气地回应道。"土肥兄言之有理,"佐佐木冷笑一声。"敝人深喜三国这本小说,土肥先生。"佐佐木用右眼的余光瞟了这位乡村土医一眼，"欲擒故纵绝对是一斗智斗勇妙招。"他突然用力抓起土肥厚厚的肩膀，然后陡地问道，"听说过杀人不见血这几个字吗？"他一用力，将土肥从身边推开，哈哈大笑起来。"敝人弯腰鞠躬时，其实，一支利箭已经射出去了。敝人三声笑，那是招魂曲。"佐佐木阴阳怪气的脸上现出得意神情。一只苍鹰正好掠过他的头顶。他迅捷地从裤袋里掏出一支乌亮手枪，枪口直指蓝天。他虚晃一枪，苍鹰掠起羽翼，遁身远去。

"土肥先生，只要苍鹰再下降二十米。它就走不了。"他猛地将枪口对准土肥。土肥大惊失色。佐佐木格格笑了起来。"敲山震虎，四海之内好高招。砷汞试剂是灭敌于无形之中的绝密高招，除关东试验场外，弘仁医院是第二试验场。精神震慑亦是陷敌于崩溃的高明手段，尊敬的高级顾问，我没说错吧！""那位大律师现况如何？""一具行尸走肉。""今晚再致电给其弟，说其兄肝癌已扩散，即刻备后事，措辞更精准一点。"他的大手一挥。"砷汞试剂的代号为306。""一种造福东亚人种的强身剂。""能早日上天堂不也是一种福分吗？"他又大笑了起来，顺手扯下一片天平红叶。他的眼神透出杀机。"我真希望它是用人血染红的。"猛地，他向遥远的东方岛国深深一鞠躬。

三载后，当山岛与佐佐木毙命于姑苏太湖游击队弹雨时，天平山的红枫化成了漫天灿亮霜叶。

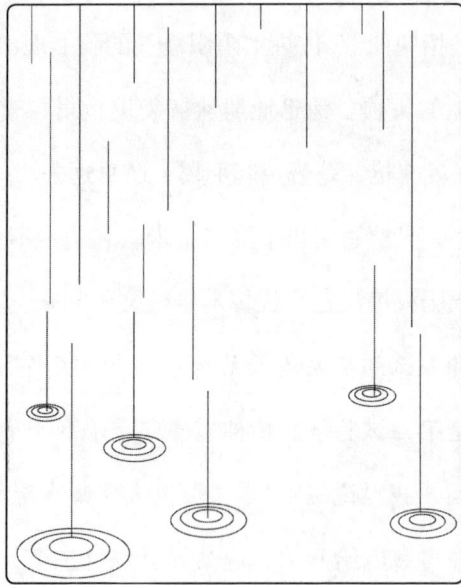

第十二章　苍天掠来一道雨鞭

八十九

秋霜掩晨，杭晓吹熄了油灯。他的眉心之结依然没有松开，反而拧得更紧了。蓦地，他感到肝区一阵剧痛。他紧抿双唇，眼光似乎更加迷离了。盐阜总部下达了北撤之令。"据可靠情报，日伪顽近期为掩护强拆苏嘉铁路，挟重兵袭阳澄湖地区，纵队研究除个别伤病员外，骨干战斗力量暂时后撤。待形势明朗后，再渡江歼敌。杭晓拟返盐阜总部。"这一行大字宛如一串送别的大红灯笼挂在他的眼前。他蓦地感到腹部又是一阵剧痛，刀绞一样，他的额上冷汗直冒。

闻声匆匆赶来的高院长闯进临湖竹舍，他的脸色陡地变了。伤兵医院条件变得越来越简陋。只有回苏城医院方可动此手术。

高院长注视着杭晓端正的面庞，猛地感到他的脸形与儿子峻峰十分相似。端正的鼻梁，向上扬起的剑眉，寸头，乌发，白里透红的双颊。他俯身，附在躺于床上的杭晓耳畔，悄声说了几句。杭晓先是一惊，然后，高院长眉头一扬，继续说："江传昆老谋深算，自以为'两面人'角色扮得天衣无缝，可是，四纵情报部门已获精准消息，待他上岛后，让他折翅。""我也撤离至盐阜总部。"高院长的声音压得更低了。杭晓紧紧拉住高院长冰冷的大手，急切问道，"离开您，峻峰咋办？"高院长微微一笑，"他与如云已成了一家人，更何况，他现在有三条腿，人生有三个支撑点的年轻人恐怕不多吧！"

嗒，嗒，嗒，电台红灯摇曳。盐阜总部指示下达：同意杭晓就地

治疗，不暴露身份，手术后略事休息，适时返盐阜。"阿爸，我编的肝部治疗手册，送给杭哥看。"一个清亮的声音从竹屋外传来。峻峰艰难地推开苇竹门，欠身进屋。高院长眼睛一亮，缓缓说道，"从今日起，阿爸有两个亲儿子。"峻峰先是一愣，然后，拐杖一扔，扑到杭晓床上，用手轻轻抹去他苍白高额上沁出的冷汗。"我娘说，我确实有个兄弟，三岁时，得了猩红热，走了。四纵里常有人跟我开玩笑，峻峰长得那么像你，怕是前世有缘吧。""有缘，有缘，确实有缘。"高院长怔怔地看着眼含热泪的杭晓，轻轻说了一句。次日，高院长扶着杭晓上了一艘乌篷船。峻峰在杭晓的口袋里塞进了三根灵芝草。如云挥别时，眼里满是泪花。

九十

暮色四合，阊门东舍西园的幽静别墅里，黄昏的余晖在悄然隐退。一束黄菊花采撷于枫江寺。漱兰每隔数周，都奉佐藤之命，至古寺一窥这位疯女子的动向。

前次，当她步入枫江古寺古道时，一首古筝名曲《十面埋伏》悄然入耳。一个披头散发的疯女人口中念念有词向她奔来。忽地，她又踉踉跄跄向大庙奔去。"兰儿，这株苦菊就是阿娘的心。""旧年，我拾得一颗菊种，和着泪水，种下它。""我要走了，带上它，就是带上兰儿。"说着，疯女人眼里飘过异样的神色，她的眼睛里居然射出期待的光。一束黄菊悄然坠落到台阶上。漱兰一个箭步弯腰拾起黄菊，她的心怦怦直跳。

刚入家门，一柄寒光闪闪的刀旁出现一封短信。她急速闭上眼。她的耳畔炸响起另外一个声音："不明无线电波声巡游在姑苏城上空，就在阊门。"

奇怪，别墅静极了，只有花坛假山石上流水的潺潺声。"阿爸与天良赴沪就诊，天良的一条腿怕是保不住了。"天赐静静地立在门口诗碑旁。"如果天良有个三长两短，阿爸就留沪了。"天赐的声音平静中藏着隐隐的怪异。"你那老爷子该到十里洋场享享清福，否则，维持会长的乌纱帽还要套在他头上呐！"漱兰冷冷地应道。"胡说。"天赐一愣，小声嘀咕了一句。

一部吉普车猛地停在别墅庭院门口，跳下一个人，"奉上士之命，到贵宅一搜。"漱兰哈哈大笑起来。"请进，认识敝人吗？"来人一个愣神，立即"啪"地一个立正敬礼。"芳子女士，失敬了。""公事岂能徇私，一定要入内细查，更何况敝人只是暂住。"说着，她意在言外地扫了天赐一眼。"内人芳子女士说得对，她是一孝媳，每天都来看望老人的。""瞧，这是佐藤大佐赠给义女芳子的。"天赐嗖地亮出一把寒光闪烁的利剑。"好剑，好剑。"来客的脸上满是钦羡的神情。"刀锋泣血岛国来。"漱兰扬脸眨眨眼冷冷说道。吉普车腾起一阵黄烟。漱兰一个急转身。"好一个大孝子，天赐舞剑，意在卫父。"她恶狠狠地说。"不过，这价值连城的别墅，江师长恐怕回不来了。"

漱兰的眼眸直逼天赐慌张的面孔。"义父佐藤梦寐以求的是与江枫渔火对愁眠。这个要求不算高吧？夫君能点头吧？"她又向手足无措的江天赐逼进一步。"漱兰早死了，我是芳子。可悲的阿娘，你一个人到上帝那儿报到去吧。"她忽然热泪盈眶，手上的黄菊花被她一把撕碎，扔到鱼池里。天赐在一旁怔怔地立着。这位心理学士的疯态他已领尝多次。最佳的对付方法是静候疯焰的熄灭。但是，一想到佐藤马上要与自己共在一个屋檐下度日。他不觉打了一个寒噤，浑身抖瑟起来。就在这时，门铃骤雨般响起。这一对夫妇被请到回龙街日军宪兵司令部茶座里去"饮茶"。

九十一

红日跃出湖面。天良立在双桨小舟甲板上，任清冽冽的湖风掠起额发。碧生生的如绸湖面宛如一面仙镜。他真感谢阿爸的火眼金睛，庆幸的笑意漾在脸上。

那天，江传昆忽听门口有匆匆的脚步声，他的眼睛扑闪了一下。又一日，一辆机动车忽地停在宅院门口，江传昆与来客密语了几句，数分钟后，机动车卷起了黄尘开走了。江传昆急忙登楼，一把拖起正在发电报的天良，在他手心里匆匆画了一个休止符。"走，快，今夜就走。"

月落乌啼，一艘挂桨小舟泊在江家阊门宅院青石码头。一个精干小伙子一身绅士打扮，走出舱门，步上青石台阶，敲响了宅院大门。

"天良，在家吗？"一声亲切的呼唤。"阿黄。"江传昆微笑着立于星光闪烁的宅院大门，他心中的一块石头落了地。

"开船！"阿黄清亮的声音透着微妙的喜悦。沿着杨柳夹岸的护城河，小舟轻快地穿行着。小舟越行越快。快要出城时，一声断喝从城门上传来。阿黄微微一笑，掏出一张特别通行证。红字烫金。"兄弟，看清楚点。"阿黄将通行证又是一扬。"例行公事，长官见谅了。"

东山镇到了。三只小舟早已在此迎候。江传昆心里涌起难言的思绪。他真感谢天良的适时出现。天良失去了一条腿，却为他启端了一段奇特的生涯。想到此，他百感交集更用力地搀扶着行走不便的天良。

阴山岛水域，太湖卷起了白生生的浪花，浪花卷起千堆雪。岸畔，天剑穿着一身崭新的黄军装，大手挥个不停。脸色却异样严峻。

当欧阳文闻知江传昆父子已登上阴山岛时，立即冲进太纵支队办公室。"这是个两面三刀的危险人物，将他软禁起来。"

"我对他太了解了，而且，江天良的情报真实性也值得怀疑。"天剑一拍脑袋，紧紧握住欧阳文发烫的大手。附耳告诉他。"将一份假文件放到软禁地，让这对父子上演现代版的'蒋干中计'。"

九十二

一舟已有数日未进食，弘仁医院院长偕数名专家前来探视并采血回检。一捧玫瑰花宛如热腾的孩儿脸放置于病床一侧。

　　一帆几乎是痛哭着步入这个绿树掩映的雅静小院。这一对双胞胎步入人世之路并不平坦。难产。保一还是保二？一舟被医生认定是先天性心脏病。终于保住了。尽管呱呱坠地早于一帆数小时，他却处处关爱这个性格软弱的弟弟。由于择偶眼光过高，兄弟俩均单着。"一舟兄。"邵一帆一个踉跄，跨进整洁雅致的卧室。迎面墙上，东山渔影工笔画映入他的眼帘。他的心抖了一下。那是弟兄俩时运最不堪，蛰于东山小镇避难时一舟所绘。老屋，枯藤，小舟。他每天迎着漫天霞光，于老槐树下百无聊赖地垂钓，一坐就是半天。一舟却晨练太极拳，晚习专业文献。"阿哥，何日是尽头？"一日，他垂钓半日，无一收获，心情坏极了。"帆弟，人生亦如垂钓。"一舟拎一木桶入屋，白鱼，鳞光闪烁的十数条大白鱼在木桶里欢跳着。"我每天晨看潮起，暮观潮落，踩点无数，终得一绝佳处。""不过，鱼儿这东西亦有灵性，打一枪亦得换一地方。""人生如棋，准确地说，人生亦如垂钓，不确定因素特多。""但看准了方位，鱼儿就会上钩。"一帆听得入迷了。

　　一舟缓缓抬起身，从枕下取出一个信封。"所有邵氏兄弟财产均归一帆所有，一舟绝笔。"他抖抖地拉开一个皮包。一张全家福。威严的父亲凝视着前方，他的手上捧着一本家谱。两位稚气未脱的小儿规规矩矩坐在双亲正前方。"一帆，我走后，最好把我葬在城隍山上。""阿哥。"一帆猛地抓住一舟枯瘦的手，痛切地叫道。"我不让，绝不让你走。我去找苏城最好的专科医生为你治病。"他猛地冲出小院，一阵冰凉的寒风迎面掠来，他狠狠地哆嗦了一下。

九十三

姑苏阊门。石路商业街紧偎三清庙的拐角处，天一商行悄然开张了。穿着笔挺斜格西装的欧阳文神清气爽。多亏苏城宪兵司令部"线人"的情报，江家父子上岛即被送到一间石屋。欧阳文件的"天一商行"首战告捷。水根诊所四个大字掠入他的眼帘。商行为二层小楼，奇异的是二楼常飘下叮咚的三弦声响，还有小儿牙牙学语的脆甜苏白。

一个与阿文一般身高的瘦瘦青年立在门口，欧阳文一步跨前，伸出热情的手。来客愣了一下。"虚白老兄。"欧阳文端详着这位曾在大明旅社邂逅，过后几无交集的特定联系人，突然感到对方变了。眼神里多了狡黠。肩膀也瘦窄了许多。他迅速掏出一本红色小本。"中央士官学校讲习。"一行烫金大字跃入虚白的眼帘。校长是他仰视的大名鼎鼎的高层。

"虚白，命运对你我都开了玩笑。"欧阳文一口京腔，金虚白抬起头，眼光直直地盯视着这个消失多时的昔日熟人。"命运又把我俩系到同一个小舟上。"欧阳文的眼里射出灼灼光焰。我们都是地球人，都得混口饭吃，虚白经理，是吗？"

金虚白蓦地涨红了脸，微微点了点头。突然，欧阳文绷紧了脸，声音透着威严。"情报人员的一切规矩，我想，你是知晓的。有人传言你是白皮红心，此言真吗？"欧阳文的锐利眼神陡地逼来。金虚白眼前掠过阿康那瘦窄的长脸。他冷笑起来。"一个阴毒人编造的鬼话，你信吗？"

"信，我当然信。"欧阳文突然哈哈大笑起来。他一把将虚白拖入内室。一封告密信映入金虚白的眼帘。只见欧阳文嗖地掏出打火机，瞬间，一封告密信，化成了一团灰烬。"今晚，你的任务是网开一面，让这位弄潮儿再戏水一次，当心点。"欧阳文的声音变得有点喑哑。"欧阳站长，"金虚白的声音抖抖的，"平报的邵主编想宴请您一次，能赏光吗？""好极了，天一商行的任务就是广结天下友。""重庆方面有明确指示，天一商行要做大，做强，不是吗？"金虚白的眼前蓦然掠过老母亲恨恨的眼神。"虚白，一足失可原谅，步步错，娘是不饶你的。"他的心里似塞进一团乱麻。他猛一抬头，欧阳文一双明澈的大眼射出灼灼光焰。他的心更乱了。

秋深了，七里山塘倒映出银杏树光秃秃的身影。青石码头，一叶小舟泊岸了。"阿凤，家到了。"苏雨昂首叫道，一个跨步飞上了岸。

九十四

秋色苍茫，水根跪哭在姑苏石湖城隍山高坡上。阊门大火中，他的双亲当场身亡。乡邻将两位善良的老人埋在石湖之畔。生前，水根老父常和乡邻笑着说，"本老夫子就爱钓鱼，百年之后，无啥要求，但求山上一寸土，足矣。"又说，"城隍山也行，那儿离石湖更近，鱼儿的一呼一吸，一叫一嚷我都听得清。"老伴儿是被火魔窒息而亡的。在几位要好乡邻的簇拥下，水根一家上了返程乌篷船。

刚到家，来了一位贵客。水根先是一愣，然后扑到来客身上。"高院长，您也回苏州了。"蓦地，他压低了声音，"有情况吗？""您家前院开了个天一商行，知道吗？"高院长问道。巢水根默默点点头。"那位欧阳经理是染了色的红萝卜，懂吗？"巢水根吃惊地睁大眼眸。高院长沉思一下，缓缓说道，"杭晓因病来苏了，很可能要到医院动手术，还盼你助一臂之力。"

"阿杭也来了！"水根惊喜得跳起来。

天一商行底楼地下室原有一小仓库，欧阳文将小库改造成一间居室。还配上了升降病床。小室还有一窗，窗外，是碧水连天的京杭运河。欧阳文成熟多了。他选址于水根诊所附近，考虑的着眼点就是诊所人员来往频密。这一点可为新四军地下联络工作提供极好的屏障，也为打入驻苏日军司令部的"线人"情报的交接提供一个安全场所。

当巢水根噔噔踏上通往地下密室的红木楼梯时，他的眼前忽地掠过虞山高坡上的纷飞弹雨。他的脚步也化成了一道心底彩虹。他看到杭晓了，还是那么英挺。他在思考着什么？床上还铺着一张张地图，哦，是姑苏城区秘密交通地图。还有一支乌亮的左轮手枪。闻声，杭晓警惕地抬起双目。他的手激动得抖了起来。水根扑上去，水根差点跪下来。杭晓呼地一把抱住他。紧紧地。"杭晓，我的好领导，我好后悔，上次擅离……""没关系，都过去了，回来就好，一切向前看。"

窗外，一艘机帆船疾速在运河上突突前行。又是一阵剧痛，杭晓无力地闭上了眼睛。

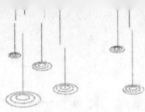

九十五

　　壶中天茶馆被誉为姑苏城西顶级中餐馆。碧螺虾是这家餐馆名闻遐迩的看家小炒。秋阳高照，欧阳文如约而至。他两手恭揖，两眼迅速扫过空荡荡的大厅。一名身着西服的帅小伙从一包厢走出。他挺拔的身躯微微一倾，"请"，一听就知是本地人。谁也想不到这位富家小伙子即是活跃于苏城的四纵线人，一位曾在日本名牌大学攻读过的高材生，现任日本驻苏部队的首席译员。

　　包厢十分典雅。已有五人落座。迎面墙上挂着一巨幅双面绣，一黄喙白鹤昂首嘹望青天，如锦的梅林后隐着浩渺的太湖波涛。欧阳一愣；此厅叫作大明厅。帅小伙满面堆笑，但欧阳隐隐感到笑容后隐藏的不安。果然，当金虚白匆匆跨入包厢时，他向年轻人使了一个眼色。两人走到门厅深处。"刚刚，一帆主编来一电话，称他不能与席了。"

　　包厢内，高院长正襟危坐。"在座的都是苏城医友，这位，我的忘年交，天一商行欧阳总。"高院长显然与几位杏林中人都很熟悉。"幸会，幸会。"欧阳急忙站立起来。"天一商行主打业务就是中西医用药品，本人在沪港略有人脉，医药一家，有缘在此与同道相聚相携，真是太好了。"欧阳利索地掏出名片，然后双手恭奉，一人一张。

　　一位老中医脸上泛起了笑意。欧阳眼眸陡地一亮。他微笑着向陈老中医投去亲切的一瞥。"敝人的好友谢鹰曾患头疼恶疾，幸得高人指点，陈老中医手到病除，今天，我代好友敬您这位神医三杯。"欧阳恭敬地走到白发老人一侧，仰首将杯中酒一饮而尽。

金虚白焦急地在壶中天门口迎客。一个电话打来：江天赐夫妇被宪兵队请去"喝茶"。帅小伙走到欧阳面前，两人立即交换了眼神会意地笑了。

日军驻苏宪兵司令部位于卧龙街中部一座灰暗洋楼里。内有一令市民闻之色变的"饮茶室"。典雅的沙发围成一个品字形。血红的丝绒遮幔后藏着一个行刑室。令人惊惧的是每次行刑时都有一个心理医生在侧做记录员。一台全自动摄像机藏在屏风处大花瓶里。大花瓶下有一滑轮，瓶里的一簇樱花里还藏着录音机。

漱兰曾数度被邀至"茶室"任书记员。老虎凳，辣椒水，电击……从惊悚至习以为常，漱兰只花了三个月。这位精瘦女子绝对想不到她亦成了茶室的"坐上客"。而且，是与夫君一起。

精明的山岛司令在动手之前亲赴九十五号碉堡。昏沉沉的暗室里，佐藤点起了一支烟，其实，他极少抽烟，除了在这样的紧危时刻。"佐藤老弟，此举实属无奈。"山岛狭长的眼眸里射出似乎是平静的神色。"据查实，无线电波确实来自江家深宅，而且极有可能，江家三口中出了个'两面人'。"佐藤缓缓立起身来，他猛地掀开窗帘，推开窗户，夜色朦胧中的滴答之声时隐时现。"这是我的速记员在整理我的讲话稿。"忽然，他的脸上掠过一丝阴险的光。"如果漱兰竟然走上叛离帝国之路，让她尝尝老虎凳的滋味，可能还是好事。""不过，她的腹中有一小生命。"佐藤突然转过身厉声说，"叛逆者是没有资格延续生

命的。"山岛闻言一怔。"从上月起,江传昆老宅就置于严密监控下,老头与残疾儿已奉命在晚间乘小船赴阴山岛。"山岛的脸上掠过一丝得意的神情。"能确定方位吗?""我的情报系统显示他们出了南门,这是插进太湖诸岛的一把无形尖刀。"山岛眉峰一耸。当山岛悄悄推开茶室大门时,东方已现出鱼肚色。"芳子,委屈了,我的小可爱,一夜无眠,是吗?"漱兰愣住了。泪水,盈眶的泪水,委屈的泪水,山洪般从她眼里涌出。"江天赐。"山岛猛喝一声。"您得坐坐沙发,隔壁请!"两个粗壮东洋宪兵一人一边,架起已吓瘫了的江天赐就往里屋推。江天赐脸色煞白。他的心在狂跳。"漱兰,漱兰,你快开口。"他听见漱兰低语的声音。老虎凳上又加了砖。一阵撕心裂肺的痛让他无法忍受。丝绒窗帘被掀开。"天赐,老实交代,你们江家有没有秘密电台,不说实话,老虎凳再加三块砖,我来加。""漱兰,天赐一辈子清白做人,无一句谎言,你最清楚,还要问吗?"

突然之间,山岛起身外出。

佐藤对战局有自己的判断。他对漱兰的忠诚不持任何怀疑态度。对山岛的处理,他又觉得太正常了。

山塘烟雨中的大别墅迎来了新主人。佐藤入住了。每天晚上,他都取出英文打字机。哒,哒,哒,宛似电波的滴滴打字声如同空虚心灵的饮泣之声在每晚六点正点响起。

九十六

　　沪上十六铺一间亭子间里，邵一舟推开窗户。黄浦江的粼粼波涛尽收眼底。精明过人的一舟用诈死避过一劫。他在东方大都会度过黄金般的大学时代，他在此的人脉甚至超过水乡天堂。他最悬心的是弟弟一帆。他从一开始就诈病，后来又顺理成章地"病亡"了。他深深地吸了口带有咸味的江风，感觉到自己假戏真做的能力如此之强。

　　他觉得得益于一双与生俱来的敏锐眼睛。每次病情恶化的消息都先通报给一帆。这正常吗？难道真的是担心他承受不了吗？他真切知道东洋恶魔此举的真实目的是为置其于死地在造舆论。思考再三，一个黑沉沉的夜晚，一舟召来了弟弟。一帆一把抓住兄长冰凉的手，"阿哥，别胡思乱想了，我已联系了苏城名中医给您诊病。"邵一舟摇了摇头，悠悠说道，"我们得演一场戏，一扬空前绝后的人间好戏，今夜发表，对外称烈性传染病，谢绝一切悼念，在平报发一讣告。"

　　一叶小舟连夜将这位大律师送出姑苏。在昆山车站，他登上了赴沪的高级小轿车，在那儿接应的是他沪上的一位富商挚友。一帆蓦地觉得人生如戏真的是一句至理名言。第二日，他的臂膀上多了个黑纱，胸前系一朵惨白的花。他面色凝重，跨进平报主编办公室。

　　欧阳文一身渔民打扮，腰间系东山捕鱼人常挂的烟带，头顶一破毡帽，脚蹬一双防水草鞋。他悄悄登岸了。他猛吸了一口清冽冽的湖风。他的眼眸陡地一亮。天剑，大莽，阿蓉站立在绿树丛中。秋阳下，

他们的脸上焕发出熠熠神采。天剑与欧阳是盐阜总部集训班同学。分别时，他们紧紧拥抱。"后会必有期！"一向举止稳重的欧阳一挥拳，含泪喊道。哦，还有阿蓉，当年，一条血染的皮带奇迹般地将他从绝境中解救出来。大莽也来了，额上还裹着白色的绷带。

一场恶仗在即，太纵的主力与游击纵队将会合于阴山岛，汇成一个铁拳，让鬼子的苏嘉铁路拆轨计划破产。欧阳参与了纵队领导会议。九十五号碉堡将成为鬼子的一个坟场。苏嘉铁路将变成太湖地域鬼子脖子上的一根绞索。太湖茫茫湖面上的每一声涛，每一掬浪将成为射向鬼子的利箭。

欧阳还问到了丽姐，那位待他情同手足的姑苏好姐姐。阿蓉突然泪如雨下。由于阿康的出卖，丽姐被关进日本宪兵司令部。欧阳眉头一耸，紧紧握住阿蓉颤抖的双手。他的脑际飞掠过许多念头。徐阿康的情报来自何处？是时候了，一个晚间，江传昆与江天良正在密谋将太纵的火力据点分布图发往日军司令部时双双被捕，父子俩不知道，那是一张"假地图"。

姑苏水巷深处，吴门桥上急急走过一个老人。风斜雨骤，老人撑着的一把黄布雨伞被吹得东倒西歪。他就是阊门小学吴笛老校长。

一伙日本浪人借故烧平了阊小。老人在吴门桥宅院里继续办学。一个好心乡邻劝他，此处离日本宪兵司令部咫尺之遥，在此办学好比虎口送食。"是吗？"吴笛老校长微微一笑，"本校长恰好属虎，任何人胆敢虎口拔牙，悉听尊便。"

他还邀请阿凤与如云给孩子上评弹课。已成孤女的如云与豪爽的阿凤结成了好姐妹。"往事如云，改个名字好吗？"阿凤一边穿针引线，一边劝着因思念双亲又暗自垂泪的如云妹妹。如云怔怔立于窗口。一列北飞的大雁排成人字队形，掠过蓝蓝的高天。"回家。"如云喃喃自语起来。她猛地一转身，眼睛泛起泪光，"阿爸阿妈都走了，我还有家吗？"

猛地，她的心一阵激跳。阿凤虽有一母，但生死未卜。更何况，阿凤的身世悲摧远过于她。如云真没料到，阿凤哈哈大笑起来。"阿妈扔下我的时候，我三日未吃一口饭。那天姑苏城里雷声隆隆，大雨哗哗下，我叉着腰冲到巷口，对老天大喝一声，本小姐不稀罕你的老泪，说也怪，一阵狂风掠过，雨止了，天晴了。这时，我突然感到一阵心酸，眼泪扑簌簌掉了下来。突然之间，我看到地下躺着个人，一个在哈哈大笑的残疾人，他艰难地挪动着，我弯下腰，递给他一点钱。他笑笑，拒绝了，他说他还有腿，他还有力。""就在前几天，鬼子又在吴门桥上用罪恶的子弹将一个大学女校长枪杀了。""这位老人胆真大，她冲进鬼子宪兵司令部，厉声痛斥鬼子的恶行，她是名人，鬼子也歹毒，当面不动武，过后，当老人过桥时，背后放一冷枪。"

吴门桥，如云心里一惊，她小辰光常赤脚三跳两蹦与小姐妹比谁爬得快。她的眼眶湿润了。她仿佛看到阿爸谢鹰倒在血泊中的身影。她仿佛听到吴门桥上女教授猝然倒地的声响。

这个秋天真萧索。再肃杀的秋天都会绽出生命的火花。素秋，她

决心改名了，就叫素秋。她是在银杏树下呱呱坠地的。一片片银杏叶都是一波波黄色的浪。秋天到了、冬天近了，春天还会远吗？

九十七

哗哗的湖水漫上了阴山岛。一灯如豆。女扮男装的竹心机警地立于竹舍前。突然，传来了恶鹰的轰鸣。竹心冲进竹舍，呼地吹熄油灯，无边的黑暗。

荒山顶的石墓里，欧阳文，天剑与太纵曾参谋长借着清冽的月华在军用地图上划出了三道红线。欧阳文目光炯炯。天剑搓起了双手。曾参谋长的脸上漾起了笑意。鬼子兵绝不会料到，太湖纵队网开三面，倾尽全力攻击九十五号碉堡，然后皖南纵队，茅山纵队，通海纵队汇成一股洪流将苏嘉铁路沿线据点一一拔除。太湖水上飞铁道游击队聚集了近千只独桨小舟，专拣沿湖的据点揍。

上海，一家大型医院里，杭晓在明亮的手术灯下微睁双目，他的心中涌起了悲涛。巢水根从苏州高桥跃身下河的一刹那，他惊呆了。宪兵队巡逻车的灼灼探照灯如同饿狼的一双绿眸。杭晓的鼻孔上套着嘶嘶作响的氧气管。巢水根小心翼翼驾着这辆救护车。这辆救护车来之不易。黄昏时分，当水根敲响弘仁医院薛少峰院长宅院大门时，薛少峰懒懒开了门。当水根剑眉映入他惺忪眼帘时，他紧张得说不出话来。水根一步跨前，手持一张名片。他得意地将名片一扬。灯光下，高逸院长四个字钻入他的眼帘。"如今，高院长是中央陆军医院顾问，他十分念旧。"

"有何贵干？"薛少峰依旧将信将疑。水根掏出一封信。金勾铁划，确是高院长手迹。"小友阿良，不幸罹腹疾，需星夜送沪急诊手术，赐助为谢。"薛少峰眼前飘过一个端庄老人蔼然身影。苏城弘仁医院手术班子已散了。医院有一救护车，但无总顾问土肥准许，连他也无权动用。水根说，苏沪两地相距不远，可夜去夜返。驾驶员呢？水根一拍胸脯，"我行。"薛少峰沉思了半个小时。太平洋战争中，这个岛国颓势日显，他心里猛地一震，留个后路吧。

一辆救护车悄然在夜幕中驶入黑沉沉的沪苏公路。刚拐弯，一辆鬼子巡逻车开来。越逼越近。水根出了一身冷汗。"高院长，我知道您年轻时就是赛车高手，麻烦您了。"刹那间，巢水根猛一刹车，然后，跃身车外，似一道黄色闪电，飞上高桥，又从高桥腾空而起钻入水中。巡逻车猛地一停。跳出几个宪兵。乒乒乓乓，一阵乱枪。高院长一把抓起方向盘，猛蹬油门。宪兵号叫着冲下高桥，又是一阵疯狂扫射。

薛少峰抓起电话，"什么，太纵抢劫医院，抢走救护车。""严查，有没有内应。"放下电话，他嘘了一口气，倒在沙发上。

巢水根掠风拍浪一口气从阊门游到东山。不料，在东山，他遇到了金虚白。金虚白有早起之习，太湖之滨，晨风凉嗖嗖的，他放眼望去，一个人影跃出了水面。他再投去一瞥，水根，他心里惊叫一声。

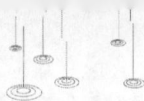

水根浑身湿淋淋的。金虚白心里泛起了浪花。"虚白阿弟。"这个水人欢声高叫起来。虚白眼里掠过一丝无奈，头一扭，背过身去。

阿丽绝食已有数日了。她已作好与逝去的阿爸阿妈在天堂相会的一切准备。

一周前，一位乡邻渔夫急急赶到阴山岛。那天，雨大风狂，乌黑的天空被雨鞭撕成碎片。岸边，放哨的正好是竹心。自从江家父子登岛被捕后，岛上警戒更严了。赤脚赶山路的乡邻抬起慌张的面庞，他的手上有一封信，雨水淋湿了牛皮纸信封。竹心一手持枪，迅速奔下山坡，来人眼里溢出惊喜的光。竹心认出了，他是乡邻李阿爹，与阿蓉有很近的亲缘关系。

"阿爹，我把信转给蓉姐，您多保重。""任何岛外客，都不能上山，这是军令，阿爹见谅了。"老阿爹深深一鞠躬。

阿蓉接过湿淋淋的信封，展开信笺，冷笑一声。"病危速归"四个大字映入她的眼帘。"啥人病危？"阿丽的心骤跳起来。"这个死阿康专门做缺德事，死了活该。"阿蓉恨恨咒道。阿丽猛地提醒她一句，"会不会是你亲爹病危呢？"阿丽的话音刚落，阿蓉一蹦三尺，急得直搓手。"明天，我下山到东山小镇进点药，顺便到村上看看，行吗？""你是太湖一丈青，目标太大，我是大明旅社当家人，更何况，金虚白与我挺熟，这家伙不会出卖我。"阿蓉一把搂住丽姑娘，久久不愿松开。阿蓉急急从箱子里翻出一条绣花绸巾，绸巾上飘着一只山鹰。她用颤抖的手将绸巾系在阿丽的脖子上。"阿丽，你真美，多像东山老家后院里盛开的大丽花。这个绸巾还是当年金虚白送你压箱底，你却借花献佛转送了我。"阿蓉又一次含泪搂紧了丽姐。

攻打九十五碉堡在即，作为水上飞突击队长，弹雨横飞中，飞舟驾船是一生死命悬之事。丽姐单身上岸，吉凶难料。老父又可能病危。阿蓉的心海扬起了阵阵狂涛。她抿紧双唇，黑眉一扬。咬破手指，给魂牵梦绕的阿爸写了一行字："生死度外，热血洒天，阿蓉叩拜了。"太湖涨潮了。一浪推着一浪，一浪涌着一浪……谁知道，阿丽刚上岸，随着阿康的一声咆哮，两只恶狼般的清乡队员向她扑来。阿丽惊呆了。她不知道，岛上的两位不速之客早在登岛前就出卖了她。令她欣慰的是，此次上岸，她什么也没带。

九十八

夜色如墨。一辆黑色轿车飞驰在盛苏公路上。猛地，湖滨飞来一叶轻舟。跳下一个身穿黑色皮风衣的中年女子。

轿车向右侧公路岔口拐去。这是一条湖畔土路。后面还跟着一个车队。跳下一个身穿黄色军服戴着墨镜神情慌张的中年人。他打开手电筒，将眼角扫向军用地图，手一挥，"右拐。"他跳上车，又突然停止前行，他又下了车。看了看前方的路标，他思虑起来。就在这时，一个黑面人影掠到他的身旁，对准他的额角就是一枪。黑衣人飞到湖心小舟上，两艘鬼子汽艇尖声鸣笛将小舟团团围住。黑色闪电飞身下

湖，鬼子的弹雨密集地射向黑色身影。

　　一个随军白衣大夫奔到车旁，一把抱住额角被击伤的鬼子军官。他额上血流如注，他的呼吸逐步微弱了。他是佐藤。就在闪电飞掠到他身旁时，他吃了一惊，一张熟悉的皱纹密布难掩秀美的沧桑脸庞掠入他的眼眸。眼眸里闪射出仇恨的光。他绝对没有想到，是她，是漱兰的阿娘。这个疯女人竟然出现了。她手里还持着枪，对，在黑土地上，两人常到射击俱乐部参加射击比赛，她，阿倩常常是赢家。她动手了。就在她扳动枪栓的一刹，他满脸惊恐，刷地用双手抱住头。对方对准他的额头猛地射了一枪，鲜血染红了汽车车门。枪手正是阿倩，漱兰的亲娘。她认识佐滕的座驾。其实，她并没有疯，她用疯掩盖一切。她还与天剑有着联系。

　　昨天她一夜未眠，特地穿上皮夹克，那是她与佐滕花前月下时常穿的。这件皮夹克还是佐藤奉送的。她心里一阵冷笑。谁是人生的最终赢家，真很难说。干掉佐滕，把这一职业路桥专家从人世间抹去是对姑苏河山的一次最值得的清洗。她在水中泡了一夜，太湖芦苇用绿色的手掌庇护自己最赤诚的女儿。

　　暴雨冲毁了通向九十五号碉堡的公路。佐藤走了。山岛眼睛暴怒得发出深绿色的寒光。他失一左臂。佐滕既是苏嘉铁路的活地图，又是坐镇九十五号碉堡老谋深算的主心骨。更使他无法容忍的是他竟被一中年女刺客刺死。女刺客丢进汽车一张名片。这张名片上竟然有他的签名。山岛眉头紧蹙。枫江寺旁小庙里的疯女人的面庞疾速飞旋在他的眼前。他出了一身冷汗。他啪地重拍了一下桌子。一辆黄色军车沿苏福公路急驶，一个短枪班齐齐站立在军用卡车上。小庙到了、庙空了、大门敞开。烧，山岛一声令下。熊熊的火光映红夜空。

一声炸雷滚过幽蓝色的天际。天剑微笑着，紧紧握住阿倩的手。"您的枪法真准，和您有得一比的是竹心。她是因为弟弟阿林被湖匪枪杀愤而练技，您……"天剑说不下去了，阿倩一双秀眉下，眼眶涌出了泪花。"我是因为老父，他是一名道路工程师，我对这个书生父亲又爱又恨，就是他让我结识了佐藤，让我走上了人生崎岖路，可悲的是他在知道佐藤伪君子真面目后，竟然用自杀结束了人生。""这个伪君子阴毒，我知道他会加害于我，我思忖只有装疯才能免于他的毒手。""我知道那个在他的掌心里长大的漱兰是他的影子，果不其然，几乎每一个月，她都要奉父命监视我。""这是我的女儿吗？她是一株变色的二月兰。一株黄土地上长大的带刺的二月兰。""有时，我真觉得自己命苦，自杀的老父，错嫁的异国老公，阴森森的女儿，但是，我也佩服自己，一骑绝尘，在破庙里修炼，又在姑苏大地雷雨交加，最需要她的儿女挺身而出的时候，我既报了国恨，又雪了家仇。"天剑猛地转身，紧紧握住阿倩颤抖的双手。"太纵就是你的家，我们都是太湖的儿女。姑苏大地最需要像你这样赤诚的勇士。"一个好消息传来，十辆装满被拆毁的苏嘉铁路钢轨的日军卡车被太纵勇士击毁。

鬼子疯了。阿丽被推上军用卡车，她被绑在车头上，她的头发被秋风掠起，她立在秋夜的蓝空下，像一尊金色的铜像。军车缓缓驶入

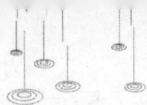

苏福公路。竹心的心跳得更快了。近了，更近了。竹心像一道闪电，飞向军车。她瞄准驾驶室。她调整了一下准星，心里抖了一下，射偏了。她又补了一枪。没料到鬼子倒在座位上，后面一辆车上一梭子弹都射向了阿丽。像一朵原野上的金黄向日葵，阿丽缓缓垂下头，她猛地又昂起头。又是一梭子弹。阿丽微笑着，闭上了双目。太纵的重机枪织起了如雷的火弹网。太湖水波漫入了绿纱帐，近千艘小舟飞往苏嘉公路。

九十九

呼，一声枪响。金虚白缓缓倒地了。他扔下手中的枪向院落里大槐树投去一瞥。他与迟归的阿娘在槐荫下只度过了一载寒暑。阿娘附在他的耳畔悄声说，"虚白，这槐树的根扎到了太湖芦苇丛里，它才长得像一张大伞。"娘又说，"你阿妈的血液里淌着太湖月的白月光，生下的你，才像太湖水八鲜那样嫩白。"土肥一个急电，让他到弘仁医院去一趟。他愣住了，一件令他天旋地转的事像太湖乌云凌空压来。日本在太平洋战争中颓势日显。由于伤员骤增，血库连连告急。从四方压来的惊心消息让日寇疯狂了。抓壮丁，抽血。从东山镇启开罪恶之手。金虚白冷汗直冒。"你的大大的可恶，是白皮红心吗？"土肥一开口就将了金虚白一军。"土肥长官，我可是忠心耿耿。""是吗？"他的眼光藏着冰一样的寒光，他逼近一步，一把掀开金虚白的外套，冰凉的手精准按到这个淌着冷汗的东山汉子的心房。又是一阵令人悚然的格格冷笑。"你的心脏跳得极不正常，要动手术吗？"土肥收回眼光。他斩截地说，"按人头说话，少一个，记好，你的头好像也可补充，你还有一个刚刚回家的亲娘，她算一个，你心疼吗？""太君，东山镇上青壮年走得差不多了，这个，你可去问徐阿康。""这个欺骗皇军的混蛋，还有个婆娘是太纵的骨干，已在昨夜被处决。""山岛司令有证据，他两面讨乖。""想看看他被处决的照片吗？"金虚白又是一身冷汗。刚回家，他一把抱住正为他悬心的白发亲娘。"阿娘，你快走，鬼子要动手了。"金虚白"啪"的一声跪在阿娘的面前。阿娘一愣，一把搂住儿子，眼光射出灼灼光焰。"我到太纵去，你多保重，见机行事，娘放心，一百个放心，大不了鬼门关走一遭。""娘一定会叫鬼子双倍偿。"娘的眼泪涌了出来。她一把抱住金虚白，她生命中的一盏灯。她与儿子十载分离，她深深知道这个儿子优柔寡断。他是那个早逝的教书匠丈夫的化身。她的心里冒出一个念头，母子一起奔向阴山岛。金虚白眼里冒出悚悚绝望的光，他连连摇头，他心中藏着太多的秘密与愧疚。阿娘走了。那么快，像利箭一样消失在蓝莹莹的天幕尽头。金虚白仿佛解脱了一点，他猛地跨前一步，抱紧了大槐树的树干。大槐树急速旋转起来。一张慈母的悲怆面庞。大槐树落下一张黄叶。叶子瞬间变成了新婚妻子嗔怒的双眸。金虚白从口袋里掏出一支短枪，他的眼前又出现了一个新生儿的稚嫩面庞。他与天芸都有着天使一般的面庞。这个宁馨儿肯定是一个白白的小天使。他的悲泪滴落下来。一颗

流星划过夜空。他微微一笑，他觉得他的离去是值得的。他缓缓举高了手臂。

"什么，这个白皮红心萝卜居然真用自己的脑袋凑数！"土肥瘫坐在阴灰的沙发椅上，恨恨地拍了一下桌子。

三年后，当土肥因制造毒气残害东亚人民东京审判庭中被判处无期徒刑时，神情肃穆的高院长穿着一袭黑色西装，第一个健步走上了原告席。

（全文完）